몸으로 덮인 세계를
본 적 있는가

몸으로 덮인 세계를
본 적 있는가

공희경 장편소설

응 ㄱ ㅓ ㅇ ㅡ ㅁ

안 비 ㄴ

이 외로운 행성을 지탱해 준 두 개의 달
내 어머니와 따님에게
나의 낭쥐, 작은 빛과 구름에게

차례

1장
A.D. 2015
상어 바나, 이상한 자기력을 감지하다 •009

2장
A.D. 2028
집으로 돌아가는 유령들 •037

3장
A.D. 2035
잘생긴 남자, 말라키 •057

4장
A.D. 2338 혹은 A.L. 300
개동의 시작 •097

5장

A.L. 450
깊은 밤을 날아 너에게 •147

6장

A.L. 451
입속의 꽃 •217

7장

개동 151~172
검은 강 •255

8장

새벽의 춤 •311

작가의 말 •332
심사평 •337

일러두기

* 작품 내에서 사용되는 방언은 말맛을 살리기 위해 작가의 표현을 존중하였습니다.
* 본문 내 주석은 모두 작가주입니다.

1장
A.D. 2015

상어 바나,
이상한 자기력을 감지하다

곧 500살을 맞이할 상어 바나는 몸길이 6미터 10센티미터에 달하는 육중한 몸을 이끌고 북위 87도, 서경 1도를 지나 차가운 북극해를 횡단하고 있다. 수평선에 걸린 북극의 해가 밤의 그림자를 만들었다. 179일의 낮이 끝나고 있다. 이곳은 내일부터 해가 뜨지 않는다.

바나는 특유의 느릿한 움직임으로 따닥따닥 얼어붙는 유빙들 사이를 지나 수면을 위아래로 유영하며 태양이 내뿜는 마지막 숨을 느끼고 있었다. 얼음 결정이 진통하며 응축했다. 고개를 쳐들고 변화하는 세계의 기온을 맛본다. 깊은 밤이 가까이 있다.

6개월의 낮과 6개월의 밤, 매년 찾아오는 태양과의 이별은 극점에서 사는 생물에게는 익숙한 일이다. 그들에게 1년은 하루와 같다. 바나는 잠시도 쉬지 않고 긴 낮과 밤 사이를 자유롭게 유영할 수 있었고, 유려하고 탄력 있는 몸짓으로 심해로 밀려드는 수백 마리의 물고기 떼를 단 한 번에 집어삼킬 수도 있었다.

천년의 시간을 거슬러, 토머스 모어의 『유토피아』가 출간된 해인 서기A.D. 1516년, 노르웨이 최북단 스발바르제도 연안에서 바나는 태어났다. 아노 도미니Anno Domini, 인류가 신의 영광을 위해 주님이 탄생한 해로부터 해를 더하던 시절이었다. 이제는 폐기된 기준인 기원전과 기원후로 세상의 시간을 나누어 쓰던 그때, 영국이란 섬나라에서는 양이 사람을 잡아먹기도 했다지.

그 시절 아기 상어 바나는 어머니를 따라 지구 반 바퀴를 돌며 대서양을 유영했다. 성년이 된 150살 무렵에는 고향으로 돌아가 세 번의 임신을 하고 스물여섯 마리의 새끼를 품었다. 한번 아이를 가지면 꼬박 12년을 몸속에서 소중히 키웠고, 그것들을 낳고 돌보고 나면 100년이 지나갔다. 스물여섯 중 아홉을 눈앞에서 잃었고, 나머지 열일곱은 쑥쑥 자라나 각자의 삶을 찾아 떠났다. 이제 막 300년의 육아에서 해방된 바나는 오징어와 청어의 세계를 벗어나 그간 먹어보지 못한 것을 먹고 보지 못한 것들을 돌아볼 작정이었다.

일단 고향 바다에서 눅진한 곰과 향긋한 고래로 속을 채우고 물개와 표범의 물컹하고 청명한 맛을 즐긴 뒤, 본초 자오선을 따라 그린란드해를 통과해 대서양으로 향할 계획이었다. 그곳의 해협에선 운이 좋으면 물에 빠진 사슴을 맛볼 수도 있다. 아틀라스, 거인의 바다! 태양이 가득한 그곳은 짭조름한 해파리와 고릿한 가오리, 산소를 뿜는 보들보들 산호초와 작은 생명이 넘치는 빛의 세계다. 심해 협곡을 따라가면 석회암 틈에서 쉭쉭 솟아나는 후끈한 증기를 즐기거나 땅속 깊은 곳에서 부글거리는 철 냄새도 맡을 수 있다.

몸길이가 3미터도 채 되지 않던 여린 나날에, 바나는 모험심 강한 어머니를 쫓아 그곳에 간 적이 있다. 군함들 사이로 연일 포탄이 터지는 연기 자욱한 북해를 지나, 매일같이 노예선이 들락거리는 카리브해까지 나아갔었다. 갑판 아래로 던져지는 새까만 인간들을 쫓아 몰려온 촐랑대는 작은 상어들로 피비린내 끓어 넘치는 바다는 소란스러웠다.

그곳의 냄새를 떠올리자, 바나는 어린 날의 향수와 아찔한 흥분으로 심장이 죄어들었다. 투명한 연둣빛 물결 위로 어머니의 커다란 등이 뜨거운 태양 아래 빛나고 있었다. 우리는 가오리를 많이 먹고, 배가 불렀다. 해파리들이 별빛처럼 몸 위로 쏟아졌고, 갖가지 빛깔로 반짝이는 조그마한, 너무나 작아서 먼지처럼 보이는 생명들이 은하수처럼 주위를 감싸고 있었다. 바닷물만큼 많은 시간이 우리 앞에 펼쳐져 있어서 마치 시간이 멈춘 것 같았던 행복한 날의 한가운데, 어머니는 작살을 맞고 돌아가셨다.

바나는 대서양 아랫목에서 소란한 남회귀선을 따라 따뜻한 인도양을 횡단하며 지구 반대편까지 쉬지 않고 나아갈 참이었다. 그는 시속 3킬로미터로 종일 헤엄칠 수 있었다. 바나는 계산했다. 그의 전기력이 감지하는 지구 크기에 평균 유영 속도를 쪼개면 2, 3년, 대륙붕을 돌고 돌아 고향으로 되돌아오는 데는 아무리 여유를 붙여도 7년이면 충분하다. 이 속도면 19일 후에는 고향 바다에 도착한다. 그곳의 해는 아직 살아 있다. 지글거리는 태양을 떠올리자, 군침이 돌았다. 바나는 아가미를 크게 부풀리고 자신의 그림자를 온몸으로 내려쳤다. 세계가 출렁인다. 심해를 질주하는 그의 머릿속에는 이제껏 본 적 없는 세계의 풍경이 펼쳐지고 있었다.

더 없는 전성기를 맞이했지만 실은, 바나는 우울했다. 뒤늦게 깨달은 탓이다.

오랜 세월 눈에 붙어 기식해 온 요각류가, 빛이 되어주던 충蟲이 자신의 눈알을 갉아 먹고 있었다는 걸, 그 아이로 인해 서서히 시력을 잃고 있었다는 사실을 바나는 모르고 있었다. 실명의 시점이 다가오고 있었다. 캄캄한 심해 바닥 위로 피어오르는 조그마한 생물들이 내는 빛무리도 더는 볼 수 없다. 완전한 어둠 속에서 남은 생을 보내야 한다.

그런 우울한 생각에 빠져들려는 찰나, 여지없이 안구를 파먹고 있던 충이 경적을 울리듯 밝게 빛을 냈다. 바위틈에서 몸을 떨던 자잘한 고기들이 생의 마지막 빛을 향해 돌진했다. 바나는 못 이기는 척, 언제나처럼 마지못해 그러듯 입을 벌리고 고기들을 받아들였다. 고기들은 따뜻한 상어의 입속으로 빨려 들어갔다. 충은 상어를 놓아줄 마음이 전혀 없었기에 상어를 먹였다. 바나는 자신의 눈앞에서 사라지지 않는 이 조그만 생물을 증오하고 사랑했다.

배를 채워 한결 기분 좋아진 바나는 우울함을 밀치며 한껏 속도를 높인 순간, 멈칫했다. 찌르르한 진동이 아가미를 통과해 온몸으로 퍼졌다. 심해 바닥에 있던 바나는 재빠르게 유빙을 치고 올라갔다. 부서지는 얼음 조각들이 그의 몸을 타고 흘러내렸다. 태양은 이미 잠들어 있었다.

새벽녘, 흰 밤을 지새우던 북극의 하늘 위로 짙은 보랏빛 광채가 퍼졌다. 발광하는 초록빛 커튼이 아직은 먼 남쪽 나라로 층층이 이어졌다. 예리한 지각력을 지닌 바나는 조심스럽게 달라지고 있는 지구 자기장의 기운을 느꼈다. 세계가 뒤집히는 느낌이었다. 머리가 울렁거렸다. 깊은 밤 꿈에서 깨어나듯, 바나는 문득 오래전부터 자신이 같은 위도를 맴돌고 있었다는 걸 알았다. 그의 아름다운 가슴지느러미는 1밀리미터 더 자랐고 손상된 잇몸 사이로 돋아난 새 이빨이 느껴졌다. 힌 달이 지나 있었다. 그는 자기 놀이터에서 길을 잃었다. 밤은 더욱 깊었다.

바나가 빙빙 돌고 있던 그 겨울, 북극해에서 4,900해리 떨어진 북위 5도의 뜨거운 남쪽 바다에서는 전에 없던 일이 찾아오고 있었다. 이날은, 밤은 가장 길고 해는 가장 짧은 동지였다. 그곳의 아이들은 축제일의 해뜨기를 기다리며 행복하게 잠들어 있었다.

***

밤사이 리조트 마당을 밝히던 조명이 툭툭 꺼지고 풀벌레 소리가 길어졌다. 동틀 무렵, 콧속으로 연기 맛이 들어왔다. 다리를 쭉 뻗으며 힘을 주자 간이침대의 고철 다리가 고통스러운 신음을 냈다. "나오미!" 엄마의 목소리가 들렸다. 나오미는 몽그작몽그작 눈을 부비며 게슴츠레 주방을 바라봤다.

아빠는 어둑한 주방 한쪽에서 이른 아침을 먹고 있었다. 투숙객이 전날 먹다 남긴 생선 머리통을 부숴 연골을 빨아 먹고, 접시에 고인 짭짤한 생선 기름을 밥알로 닦은 뒤 한입에 털어 넣었다. 주방 천장에는 손님이 묵는 풀 빌라의 에어컨 실외기가 선풍기 대신 달려 있어 꿉꿉한 바람을 쉴 새 없이 쏟아 냈다. 전깃줄 끝에 달린 알전구가 비실비실 흔들리며 아빠의 등을 붉게 비췄다.

"언제까지 누워 있을 거니. 금방 저녁이다." 엄마는 손님 아침상을 차리려고, 화덕에 불을 붙이고 찜솥에 바나나잎을 깔았다. 습습한 공기로 회벽과 시멘트 조리대가 온통 끈적했다.

발딱 잠이 깬 나오미는 리조트 마당으로 뛰쳐나갔다. 마당 침대에선 라일라와 밀이 자고 있었다. 나오미는 천사처럼 예쁜 라일라의 코를 톡톡 건드리며 속삭였다. "가자." 라일라가 반짝 눈을 떴다.

오늘은 이 작은 섬의 유일한 행사인 어린이 축제일이다. 아이들은 어린이 수호성인 성 니콜라오스의 사랑과 헌신을 기리기 위해 손수 지은 날개옷을 입고 신나게 섬을 행진한다. 행진 후에는 연극도 하고 간식도 먹으며 달콤한 시간을 보낸다. 예쁜 소품을 살 수 있는 장도 열린다. 아이들이 만든 날개옷은 두 달 전부터 벽에 곱게 걸려 있었다. 축제에 가려면 빨리 일을 끝마쳐야 했다.

라일라는 벌써 눈을 동그랗게 뜨고 꼬마 장화를 챙겨 신었다. 막내 밀은 눈도 뜨지 않은 채 나오미의 가슴팍에 매달리며 늘어졌다. 나오미는 칭얼거리는 밀의 양 볼을 꾹 누르며 일으켜 세웠다. 밀은 나오미에게 들러붙은 채 고집스럽게 인상을 썼다.

"업어줘."

"안 돼, 오늘은 더 많이 성게를 모아야 해. 잘하는 애는 엘사 스티커도 사줄 거야, 게으른 애는 창고에서 지네랑 자야겠네. 케이크도 못 먹겠네?"

동생들을 깨운 나오미는 침대를 창고에 넣고 돌아왔다. 자리를 비운 사이, 말린 그물을 걷어들고 마당을 나서던 아빠가 동생들 손에 붙들려 있었다. 라일라와 밀은 아빠의 양 손끝을 한쪽씩 끌어당겨 자신들의 좁은 이마에 갖다 대고 조그만 목소리로 기도했다. 멀리 암석에 부딪히는 파도 소리가 울렸다. 굳어 있던 아빠의 얼굴에 희미하게 홍조가 감돌았다. 담장에 붙어 있던 푸른 도마뱀들이 일제히 긴 꼬리를 흔들며 사삭, 벽을 타고 사라졌다. 아빠는 한쪽 다리를 끌며 천천히, 기운 걸음으로 바다를 향해 걸어 내려갔다.

"나오미!" 부엌에서 엄마가 나오미를 불렀다. 나오미는 양동이 끈을 라일라의 손에 쥐여주며 등을 떠밀었다.

주방은 담배와 화덕의 연기로 자욱했다. 무쇠솥 안에는 조각난 닭고기와 당근, 칠리고추가 지글지글 조려지고 있었다. 그레이스는 화로 숯에 올린 넓적한 생선을 굽느라 부채질하면서 다른 손으로는 새우 살과 푸른 잎을 볶고 있었다. 으깬 땅콩을 뿌리고 라임을 쥐어짜자 뽀얀 즙이 후드득 솥 안으로 떨어졌다. 연기가 일어나 그레이스의 검은 얼굴을 잠시 가렸다. 시큼하고 고소한 냄새가 났다. 듬성듬성한 앞니 사이로 누런 담배꽁초가 타들어 갔다. 에어컨 실외기에서 부는 미적지근한 바람이 그레이스의 어깻죽지에 닿았다. 땀이 조리대 위로 뚝뚝 떨어졌다.

"소다. 풀 빌라."

나오미는 냉장고에서 캔을 꺼내 컵과 받침을 챙겨 들고 빌라 테라스로 갔다. 손님들은 비치 테이블에 누워 일출을 기다리고 있었다. 블루투스 오디오에서 음악이 흘러나왔다. 봉지 밖으로 흘러내린 칩과 밤을 지새운 빈 맥주병들이 고리버들 탁자 위를 뒹굴었다. 흩어진 과자 조각 사이 불개미들이 줄지어 지나갔다.

"모어 아이스." 카메라를 든 투숙객이 말했다. 나오미는 해변을 바라봤다. 꼬마 둘은 양동이는 내던지고 레슬링하며 모래밭을 뒹굴었다.

나오미는 부엌으로 달려가 냉동고에 하나 남은 얼음주머니를 꺼내 엄마에게 건넸다. 빈칸에는 길쭉한 비닐에 물을 담고 주둥이를 엮어 만든 새 물방망이를 채워 넣었다. 그레이스는 빠진 이 사이로 물고 있던 담배를 창밖으로 튕겼다. 도마 위에 쌓인 채소 부스러기를 한쪽으로 밀고 칼날을 들어 얼음덩어리를 내리쳤다. 얼음 조각이 사방으로 흩어졌다.

조각난 파편이 그레이스의 팔뚝에, 솥에, 나무 선반에, 얌전히 벽에 붙어 있던 어느 도마뱀의 등에 안착했다 순식간에 증발했다. 사삭, 푸른 도마뱀이 꼬리를 감으며 빠르게 창틈으로 사라졌다. 그레이스는 얼음 조각을 컵에 쓸어 담고 조리대 위에 탁 내려놓았다.

"날이 어둡다." 그레이스는 주름 가득한 눈으로 밖을 바라봤다. 태양이 수평선 아래 잠든 짙은 하늘은 평소보다 무거워 보였다. 습한 공기가 주위를 감싸고 있었다. 나오미는 엄마를 올려다보며 입술을 깨물었다.

"조심해야 한다."

나오미는 엄마의 손을, 얼음덩어리를 쥐었던 차가운 손을 끌어당겨 이마에 갖다 댔다. 행복할 정도로 이마가 시원했다. 얼음을 테라스에 가져다주고 마당을 빠져나가면서, 나오미는 창틀 속에 있는 엄마를 바라봤다. 엄마는 조리대에 비스듬히 몸을 기대고 창밖 어딘가를 보고 있었다.

민소매 티를 걸친 앙상한 어깨 위로 땀방울이 맺혀 있다. 푹 꺼진 눈과 움푹한 뺨 아래로 그림자가 졌다. 그레이스는 기억이 닿지 않는 어느 어린 날부터, 달콤한 망고스틴과 두리안이 끝없이 펼쳐진 농장에서 물소처럼 일했다. 향기로운 과일나무 숲을 빠져나오는 사이 소녀의 얼굴에는 노인의 주름이 내려앉았다. 태양이 나이를 잡아먹었다. 실외기에서 부는 바람에 흐트러진 머리카락이 흔들린다. 창 너머에 있는 엄마를 바라볼 때면, 아주 먼 곳에서 과거를 훔쳐보는 것 같은 이상한 기분이 든다.

돌계단을 내려서자 바구니를 들고 해물을 채집하는 동네 주민들의 모습이 보였다. 연안을 돌며 고기를 낚는 나무배들이 새벽빛 번지는 바다 위를 가로질렀다. 배 위에 비스듬히 서서 노로 물결을 밀어내는 아버지의 모습도 조그맣게 보였다.

라일라와 밀은 어느새 물 빠진 모래톱까지 나가 있었다. 동생들을 눈으로 좇으며 조촘조촘 사구를 미끄러져 내려가던 나오미의 눈에, 모래에 파묻힌 유리병이 들어왔다. 빨간 병에는 '립 틴트'라고 쓰여 있었다. 모래를 털고 뚜껑을 열자 붉은 솜방망이가 딸려 나왔다. 향긋한 바닐라 냄새가 났다. 나오미는 입술 끝에 솜을 갖다 대고 조금씩 문질렀다. 배꼽이 간지러웠다.

뚜껑을 조심스럽게 닫으며 서둘러 걸음을 옮기던 나오미는 그만 풀뿌리에 걸려 엎어지고 말았다. 곤두박질치며 바닥까지 굴러떨어지자, 멀리서 나오미를 본 동생들의 웃음소리가 성당 종소리처럼 카랑카랑하게 하늘을 쳤다. 아이들이 떼굴떼굴 모래톱을 굴렀다. 나오미가 주먹을 꽉 쥐고 동생들을 향해 뛰어가려던 찰나, 암석 위에 쪼그리고 있던 말라키의 목소리가 울렸다.

"괜찮냐? 너희 집 애들은 어째, 오늘 굴러 댕기기로 약속이라도 한 게냐?" 단어 '말라키'는 이들 민족의 토착 언어로 '큰', '거대한'이란 뜻을 담고 있었으나 말라키는 몸집이 아주 작았다. 앉은 자세 그대로 몸을 웅크리면 바다를 정찰하는 검고 큰 새가 바위 위에 앉아 있는 것 같았다. 그는 물질하러 나가기 전, 잘생긴 바위 위에 자리를 잡고 앉아 잎담배를 말아 피우고 있었다.

***

일본군이 망둥이 떼처럼 밀려와 태평양 전쟁이 시작될 무렵, 말라키는 아직 세상에 없었고 그의 엄마는 갓 열다섯 된 소녀였다. 본토에서 포로로 끌려간 소녀는 군대 보급품을 대신 짊어지고 열흘간 120킬로미터를 걸었다. 포로에게는 식량도, 물조차 주어지지 않았다. 7만 명 중 2만 명이 사망한 죽음의 행진에서 살아남은 포로 중 신체검사를 통해 추려진 소녀 외 1,000여 명의 청년들은 배를 타고 이 작은 섬의 임시 수용소로 옮겨졌다. 이곳에서 3년간 진행된, 알려지지 않은 인체 실험의 보고서는 전후戰後 면책 특권의 조건으로 미국에 넘겨졌다.

서기 1945년 종전을 3개월 앞둔 5월의 아침. 밤사이 내린 비로 공기는 서늘했다. 본래 수산물 가공장이었던 수용소는 생선 선별장과 건조장, 저장고의 형태를 그대로 가지고 있었다. 젖은 콘크리트 벽면에서는 비린내가 피어올랐다.

장병들은 뜻밖의 아침 산책을 지시했다. 만삭에 이른 소녀가 차가운 시멘트 바닥에 맨발을 내딛다 주저앉았다. 총알이 없어 장병들은 칼을 차고 다녔다. 소년병이 칼집으로 배를 찍어 눌렀다. 소녀는 다시 섰다. 소녀는 팔이 없었다. 발끝은 뭉툭했다. 발목에는 장병이 솜씨를 부려 새긴 조그만 나무쪽이 달려 있었다. 기쿠요菊代. 소녀는 그것을 읽을 줄 몰랐다.

장병들은 포로들의 목을 엮어 줄을 세우고 수용소 뒤편 숲으로 올라갔다. 그곳에 하늘이 있었다. 구름은 산 저편으로 넘어가고 있었다.

하늘이 더럽게 파랗다. 소녀는 생각했다. 그러곤 스스로에게 놀랐다. 신기할 따름이다. 아직도 무언가를 느낄 힘이 있다는 게. 생각이 남아 있다는 게. 소녀는 오랜만에 굴러가는 생각의 톱니바퀴를 자꾸만 굴려본다. 재미난 장난감을 발견한 어린 짐승처럼. 생이 구르다 구르다 똥통에 처박히면 어떻게 되는가. 멈추는가. 아니다. 썩는다. 그때부터는 썩은 몸을 짓누르며 굴러간다. 감각은 사라지고 굴러간다는 느낌만 남는다. 그때부터 몸은 바퀴가 된다. 내가 싣고 있는 것이 무엇인지 알고 싶지도 않아진다. 구르고 있는 여기가 어디인지, 천길 낭떠러지인지 불구덩이인지 알 필요가 없다. 끝장나기 전까진 그저 굴러간다. 이 무거운 몸을 짓누르는 힘이 무엇인지 모르는 채. 끌고 가는 거다. 나는 썩었으니까. 바퀴일 뿐이니까. 내게는 위안이 필요없지.

따끔거리는 빛에 소녀의 눈꺼풀이 떨린다. 소녀는 걸음을 멈추지 않기 위해 눈을 부릅뜬다. 의지대로 살 수 있다면 아무 빛도 닿지 않는 땅끝 맨 밑바닥으로 꺼져버리고 싶다. 그 속에는 무엇이 있을까. 비로소 내 몸을 녹여버릴 뜨거운 무언가가 있지 않을까.

그것이 위안이 되겠구나.

소녀는 웃었다. 장병이 머리를 칠 때까진. 그러곤 웃음을 그쳤다. 머리를 맞아서가 아니라 무언가 이상해서. 그러고 보니 배가 너무 불렀다. 뱃속에 꿈틀거리는 것이 있었다. 꿀렁거리고 뱃거죽이 쭈우욱 튀어나올 때까지 무언가 괴물 같은 것이, 속에서 밀어대는 것이 아닌가.

그래 그러고 보니 저들이 내 몸속에 너를 심어뒀지. 그래 놓고 쿠삿대루 쿠삿대루 하며 놀려댔지. 저들의 말은 몰라도 쿠삿대루가 뭔지는 알겠더라. 쿠삿대루는 삿쿠고 삿쿠는 쿠삿대루니까. 둘의 발음이 유사한 건 신기하지 않아. 모두 더러운 것이니까. 나도 네가 끔찍스러워. 너도 내가 그렇겠지. 낯선 몸속에 너를 가둬두고 있으니. 바늘처럼 쑤셔대는 이물적인 빛이 소녀의 기분을 성가시게 한다.

구릉지 숲에 올라 장병들은 한 줄로 엮인 포로들의 목줄을 하나씩 나눠 가졌다. 누군가 소녀를 아름드리 커다란 나무 아래로 데려갔다. 그때 나무 앞에 선 소녀의 눈에 물안개 자욱한 숲 아래로 푸른빛이 보였다. 소녀의 입이 벌어졌다.

어느 날 뜻 모를 이국의 이름이 박힌 명패를 가진 소녀, 바다를 바라보는 기쿠요. 시간이 멈춰버린 세계, 무더운 여름날 속에 스며드는 서늘함. 소녀는 오랜만에 마주한 그리운 풍경을 눈에 담으며 그것의 이름을 되뇌었다. 그것이 뱃속 아이에게 건넨 첫마디였다.

하지만 이건 꼭 알려주고 싶어.
세상 가장 아름다운 것의 이름을.
저 이름을 부르며 살 수 있게.
너를 놓아주고 싶어.

"바다야."

소녀의 머리는 나무 위로 끌어당겨졌다.

그 시각, 호세는 군인들 밥을 짓지 않고 해안가 절벽 굴에 숨어 있었다. 호세는 물질하며 먹고 살던 토착민이었다. 3년 전 문어를 잡던 중 별안간 나타난 군인들에게 잡혀 그들을 먹여 살려야 한다는 중대한 임무를 부여받았다. 주방 일을 거들던 소년병들 사이에서 게릴라가 들어오기 전에 퇴각한다는 말이 구원처럼 흘러나왔다. 호세는 굴속 천장에 붙은 제비집을 뜯어 먹고 이슬을 받아 먹으며 일주일을 죽은 듯이 누워 있었다. 비로소 기다리던 뱃소리가 울렸다. 천황을 향해 돛을 올린 행복한 배들이 모두 떠나고 섬이 적막해지자 호세는 굴을 빠져나왔다. 수용소로 돌아왔을 때, 살아 있는 것은 없었다. 그는 홀린 듯 질척질척 걸음을 옮겼다.

호세가 그간 다루지 않은 재료는 없었다. 갓 태어난 아기와 태를 굽기도 했다. 장교들은 특히 그것을 좋아했다. 조막만 한 머리통을 부숴 골을 빨아 먹었다. 식탁에 놓인 나무망치 위로 그것을 내려쳤다. 한 번 두 번 세 번 네 번. 뼈, 그 작은 뼈들. 끊임없이 달그락대는 그 빌어먹을 뼈들. 빌어먹을 짓거리들.

보급망이 끊기자 상황은 더 어려워졌다. 1,000여 명에 이르던 포로는 수십 명으로 줄었다. 이들은 온갖 실험용 균에 더럽혀졌기에 역설적으로 먹히지 않고 살아남았다. 세상 끝에 남겨진 사람들, 마지막 생존자들.

팔이 잘린 열매가 끝없이 매달린 언덕배기 숲에 이르렀을 때, 저절로 몸이 굽어진 호세는 돌부리에 머리를 처박았다. 숲이 얼마나 고요하던지, 살아 있다는 게 실감이 났다. 그는 언제부턴가 기도를 버렸다. 입에서는 기도 대신 침이 흘러나왔다. 그는 아직도 신을 기다리는, 구원을 바라는 자신을 혐오했다.

그때 호세의 머리칼이 젖기 시작했다. 두피를 타고 뜨거운 것이 흘러내려 얼굴을 적셨다. 손가락 사이로 뚝뚝 누런 물이 떨어졌다. 호세의 눈이 커졌다. 그 순간 벌컥 물이 쏟아졌다. 호세는 기함하며 뒤로 나가떨어졌다. 엉덩방아를 찧고서 두 팔을 휘저으며 때굴때굴 굴렀다. 머리를 꼭 끌어안고 신을 찾으며 죄를 참회하고 용서를 빌었다. 눈물을 흘리며 하늘을 향해 고개를 쳐들었을 때 그는 아주 이상한 것을 봤다.

나무에 매달린 소녀의 다리 사이에서 파파야 같은 것이,

태에 감긴 아기가, 쑥 미끄러져 나왔다. 비쩍 마른 아기가 탯줄에 대롱대롱 매달렸다. 호세는 숨 쉴 틈도 없이 본능적으로 아기를 받치고 탯줄을 이로 잡아 뜯었다. 질식하기 직전이었던 아기는, 그제야 처음 자신의 폐로 공기를 들이마셨다. 그 공기가 너무 씁싸름해서인지 아기는 울음을 터뜨렸다. 아주 크게 실망한 표정. 푸르스름한 몸이 순식간에 핑크로 변했다.

아기 얼굴에는 코 대신 구멍이 있었다. 입술이 없는 입은 삼각형 모양이었다. 말라키…. 호세는 중얼거렸다. 그 검은 구멍을 마주한 순간부터 15년 뒤 해일에 휩쓸려 생이 끝장날 때까지 호세에게 말라키는 거대한 생의 비밀이자 계시였고, 그의 삶을 잇는 구원이었다. 전쟁이 끝난 섬은 외지인들에 의해 농장과 리조트가 세워지며 나날이 변해갔지만, 두 사람은 헤어질 때까지 애틋한 유대감을 지키며 서로를 붙들고 살았다.

못생긴 말라키는 자기 얼굴을 가지고 농담하기를 좋아했다. 영화광이자 이야기꾼인 그는 특히 아이들 앞에서 만담하기를 즐겼다. 그 다정하고 재밌는 모습에 함께 살기를 청한 여자들도 있었지만, 말라키는 오래진 섬을 떠난 한 여인만을 품고 살았다. 위성 안테나가 달린 그의 오래된 가옥에서는 언제나 고전 영화가 흘러나왔다.

해가 늘어지는 뜨거운 오후가 되면 아이들은 텔레비전 앞에 모여 영화를 봤다. 여자들도 손질할 거리를 들고 말라키네 앞마루를 찾았다. 남자들은 말라키가 빚은 술을 한 잔씩 걸치고 여인들과 농을 주고받거나 망고나무 아래 해먹에서 낮잠을 잤다.

말라키의 만담 속에서 나타나는 그의 과거 행적은 매번 달라졌는데, 적군을 모두 때려 부수고 홀연히 사라진 아나키스트 영웅이 되기도 했고 사랑하는 여인을 구하려다 포탄에 얼굴이 날아간 비극 속 로맨티시스트가 되기도 했다. 때로는 전장에서 밟히고 버려진 자신을 늑대들이 물고 데려가 키워줬다는 건국 신화 수준의 판타지가 펼쳐지기도 했다. 어느 이야기든 마무리는 같았다. "이 못생긴 얼굴은 희망의 상징이요, 내 입에서 나는 말소리는 세상에 기적이 있음을 알리는 종소리다. 그럼 그럼."

***

"안녕하세요, 어르신." 나오미가 자세를 바꾸고 공손한 자세로 인사했다.

"그래 얘야, 이리 좀 와보거라." 말라키가 휘휘 손짓했다. 키가 140센티미터 남짓한 말라키는 나오미와 체구가 비슷했다.

나오미가 암석 쪽으로 다가서자, 말라키는 눈을 한껏 움츠린 채 못생긴 얼굴을 들이밀고 한참 아이의 얼굴을 응시했다.

"이 어르신이 이래 봬도 아직 눈이 좋단다. 넌 왜 그렇게 입술이 빨갛냐?"

나오미는 모르는 척 새침한 표정으로 입술을 쏙 숨겼다. 립 틴트를 꼭 쥐고 있는 나오미의 손을 보고 말라키가 말했다. 이리 줘봐라. 나오미는 등 뒤로 손을 숨기며 도리도리 고개를 저었다.

"이리 내보라니까? 그래, 뺏을 필요는 없지. 그럼 나도 발라다오."

나오미는 뜨악한 표정으로 더 크게 도리질했다.

"어서. 치사하게 너만 예뻐지겠다는 거냐?"

나오미는 쭈뼛 손을 내밀어 틴트 뚜껑을 열었다. 입술 없는 말라키의 얼굴 어디에 발라줘야 하나 고민하다, 입 가장자리를 둘러 크게 틴트를 칠했다. 어느새 동생들도 쫓아와 화장을 구경했다.

말라키의 입 언저리에 빨갛고 커다란 테두리가 생겼다.

"어떠냐, 이쁘냐?"

"아뇨. 조커 같아요." 나오미가 진지하게 말했다. 동생들은 모래를 잔뜩 뒤집어쓴 채 떼굴떼굴 구르며 웃어댔다.

"이놈, 어르신을 놀리냐?"

"진짜인데요."

"그래. 조커 좋지. 그럼 나는 쨋 니꼴슨 쪽이냐, 히뜨 레저 쪽이냐? 아무래도 히뜨 레저 쪽이지?" 나오미는 무슨 말인지 몰라 눈을 껌벅였다.

"이 녀석, 그런 것도 모르면서 조커 타령은…. 얼른 가. 저렇게 내버려뒀다간 네 동생들, 바다 건너 오끼나와까지 굴러가겠다."

"네, 어르신."

나오미는 유리병을 속주머니에 소중히 집어넣고, 드러누운 두 아이를 일으켜 세우려 했다. 아이들은 아래로 더욱 힘을 주며 게처럼 버둥거렸다.

크림 케이크처럼 층층이 진 띠구름이 강물처럼 하늘 끝자리에서 일렁거렸다. 동시에 하늘 전체가 연둣빛 광채로 불타올랐다. 녹아내리는 긴 구름 행렬이 이들이 있는 해안으로 빠르게 밀려들고 있었다. 바람이 일자, 소금에 전 풀 줄기들이 일제히 허리를 숙였다.

"참 고요하구나. 한창 새들이 지껄일 시간인데. 세상에 새소리가 들리지 않는 것처럼 이상한 일도 없지." 파도가 다가오고, 멀어졌다.

"아가, 오늘은 멀리 나가지 말고 얼른 들어가거라. 바다 날씨는 배고픈 노인네처럼 변덕스럽다."

"아가 아닌데요." 나오미가 입술을 쏙 내밀고 진지하게 대답했다. 순간 말라키의 얼굴이 부드러워졌다. "그래, 요 입술 빨간 아가씨야."

나오미와 동생들은 해변을 향해 뛰었다. 물 빠진 암석 사이사이 조그만 웅덩이에 옹송그린 성게들이 가시를 까딱거렸다. 아이들은 주머니칼로 성게 몸통을 반으로 갈라 빈 케첩 통에 노란 속을 긁어모으고 껍질은 던져버렸다. 살이 꽉 찬 가리비와 소라, 골뱅이도 조금 주웠다. 하늘은 연둣빛에서 보랏빛이 됐다. 지글거리는 바다 가장자리, 물 위로 태양이 솟아오르자 안개가 감싼 해안은 연한 꿀빛으로 물들었다.

나오미는 라일라의 손을, 라일라는 밀의 손을 잡았다. 산호 조각이 흩어진 해안가 모래사장 위로 불가사리가 별빛 문양을 만들었다. 모래에 찍히는 발자국 뒤를 끈 달린 양동이가 퉁퉁 소리를 내며 따라다녔다. 아이들은 조금씩 더 멀리까지 나갔다.

파도가 수평선을 향해 말려들었다. 물이 사라진 자리에 남은 새하얀 모래톱 위로 쩍쩍 물길이 드러났다. 작은 게들이 일제히 기어 모랫구멍 속으로 들어갔다. 동네 꼬마들의 웃음 섞인 발소리가 울리다가 멀어졌다. 아이 셋은 물속에서 드러난 암반 지대를 수색했다.

바싹 물기가 날아간 잿빛 암석 위로 땀이 한두 방울 떨어졌다. 땀에 젖은 셔츠가 등에 바짝 달라붙었다. 순간, 주변이 어두워졌다. 나오미가 고개를 들었다. 짙은 안개 너머 멀리,

아버지의 배가 보였다. 바다는 잠깐 빛나다 곧 어두워졌다.

흰 모래가 날리는 해안은 연둣빛 광채로 창백하게 빛났다. 손등 위로 툭, 빗방울이 하나 떨어졌다. 나오미는 성게를 주우려고 팔을 뻗다 멈칫, 손등에 내려앉은 물방울을 유심히 들여다봤다. 초록빛 유리구슬 같았다. 가볍게 빛이 날렸다.

비가 흩날리며 암석과 모래 위로 짙은 원형의 무늬를 만들었다. 나오미와 동생들은 작은 손을 모아 후드득후드득 떨어지는 빗방울을 받았다. 초록으로 빛나는 빗물이 손바닥을 가득 채우다 색을 잃으며 흘러내렸다. 파도가 울렁이며 단숨에 솟아올랐다. 아이들이 올라서 있던 암석 지대 주위로 순식간에 물이 차올랐다. 멀리 리조트가 보였다. 활짝 젖혀진 풀 빌라 창문에 달린 커튼이 바람에 부푼 돛처럼 날리고 있었다. 앉아 있던 새들이 바람을 타고 날아갔다. 새들이 있던 모래톱이 빠르게 사라졌다. 어디에선가 아이들의 이름을 부르는 소리가 들렸다. 옷이 젖어들었다. 아이들에게 세계의 시간은 너무 빠르다.

이제 가자. 나오미가 외쳤다. 아이들은 수영을 아주 잘했다. 나오미는 전혀 걱정하지 않았다. 한 번 더 파도가 높게 솟구쳤다. 물에 뛰어들기 직전 동생들의 손을 꽉 잡았을 때, 나오미는 손가락 사이로 무언가 스르륵 빠져나가는 것을 느꼈다. 손에 아무것도 남지 않았다. 처음에는 밀의, 그리고 라일라의 몸이 거품처럼 증발했다.

섬이 완전히 비에 잠겨 해수면 아래로 사라지기까지는 반나절이 채 걸리지 않았다. 청금석 같은 빛이 고인 해뜨기 직전의 새벽, 물에 배를 띄우고, 해안으로 걸어 나가 물 빠진 자리에 남은 조그맣고 딱딱한 조개류와 갑각류, 성게나 해초 따위를 주워 들고 집으로 돌아갈 시간, 어느 날처럼 폭우가 들이칠 때면 허술한 지붕과 배수로를 정비하고 가족들의 아침을 준비하며 걱정스러운 눈으로 창밖을, 바다를 지켜보고 있을 시간, 3,000년 가까이 이어진 그 섬의 일상은 첫 번째 빗방울이 떨어지고 2시간 후 멈췄다. 구조 헬기가 도착했을 때, 폭우는 이미 그쳐 있었다. 부유물에 의지하던 단 한 명의 생존자를 제외한, 서른다섯 가구에 거주하던 171명의 주민들은 그대로 사라졌다.

해가 잠긴 캄캄한 바다 위로 빛의 점들이 떠올랐다. 무인 구조 보트와 탐사선이었다. 실종된 사람 중 아무도, 사망자의 유해조차 나타나지 않았다. 수면으로 하나둘 떠오르는 유실물과 붕괴한 가옥의 일부, 옷가지와 생활용품과 부푼 쓰레기 더미가 섬이 사라진 자리를 채웠고, 섬 위에서 수억 년간 분화해 온 수십여 종의 수목, 먼 과거에 죽은 세포로서 오래도록 그들의 몸을 지탱해 준 심재心材와 숨구멍이 되어준 겉껍실들이, 페이스트리처럼 발가벗겨지고 활짝 벌어진 채 주위를 떠다녔다. 기능을 상실한 채 파도에 휩쓸려 멀어져 가는 그들의 모습은 해체된 생명체의 단면을 보이고 있었다. 사흘 후, 국제해양재난대응기구International Maritime Disaster Response Organization의 1차 합동 감식 결과가 발표됐다.

당초 가라앉은 듯 보이던 섬은 해수면 위로 돌출돼 있던 지상부 전체가 움푹 꺼져 있고, 수중에 남은 하부 지형은 해저 칼데라와 유사한 형태를 띠고 있다. 해당 함몰지는 말굽형 분지로, 직경 5,000여 미터의 웅덩이 모양이다. 지반 침하, 붕괴, 화산 활동, 외부 충돌 요인까지 다양한 가능성을 염두에 두고 있으며, 더 정밀한 원인 규명을 위해 해양과학·지질학 합동 조사 TF를 가동할 방침이다.

최초 생존자 1명을 제외, 관광객 45명과 대다수 미성년이었을 것으로 추정되는 농장 미등록 노동자 전원 및 주민 171명은 실종됐다. 사체는 일절 발견되지 않았다. 해양 수색 중 발견돼 크게 주목받은 뼈 무더기는, 감식 결과 그 다수가 과거 시기의 사망 및 집단 매장으로 인한 유골인 것으로 밝혀졌고, 상대적으로 최근의 것으로 추정되는 뼈도 혼재되어 있었는데, 이는 도살된 가축의 것으로 확인됐다. 사라진 것은 사람에 한정되지 않았다. 섬의 주요 서식종인 물소, 닭, 오리 및 수목을 비롯해 작물의 흔적도 찾을 수 없었다. 재난 당일, '대기의 강(많은 양의 수증기가 이동하는 길고 좁은 기류)' 형성으로 시간당 최대 250밀리미터가 넘는 기록적인 폭우가 내렸고, 이는 지반을 지탱하던 맹그로브 숲의 유실로 이어졌다. 급속도로 진행된 지반 침하가 수몰의 첫째 요인으로….

2차 해양 조사 결과, 재난이 일어난 지점으로부터 인근 200해리 반경 수중 생물의 15퍼센트가량이 일시적으로 급감했다는 것이 드러났다. 이국의 작은 섬이 증발한 이 사건은 20년 뒤, 인류 역사상 움과 기후 변화가 결합해 발생한 첫 번째 대형 재해로 재규명된다. 하지만 이것이 대이주大移住, 디아스포라의 시작이었다는 사실은 누구도 알지 못했다.

2장

A.D. 2028

집으로 돌아가는
유령들

행복한 사람들의 세계에서 신은 따뜻한 엄마의 얼굴을 하고 있다. 맛있는 쿠키를 구워주고 보드라운 잠옷을 준비해 두고, 잘못을 꾸짖은 후에는 눈물 젖은 손으로 우리를 다정하게 안아준다. 슬플 때도 지칠 때도 엄마의 곁에선 늘 좋은 냄새가 난다. 그들이 말하는 불행의 온도는 실온의 마이너스 20퍼센트인 섭씨 12도에서 16도 사이를 크게 벗어나지 않는다.

불행한 사람들의 세계에 신은 관심이 없다. 오래된 밥알은 쉰내를 풍기고 마른 눈물처럼 굳어 있다. 집 안은 냉기로 가득하다. 목을 움츠린 것이 그들의 바른 자세가 됐다. 조금 따뜻할 때는 창문을 열어뒀다가도 이내 썰렁한 기운에 문을 닫는다. 연일 영하의 날씨다.

모든 세계가 행복할 수는 없다. 모든 세계가 공평할 수도 없다. 하나의 엄마에게 주어진 집과 아이들이 너무 많다면, 어느 집의 아이들은 자기에게 엄마가 있는지도 모른 채 평생을 살다 갈 수도 있다. 엄마는 매번 다가오는 명절과 크리스마스, 수만 가지 기념일과 행사들을 챙기기가 버거워 손에 닿는 집들을 비슷한 경로로 돌아본다. 그것은 늘 비슷한 궤도를 그리며 공전하는 천체 운동에 따른 기후대 분포와 닮아 있다. 이동을 막고 이주를 금지하는 사악한 힘이 있기라도 하듯이 왜 우리는 벗어나지 못하고 같은 곳을 헤맬까? 행복한 이주는 정녕 불가능한가? 그건 진짜 신이 있다는 방증인가, 단지 만족을 모르는 인류의 유전적 한계인가?

증발을 유도하는 최초의 비가 내린 건 서기 2015년의 일이다. 그 작은 섬의 증발은 곧 잊혔고, 오랜 기간 사람들은 비의 변심을 인식하지 못했다. 따뜻한 물로 개구리를 삶아 먹듯, 이 일은 느리지만 분명히 진행되고 있었다. 녹색 비가 내리면 농작물이 사라지고 숲은 텅 비었다. 어획량은 줄고 실종자는 늘었다. 어느 순간, 전 세계 경제 흐름을 주시하던 통계 분석가들은 수치가 몹시 이상하다는 걸 깨달았다. 모든 사회 경제적 생산 지표가 너무 빨리, 급격히 곤두박질치고 있었다. 이러한 비의 영향은 환경 오염, 기후 재난, 전쟁이라는 인류가 고질적으로 품고 있던 예측 변인으로 인해 오랜

기간 가려져 있었다. 숨겨진 것에는 에너지가 있다. 저 스스로 드러나고 싶어 앙탈을 부리는 것이다. 결국에는.

2028년, 데뷔 45주년을 맞이한 이 세기의 전설적인 밴드 '레드 핫 칠리 페퍼스'를 사랑하는 8만 5,000명의 군중이 런던 웸블리 스타디움에 모였다. 공연 시작 30분 뒤, 예보에 없던 빗방울이 떨어지기 시작했다.

민머리 베이시스트 플리는 몸이 베이스로 이루어진 연체동물처럼 그루브에 맞춰 몸을 튕겼다. 엄지로 때려 박는 그의 강력한 슬랩 베이스에 머리를 맞댄 존의 펑키한 기타 리프가 더해져 무대는 살아 숨 쉬는 생명체처럼 두근거렸다. 연주는 〈Goodbye Angels〉에서 〈Wet Sand〉로 넘어갔다.

어두워지는 하늘 위로 스타디움 조명에 반사된 빗방울이 선을 그었다. 쏟아지는 녹색 유성우 같았다. 관객 모두 그것을 특수 효과라고 생각했다. You don't form in the wet sand. I do(너는 기적을 만들 수 없지. 나는 가능해). 모든 관객은 팔을 들어 올리고 반짝이는 빛무리 위로 손가락을 펼쳤다. 그들의 손목에는 하나같이 밴드를 상징하는 여덟 갈래 별모양, 검은 색실과 붉은 색실로 짜인 문양의 팔찌가 감겨 있었다.

손을 흔드는 사람들. 손가락 사이로 흩어지는 빗방울들. 기타 리프가 하늘을 날았다. 관객 모두는 소리와 함께 날아오르는 듯한 환상에 빠졌다. 연주가 끝나고 환호성이 사라졌다.

스타디움은 침묵에 잠겼다. 비에 노출된 스탠딩 구역과 1층 전방 좌석을 가득 메운 3만 5,000명의 관객이 증발했다. 스타디움 가장자리를 두른 지붕 아래 2, 3층에 있던 5만 명의 관객은 뭔지 모를 이질적 상황에 아무도 입을 열지 못했다. 남겨진 모두는 입을 열면 사라져 버릴 것 같은 주술적 공포에 빠졌다.

단 한 사람, NBA 역대 최장신 선수로 237센티미터 키에 육박하는 신인 센터 자이언트 롱고만이 밴드 로고가 박힌 붉은 티를 입고 스탠딩 구역에 홀로 서 있었다. 그는 드래프트 1순위로 포틀랜드 품에 안길 때 자이언트라는 영광의 이름을 얻었다. 모든 군중이 그를 바라봤다. 순간, 그의 몸이 사라졌다. 오늘을 위해 특별 주문한 7XL 사이즈 초대형 티셔츠가 붉은 새처럼 허공을 향해 부풀다 바닥으로 가라앉았다. 사람들의 입이 벌어졌다.

"어디로 갔지? 어디로 갔어?" 마이크를 들고 있던 보컬이 특유의 랩 스타일로 같은 말을 반복했다. 다음 곡은 〈Don't forget me〉였지만, 그들은 곡의 첫 음조차 떠올릴 수 없었다.

뉴스가 쏟아졌다. 카메라에 잡힌, 밴드 전원이 텅 빈 객석을 바라보고 있는 이 모습은 반세기를 항해해 온 이들의 경이로운 음악보다 이 세기를 대표하는 한 장면으로 더 유명해졌다.

사람이나 원숭이, 작은 길가 동물이 우연히 증발하는 모습이 포착된 짧은 영상들은 이전부터 온라인을 떠돌았지만 흔히 괴담이나 조작된 것으로 치부되어 왔다. 수줍음 많은 소수의 증발론자들이 웹 커뮤니티를 형성해 '우주 증발론'을 주장했으나 주목받지 못했는데, 콘서트 영상이 전 세계로 퍼지며 녹색 비에 대한 우려와 공포가 단번에 수면 위로 떠올랐다. 국제적 논의가 진행되는 사이, 시민에게는 위기대응 지침이 내려졌다.

비 노출 주의. 현재 강우 안전성 평가 중으로 다음 발표 시까지 외부 활동 자제 권고. 강수 발생 시 즉각 안전지대로 대피하시오.

야외 행사는 모두 취소됐다. 각국은 모든 건축물에 지붕을 달도록 긴급명령을 발동했다. 축구나 크리켓 등의 야외 운동은 실내에서 진행됐고, 해수욕 등 수상 레저는 무기한 금지됐다. 비 예보가 뜨면 외출을 자제하라는 경고 사이렌이 마을 확성기에서, 지역 라디오에서, 모두의 핸드폰에서 시끄럽게 울렸다.

한때 서독의 수도이던 본의 아데나워 거리, 까치집을 지은 뒷머리에 니코레트 금연껌을 씹고 있던 한 과학자가 생일 선물로 받은 지압 슬리퍼를 질질 끌며 기자 회견장에 들어섰다. 유럽환경보건센터장 드미트리 아나니얀이었다. 회견장 전면 유리창 너머 라인강이 한눈에 들어왔다. 그는 매일 아침 출근길에서 저 강을 지나칠 때마다 고국의 풍경을 담은 러시아 화가의 그림을 떠올렸다. 〈볼가강의 배 끄는 인부들 Barge Haulers on the Volga〉.

모래사장 위 인부들은 가슴팍과 허리에 밧줄을 칭칭 감고 멀리 물에 뜬 바지선을 사력을 다해 끌어당기고 있다. 드미트리는 그 모습을 마치 억겁의 시간을 당기는 듯 보았다. 그들은 긴 시간을 끌고 있다. 태엽을 감고 있다. 하지만 그림 속 바지선은 꿈쩍도 하지 않는다. 그의 할아버지는 아르메니아인 대학살을 피해 러시아로 이주한 볼가강의 인부였다.

기자 회견장으로 내려가기 직전, 한 연구원이 드미트리를 붙잡고서 그의 얼굴에 미스트를 옷에는 베이비파우더향 탈취제를 뿌려줬다. 그는 누구와도 말을 나눌 기분이 아니었기에 고마움을 포함한 어떤 반응도 남기지 못한 채 송장 같은 다리를 끌며 연구실을 빠져나갔다. 나오려다 문턱에 걸려 엎어졌다. 담요를 뒤집어쓰고 졸고 있던 연구원들이 스멀스멀 기어 나와, 사방으로 흩뿌려진 보고서 종이들 사이에서 새어 나온 것 같은 드미트리의 얇은 몸을 조심스럽게 일으켜 주고 옷을 털어줬다.

그는 연구실에서부터 비상구 난간을 붙잡고 수십여 개의 계단을 걸어 내려왔다. 엘리베이터 밀실에서 누군가와 대면하는 건 피하고 싶었다. 그는 이대로 집으로 돌아가 보드카 750밀리리터를 들이켜고 잠들고 싶었지만 거세게 마른세수를 하고 눈곱을 털어 낸 후 단상 앞에 섰다. 플래시가 터지고 수십 개의 카메라에 빨간 불이 들어왔다. 전 세계 시청자가 그의 충혈된 눈을 지켜봤다. 그는 기자들 앞에서 브리핑을 시작했다. 1분 뒤 장내는 충격에 빠졌다.

첫째, 녹색 비가 인간 및 기타 동식물을 포함한 유기체를 사라지게 하는 '현상'의 원인임을 확인.
둘째, '현상'을 일으키는 검출 물질 없음 확인.

결과는 분명하고 단순했다. 전 세계 어느 지역에서도 비의 특이점을 찾지 못했다. 일반적인 비와 같다.
현존 기술로는 잡히는 것이 없다. 현상은 있다. 검출된 것은 없다. 돈이 사라졌다. 도둑은 없다. 그럼 현상을 연구하는 수밖에.
기자들의 질문이 쏟아졌다. 정말 아무런 차이가 없습니까? 어떻게 비가 똑같습니까? 다 똑같은 비라는 게 대체 무슨 소리입니까? 은폐하시려는 겁니까?
드미트리는 뿌득뿌득 장이 뒤틀리는 것을 느꼈다. 당장

이 직함을 벗어던지고 난장을 벗어나 화장실로 달려가고픈 심정이었다. 그는 지압 슬리퍼에 발바닥 앞쪽을 꾹꾹 누르며 학자로서의 치욕을 삼켰다.

"지금은 과학 시간이 아닙니다. 실험을 하고 싶으시면 과학실은 나가서 왼편입니다만? 얼음과 물의 구조는 물론 다르죠. 마드리드, 이스탄불, 헬싱키에서 내리는 비도, 황허강, 볼가강, 라인강에 내리는 비도 모두 다른 성분 비율을 가지겠지요. 다 다르지만, 수치가 통상적인 범주를 벗어나지 않았다. 유의미한 차이가 없다는 말이겠지요. 제가 그 정도도 구분 못 하는 얼빵이라면 집에서 푹 자고 있었겠지요?"

"비의 녹색화는요? 그 형광 물질은 뭔가요? 목격자가 많은데 정보를 차단하시는 겁니까? 지시자가 누굽니까?"

그는 자신의 까만 슬리퍼를 내려다봤다. 나무 단상을 바라봤고 화병에 꽂힌 장미를 쳐다봤다. 질문을 한 기자의 검은 머리칼을 쳐다봤다. 녹색광이 도는 유리창과 그 너머의 강줄기도, 모든 걸 처음 본다는 듯이, 이해할 수 없다는, 새로운 표정으로.

"당신의 이는 어째서 하얀가요. 저 칙칙한 벽은 왜 회색이고, 이 장미꽃잎은 왜 노란색이고, 이 잎사귀와 저 유리창의 단면은 어째서 초록색인가요. 특정 파장의 빛을 기어코 붙잡거나 반사하겠다는 광학적인 고집은 도대체 누가 정하는 겁니까. 지금 우선 할 것은 어떤 상태일 때 돈이 사라지는

지. 어떤 상태일 때 더 많이 사라지는지. 앞으로 얼마나 더 많이 사라질지. 어떻게 해야 돈을 지킬 수 있을지. 지금 집중할 것은 그것입니다. 도둑이 왜 그 색깔의 옷을 좋아하는지는 현재 고려할 대상이 아닙니다. 그런 건 도둑을 잡은 이후에 범죄심리학의 발전에나 쓰이겠지요. 하지만 이 비가 녹색으로 비치는 것은 신의 축복입니다. 적어도 피할 수 있으니까요. 저는 그 점을 정말로 다행스럽게 생각합니다."

그는 고개를 푹 숙인 채 한동안 말이 없었다. 증발한 자들은 모두 어디로 가버린 것인가? 질량보존의법칙을 믿고 있는 우리는 이것이 너무나 이상하다는 사실을 잘 알고 있다. 그는 빗속으로 뛰어 들어가는 장면을 상상했다. 누가 알겠는가. 반입자가 출렁이는 '디랙의 바다'를 탐험하게 될지. 혹은 녹빛을 통과해 도달한 앨리스의 거울 속을 항해하다 에메랄드 시티까지 날아가게 될지. 그는 초시계를 켜고 지켜본다. 얼마나 걸릴까. 어디로 가게 될까. 하지만 그렇게 하기에 아직은 궁금한 게 너무 많다. 답을 얻기 전까진 멈출 수 없다. 그는 집에 가서 보드카를 들이켜는 대신 책상으로 돌아가 다른 실험을 설계할 것이다. 언제까지라도. 그는 고개를 들었고, 시계를 쳐다봤다.

"우리에겐 시간이 없습니다. 오늘의 브리핑은 한 줄입니다. '지금, 이 상황을 이해할 수 있는 사람은 지구에 단 한 사람도 없다.' 그게 끝입니다. 하지만 내일은 이해할 수 있을 거란 희망을 놓지 않을 겁니다. 우리는 포기하지 않습니다. 끝까지, 밝혀낼 겁니다. 포기하지 않을 겁니다."

드미트리는 걸음을 옮기려다 마지막으로 기자들을 바라봤다. 그들의 눈을 바라봤다. 훗날 그때를 다시 떠올렸듯이. 이제 누가 남아 있을까.

"아이들에게 꼭 가르치세요. 녹색 비를 보면 무조건 뛰라고. 최선을 다해 도망치라고. 당신들이 잘 피해주면 정말로 좋겠습니다. 진심으로 그러길 바랍니다. 눈물은 연구에 도움이 되지 않으니까요. 저는 심장이 약해서 이제 뉴스는 보지 못할 것 같습니다. 당신들이 피하고 있는 동안 우리는 쉬지 않고 연구하겠습니다. 최선을 다할 것을 약속합니다."

드미트리의 바람과 달리, 필사적으로 녹색 비를 피하려던 사람들은 곧 색을 신경 쓸 필요가 없게 됐다. 국지적으로 내리던 녹색의 비는 점점 넓어지고 옅어졌다. 잉크가 물에 번지듯이 빠르게, 모든 비로 번졌다. 어느 순간부터 투명한 연둣빛 비만 내리기 시작했다. 떨어지는 빗방울은 지상에 오래 고일수록 발효하듯 색을 잃었다. 그것은 그냥 비. 수식이 필요 없는 것이었다. (인간의 약속이란 얼마나 허망한가. 10년 뒤 드미트리는 빗속에서 증발했다. 그의 발이 있던 웅덩이 가에는 낡은 운동화와 옷가지와 금니 세 쪽이 떨어져 있었고 그 옆에는 초시계가 빠르게 돌아가고 있었다.)

적지 않은 동안 숨죽였던 대중의 분노는 극에 달했다. 특정 국가나 세력의 화학 테러라는 설이 지배적으로 떠돌았다. 날로 악화하는 국제 정세에 혐의 국가 일부에서 대변인이 입장을 발표했다. "이 일이 누군가의 음모라면 용의자는 신이다." 그것은 신을 어떻게 정의하느냐에 따라 이 상황을 설명하는 가장 정확한 말이었을 수 있다.

세계보건기구는 '현존 기술로는 감지되지 않고 검출할 수 없는 미상의 성분을 함유한 비'가 범지구적인 위협으로 등장했음을 공식 발표하고, 최고 등급의 비상사태를 선언했다. 이 미상의 물질은 우주의 진동을 뜻하는 **움AUM**이라 지정됐다.

곧이어 세계기상기구를 중심으로 나사, 고더드우주비행센터 등 대륙별 연구소를 허브로 잇는 우주기후대응기구가 새롭게 창설됐다.

움의 존재는 실험을 거듭할수록 명확해졌다.

학자들은 유기물의 화학적 성질 변화에 관여한다는 점에서 움을 효소로 추정했다. 이들의 가설은 이렇다. 움은 유기체의 세포에 닿는 즉시 활성화하여 침투한 영역에서 DNA를 효소기질로 삼는다. 효소 움에 의해 변이된 세포는 나머지 비활성 효소를 이웃 세포로 빠르게 전달한다. 이렇게 변이 세포가 체내를 50퍼센트 이상 채우면? 하나의 화학 작용을 일으켜 개체를 순식간에 무無의 형태로 분해해 버린다. 임계점을 넘기는 순간, 증발 현상이 일어난다. 개체의 크기, 즉 개별 개체가 지닌 분열 세포 수의 차이가 반응 속도를 결정짓는다는 게 주요 정론이었다.

이러한 이론은 2029년 《네이처》에 게재된 이 새로운 비에 관한 최초의 논문 「증발비evaporain에 함유된 체세포 순환의 협약」에 뿌리를 두고 있다. 여기에 '민들레 대조군 실험'이 등장한다. 재난이 가시화되기 이전부터 우기 지역의 급격한 동식물 개체 수 감소에 주목하고 있던 연구자들은 사막과 열대 우림 등, 세계 각지에서 생존하고 있는 민들레들을 채집해 염색체를 비교·분석해 왔다. 환경적 변이를 추적하던 연구는 2028년을 기점으로 증발 매커니즘의 기반이 된다. 논문 보고에 따르면 강우량이 높은 지역의 표본일수록 변이 세포의 비율이 높았으며 이 수치는 거의 비례해 증가했다.

다음으로 밝힌 부분은 정상 세포들에 의한 체내 정화작용, '줄다리기 현상'이다. 정상 세포들은 체세포 분열을 통해 끊임없이 변이 세포를 몰아내고 그 자리를 정상 세포로 채우는 과정을 반복한다. 즉, 임계점에 도달하기 전까지는 축적과 회복 속도에 따라 증발 시점이 결정된다. 따라서 비와의 접촉으로 증발할 가능성이 높아지더라도 시간 간격을 둔 임계점 이하의 흡수가 반드시 증발로 이어지는 것은 아니다. 이것이 연구자들이 가장 주목한 부분이다. 수백만에서 수십

억 개의 세포를 가진 민들레와 평균 30억 개의 세포를 가진 쥐, 30조 개의 세포를 가진 인간, 개체 각각의 증발 속도에 차이가 생기는 이유다.

    작은 것들이 먼저 사라졌다. 지구상 가장 오래된 존재로 알려진 원생 생물, 아메바, 짚신벌레, 말라리아 따위의 원충은 급속도로 줄었다. 하수나 오물에서도 박테리아는 찾기 힘들었고 때로 물속을 유영하며 초록빛이나 붉은빛으로 자신들의 세계를 물들이던 플랑크톤은 빛을 잃었다. 동식물에 기식하거나 혹은 자유롭게 세상을 떠돌며 부유의 삶을 즐기던 선충도 대량 실종됐다. 누구나 알지만 본 적은 없는 조그만 생물들이 사라졌고, 그 실종된 목록 중에는 세포 분화에 관한 연구로 2002년 영국과 미국의 과학자들에게 노벨상을 안겨준 예쁜꼬마선충도 포함되어 있었다.

    개중에도 실내에서 번식하는 개체는 살아남았다. 그들은 비가 그치고 나면 다음 비가 오기 전까지 개체 수를 늘리기 위해 최선을 다했다. 이제 그들은 그들의 활동 무대를 전제해야 할 진화론적 선택의 길 위에 서 있었다.

    비를 맞아 실종된 존재들은 때로 영혼의 발자국이 찍히는 것처럼, 발아래 얕은 웅덩이 하나만을 남겼다. 사람들은 증발한 이들이 돌아오길 손꼽아 기다리며 그들이 사라진 하늘을 향해 간절히 기도했다.

비가 내리기 시작하면 지표 곳곳에 영혼의 웅덩이가 생겼다. 따뜻한 내장 속에 숨어 있던 둥근 털 뭉치들이 미처 비를 피하지 못한 고양이들의 마지막을 보여줬다. 골목 구석 깨알처럼 퍼진 구멍에는 해충들의 껍질이 담겼다. 풀꽃와 들풀, 블록 담장을 타고 오르던 덩굴과 과실수는 흙이 옴폭옴폭 파헤쳐진 채 사라졌다. 작은 웅덩이들 사이 덩치 큰 수목이 남았다.

웅덩이에는 여러 유실물이 담겼다. 옷가지, 신발, 가방이 담긴 웅덩이도 있었다. 경찰들 주위로 사람들이 몰렸다. 유실물은 실종자의 신원을 추측할 수 있게 했다. 증발한 것들 사이 몸집 큰 인간이 남았다. 대형 생물이 남았다. 그들은 어깨를 움츠리고 어리둥절한 표정을 지었다. 증발한 것들 사이에서.

비가 걷히고 태양이 조금씩, 모습을 드러냈다. 커다란 새가 하늘을 가로질렀다. 어딘가에 숨어 있던 참새들이 몰려와 콩콩콩 웅덩이 사이를 튀어 다녔다. 사람들은 창밖으로 하늘을 올려다봤다. 화분을 내놓거나 이불을 널기도 했다. 그 사이 밖으로 뛰쳐나온 아이들은 카랑카랑 웃으며 공놀이했다.

당시 인류가 다소나마 낙관적일 수 있었던 건 비가 지구 전체에 동시다발적으로 내린 적이 없었다는 것, 그런 일이 벌어질 가능성은 내일 얌전히 궤도를 돌고 있던 지구가 갑작스레 혜성과 충돌할 확률보다 적다는 점이었다. 그들은 지구의 자정 능력을 믿었다.

그 믿음대로 바다는 자잘한 미생물을 제물 삼아 특유의 광활한 인내심을 발휘하고 있었다. 풍부한 해수와 미세 조류가 거름망 역할을 했기에 해양 생물의 개체 수 감소는 육상에 비해 더딘 편이었지만, 자잘한 고기들은 줄어든 반찬과 희박한 공기에 질식했다. 죽은 고기떼가 해변으로 떠밀렸고 비를 피한 행복한 갈매기는 허기진 배를 채웠다. 살아남은 고기들은 창백해진 바다를 피해 심해로, 더 아래로, 깊이 파고들었다. 그들은 캄캄한 암흑 속 바위틈에 납작 엎드려 그들로서는 처음 겪는 끔찍한 추위와 몸을 찢는 놀라운 바다의 무게를 견뎠다. 그때 눈먼 상어 바나가 그들의 곁을 스쳤다.

인류는 언제나처럼 사소한 변화에 빠르게 적응했다. 정부는 비가 그치고 나면 피해 지역 곳곳에 드론을 날려 복제 배양한 미생물을 대량 살포했다. 기상 관측소에서는 미생물 대기 증발량을 측정해 매시간 증발 농도를 발표했다.

지하 주차장과 자가용은 필수가 됐다. 우비 외투나 우산 등 최소한의 방수 장비들이 배급 및 판매됐지만 공급은 늘 부족했다. 달라지는 환경에 맞춰 도시 재개발이 이어지는 동안 공사에 동원된 일용직 노동자, 환경미화원 등의 외부 노동 종사자들은 별다른 대책 없이 증발했다.

한편에선 인권 운동가들의 소박한 대항전이 펼쳐졌다.

'우산은 모두에게 필요하다'는 구호는 인권을 초월한 생물종 보호의 상징이 됐지만, 2031년 2차 대공황大恐慌이 세계를 뒤덮으며 모두에게 우산이 주어지는 일은 순진한 꿈이라는 냉소로 변했다. 우산이 있는 자와 없는 자의 격차는 매년 커졌다. 3년 뒤, 세계 인구 5분의 1에 해당하는 지붕 없는 극빈곤층 24억 명과 동식물 절반이 증발했다. 식량 안보를 위한 수출 규제, 물류 대란, 경기 침체, 물가 상승이 이어졌고 대공황을 버티지 못한 중산층은 식량 난민이 됐다.

인류의 주거 형태는 극단적으로 갈렸다. 도시는 1퍼센트 상위층이 결집한 돔 대단지 형태로 진화했다. 아치형 구조물이 일산日傘처럼 지상을 덮었다. 그들이 머무는 곳 어디에나 공기 정화를 위한 산소 탑과 온도 조절 장치가 설치됐다. 정수 시스템은 완벽했다. 그들은 증발하는 세계 속에 자신들의 왕국을 만들었다.

식량 생산은 독점됐다. 통제된 대단지 안에서, 소수 자본과 기술력에 의해 이루어졌다. 그들에게는 고기를 배양하고 유전자를 편집할 수 있는 연구실이 있었고 제약 회사와 종자 기업이 있었고, 그 모든 외부 변수로부터 차단된 돔 농업 단지가 있었다. 미니 드론은 벌을 대신해 달콤한 꿀을 실어 날랐다.

기존의 곡창 지대는 비닐하우스 설비를 늘리는 등 원시적 경작을 고수했지만, 작은 곤충들이 급감한 땅에서의 경작은 해가 갈수록 어려워졌다. 개별 농작의 시대는 끝났다. 대부호들은 자선의 의미로 회사, 공장, 농장, 저택에 식량 난민을 수용했고 난민들은 노동력을 제공하는 것으로 숙식에 대한 빚을 갚았다.

도시에서 밀려난 사람들은 자급자족을 시도하기 위해 산이나 동굴 속으로 들어갔고, 그곳에서도 밀려난 이들은 돔으로 되돌아와 외부 노동자로, 돔 외곽에 그믐달처럼 기울어가는 구도심 옛거리에서 도시의 삶을 연명했다.

기아와 무기력에 짓눌린 이들은 자발적으로 증발을 택했다. 차마 집계될 수 없는 이 실종 인구는 수억에 이르렀다. 비가 오면 사람들이 사라졌다. 2028년을 기준으로 80억에 달했던 인류 개체 수는 2035년 말에 이르러 그 수가 절반 가까이 줄었다. 단 7년간의 일이었다.

거인 사투르누스가 휘두른 거대한 낫과 같이 차례차례 지구를 쓸어버린 비로 인해 곰보 자국처럼 움푹 팬, 창백해진 들판의 웅덩이들은 지구라는 축축한 행성에 고립된 인류의 허기에 찬 공포를 그대로 드러내고 있었다. 신의 분노인가? 지구의 눈물인가? 세계는 공황에 빠졌다. 그들이 겪은 곤란을 모두 설명하기는 힘들다. 한마디로 그것은 혼돈이었다.

비가 생명을 증발시키는 것이 당연한 세상에서 태어난 지금의 아이들이 그와 같은 혼란을 이해하긴 힘들겠지. 우리에게 물은 버림으로써 다른 생이 이어진다는 희생의 의미를 담고 있지만, 생명이 넘치는 풍요로운 시대 안에 있던 당시 그들에게 물은 무한한 탄생과 생명의 원천을 의미했다. 비에 색이 깃든 이후부터 인류는 비가 내릴 때면 도저히 증발하지 않는 의문 속에 세계가 뒤집어지고 있는 듯한 현기증을 느꼈다. 증발한 존재들은 어디로 가는가? 우리는 저주받은 아이들인가? 이제 우리는, 어디로 가야 하는가?

아주아주 더 먼 옛날, 기원전 고대에 물과 관련한 짧은 기록이 있다. 땅의 신 데메테르의 딸, 페르세포네가 지하의 신 하데스에게 끌려가는 걸 본 아름다운 님프가 하나 있었다. 눈이 맑은 키아네, 그는 폭력적인 세계의 풍경에 큰 충격을 받는다. 그는 슬픔에 녹아 물이 되어버렸다. 고대인들은 물웅덩이를 키아네라 불렀고, 함부로 물을 흐리지 않았다. 키아네는 짙은 파랑을 뜻한다. 그 물은 생명을 치유하는 샘으로 여겨져 소중히 다루어졌다.

3장
A.D. 2035

잘생긴 남자, 말라키

전 세계 식량 종자의 대부분을 독점하고 있는 초국가적 생명공학기업 몬산다의 인공위성과 국제적 농축산기업 다킬의 우주 정거장이 지구 저궤도에서 충돌 후 동시에 추락했다. 학자들은 대륙과의 충돌이 예상되는 상황에서 통제 불능 상태에 빠진 우주 구조물의 궤도를 포인트 니모(남태평양에 있는 우주선을 폐기하는 외딴 지점)로 유도하기 위해 7시간가량 피 말리는 시간을 보냈지만 결과적으로는 실패했다.

대기를 통과하며 산산이 부서져 내린 날카로운 파편들과 수백 톤급의 묵직한 본체는 포인트 니모에서 3,700해리 떨어진 오스트레일리아 연안을 차례로 강타했다. 시드니와의 거리는 불과 3킬로미터였다. 이날의 뉴스는 충돌과 축제와 비극과 작은 발견이 뒤섞여 있었다. 어느 평범한 날의 뉴스처럼.

저는 지금 시드니 항만이 한눈에 내려다보이는 언덕에 올라와 있는데요. 전망대를 따라 이렇게 많은 취재진과 인파가 몰려 있습니다. 저 멀리 바다를 보시면요. 붕괴한 선박과 우주 구조물 잔해 일부가 물에 떠 있는 걸 보실 수 있습니다. 미처 정박지를 옮기지 못한 군함와 컨테이너선 여럿이 피해를 입었지만, 빠른 대피로 인명 피해는 발생하지 않았습니다. 거리가 제법 있는 이 언덕까지도 눈을 뜨기 힘들 정도로 유독한 탄내가 나고 있는데요. 해안은 선박에서 샌 검은 기름으로 뒤덮여 있습니다. 오스트레일리아 정부는 수습 뒤 사고 기업에 피해 보상을 요구할 것으로 보입니다.

충돌의 원인은 역시 우주 폭풍입니까?

그렇습니다. 하지만 전문가들은 이것이 돌발적인 사고가 아니라고 입 모아 말합니다. 저희가 이전에 연속탐사보도를 해드린 바와 같이, 연일 몰아치는 우주 폭풍과 강화하는 태양풍의 영향으로 지구는 극심한 지자기 폭풍을 겪고 있는데요. 특히 이번 우주 폭풍의 경우는 이례적으로 강한 전자기 교란을 일으키며 저궤도 통신 위성와 우주 정거장에 영향을 주고 있습니다. 이번 우주 폭풍은 최고 등급인 G5를 초과하는, 관측 이래 가장 강력한 수준이라고 합니다. 전문가들은 이러한 현상이 기존에 관측됐던 일시적인 것이 아닌, 장기간 지속하는 추세에 있음을 강조하면서 대비책과 규제가 필요하다고 말했습니다.

이번 사태로 인해 각국 정치 세력들을 비롯해 국제연합에서도 발 빠른 움직임을 보이고 있습니다. 교신이 불안정한 우주 구조물들을 전수 조사하고, 추락 시에도 위험성이 없을 최소한의 소형 통신 위성만 소지하게끔 하는 허가제 방식의 범지구적 규제안을 검토 중입니다.

조금 전 미국 언론 CNN에서 진행된 두 석학의 대담에도 많은 관심이 쏠렸는데요. 생태학자 제니스 구달과 우주탐사학자 앤서니 소프라노의 만남이었습니다. 먼저 구달의 입장을 요약해 드리면요. "함께 사는 법을 전혀 모르는 인간은 결국 머리 위에 폭탄을 이고 자는 방법을 택했다. 이것은 코미디가 아니다. 인류의 현실이다. 넘치는 하늘의 쓰레기를 거두지 않으면 지구는 머지않아 달과 같은 표면을 가지게 될 것이다. 지구는 실험 대상이 될 수 없다. 이곳은 우리의 집이다"라고 강한 수준의 경고를 했습니다.

소프라노 역시 "지금은 인간이 지구에서 사는 법을 다시 배워야 할 때다"라고 동감하면서도 "우리는 대전환의 분기점에 있다. 다른 길을 찾고 다시 탐험에 나설 것이다. 대항해의 시대는 끝나지 않았다"라며 약간은 결이 다른 입장을 보였습니다. 하지만 강력해진 우주 폭풍에 대비해서 인류가 살아가는 방식을 수정할 필요가 있다는 점에는 의견이 일치한 것 같습니다.

우주기후대응기구도 입장을 밝혔는데요. 근래 잦아진 궤도 이탈로 우주선 가동을 중단할 것을 사전에 수차례 권고했다고 합니다만, 사측 최고 책임자 등에 의해 묵살된 것이 확인됐습니다. 두 기업의 최고 책임자는 사고에 대한 조사를 거부한 채 현재 모처에서 은둔 중인 것으로 전해집니다. 공교롭게도 양사 모두 초

거대기업이지만, 상장하지 않은 가족 세습 구조를 지니고 있는데요. 이러한 폐쇄적 경영 구조가 방만한 결정의 요인이 된 것으로 보입니다.

네, 책임자 두 분은 나란히 사라지셨군요.

네. 내일 제네바 시각 오후 3시에는 우주기후대응기구의 공식 브리핑이 있습니다. 우주 구조물 규제에 관한 내용일 것으로 전해집니다. 자세한 소식은 내일 전달해 드리겠습니다.

네. 기자도 하늘을 조심하시기 바랍니다. 이번에는 중앙전산센터로 연결해 보죠. 전산 시스템은 모두 복구된겁니까?

중앙전산센터는 현재 복구가 완료됐다고 밝혔습니다. 발이 묶여 있던 시민들이 버스 카드를 찍고 있고요. 집에 갈 수 있겠다며 기쁘게 통화하는 시민들의 모습도 보입니다. 한때 결제가 되지 않는 … 공항 철도 개찰 구역에 갇힌 인파가 북새통을 이루면서 … 막기 위해 입구를 통제하기도 했는데요. 거리는 평온한 일상으로 돌아가 … 습니다.

네. 복구된 것 같군요. 다른 나라도 피해가 있지 않습니까?

그렇습니다. 지자기 폭풍으로 인해 브라질은 659시간가량 정전이 … 전력망 피해로는 최장시간을 기록했습니다. 리스본에서도 통신이 … 현재 복구됐으며, 뉴욕은 … 시스템을 보완 중인 것으로….

네. 연결이 좋지 않은 점을 사과드립니다. 이번에는 축제 현장으로 가보죠. 준비됐나요? 그곳은 어딥니까.

네. 저는 지금 곤돌라 위에 있습니다. 이곳은 우주의 숨결을 느낄 수 있는 고혹적인 물의 도시 베네치아입니다. 초록빛 커튼이 도시를 가르고 있습니다. 제 주위로는 사랑을 약속하는 연인들이 가득합니다. 베네치아에서는 오로라 아래서 결혼식을 올리려는 연인들이 줄을 잇고 있습니다. 막 결혼식을 치르고 나온 신혼부부들을 거리 곳곳에서 쉽게 만날 수 있었습니다. 한 60대 노부부도 만날 수 있었는데요. 이 오래된 도시의 밤하늘 아래를 정처 없이 거닐다 보면 우리는 우주 속 작은 먼지일 뿐임을 알게 될 거라는 품위 있는 지혜를 전하기도 했습니다. 여러분도 각자의 거리에서 우주의 호흡을 느끼고 계신가요? 잠시 카메라로 비춰드리겠습니다. 환상적인 물빛에 잠긴 도시를 감상하시죠.

네, 보기 좋군요. 베네치아뿐만 아니라 세계 각지에서 다양한 오로라 축제가 펼쳐지고 있지요?

그렇습니다. 강력한 태양풍으로 중, 저위도 지역에서도 장기간 오로라가 관측되고 있는데요. 이번 오로라는 남부 유럽, 동남아시아, 남미 등지에서도 보실 수 있습니다. 각국에서는 오로라를 더욱 낭만적으로 즐길 수 있게 해줄 크루즈 여행과 야간 축제 등의 관광 기획을 잇따라 수립하고 있습니다. 내일은 태국 치앙마이의 오로라 축제를 전해드리겠습니다.

따뜻한 저위도의 오로라 축제는 색다르겠군요. 기대해 보겠습니다. 다음은 간추린 지구촌 소식입니다.

말라이구 구도심에서 대화재가 발생해 2,500여 명이 사망했습니다. 피해지는 말라이구 최대 중심지로 국가의 경제 부흥을 이끈 섬유공업단지였으며, 현재 대공황으로 산업이 몰락한 이후에는 수천만 제곱미터에 이르는 아시아 최대 빈민 단지를 이루고 있었습니다. 당국은 화재의 원인을 지자기 폭풍으로 인한 유도 전류로 보고 있습니다. 이 지역은 내달 재개발 철거를 앞두고 있었습니다.

과학계에는 놀라운 발견이 있었습니다. 3센티미터의 박테리아가 발견됐습니다. 흰 실같이 하늘하늘한 외형을 지닌 이 박테리아는 열대 숲 웅덩이에서 서식하고 있었습니다. 이 작고도 거대한 친구들의 이름은 '티오마르가리타 마그니피카'. 기존의 박테리아보다 1만 5,000배나 큰 몸집에 학계는 박테리아가 현미경으로 볼 수 있는 작고 단순한 생물이라고 서술한 과학 교과서를 수정해야 할 처지에 놓였습니다. 에베레스트산을 뛰어넘는 거대한 인류를 만난 것과 같은 일이라고 연구진은 이 놀라운 발견의 소감을 전했습니다. 멋지군요.

내일도 맑은 날이 이어지고 밤에는 오로라를 보실 수 있겠습니다. 오늘의 뉴스를 마치겠습니다.

편안한 밤 보내십시오.

장대한 우주쇼가 펼쳐지던 그 시간, 지구 반대편 유라시아 대륙의 동남쪽 끝자락 조그만 반도의 땅 위에는 여우비가 날리고 있었다. 유리는 물고기를 안고 집으로 돌아가고 있었다.

물고기는 투명한 일회용 플라스틱 컵에 담겨 있었다. 고인 물을 온통 푸른빛으로 물들일 것만 같은 파랑 지느러미가 컵 속에서 너울댔다. 내장이 비치는 볼록한 윗배는 섬세한 비늘로 반짝였다. 아주 투명한 열대어였다.

얼음처럼 차가운 11월의 마지막 주 금요일. 거리는 한산했다. 초등학교 운동장을 가로질러 후문을 빠져나온 유리는 식물 공장으로 향하는 교차로 갓길로 접어들었다. 유리가 지나온 길 뒤로 승용차와 승합 버스가 빠르게 정차해 후문 처마 밑에 남아 있던 아이들을 모두 쓸어 갔다. 혼자 남은 유리는 어깨를 튕겨 흘러내리는 우산을 올렸다.

책가방 위에 방수복 위에 우산까지 뒤집어쓴 유리는 물고기가 놀라지 않도록 양손에 쥔 일회용 컵을 가슴팍 가까이 꼭 끌어안고 신코로 바닥을 밀어내며 기다시피 걸었다. 아무리 조심해도 물은 출렁였고 물고기의 몸은 좌우로 흔들렸다. 손이 없어 우산을 머리 위에 걸친 유리는 빨간불을 보지 못하고 건널목을 건넜다. 갑자기 튀어나온 아이 때문에 급정거한 차들이 일제히 경적을 울렸다. 헤드라이트의 주인공이 된 아이는 걸음을 재촉하지 않았다.

유리 앞에는 긴 방학이 있었다. 유리네 동네가 도시재생 구역으로 지정되면서 많은 것이 바뀌었다. 학교는 방학식을 앞당겼고, 개학 후에도 재택수업을 하기로 했다. 담임 선생님의 설명 덕에 유리는 '무기한'의 뜻을 알았다. 이제 등굣길을 걸을 일도, 친구들과 급식을 먹을 일도 없다는 의미였다. 전교생에게 모자와 지퍼가 달린 튼튼한 비옷 한 벌과 장우산 한 개가 각각 지급됐다. 물고기는 오늘 단축 진행된 과학 시간에 받은 마지막 과제 준비물이었다. '즐거운 물 생활.'

유리는 거실에 짐을 모두 던져놓고 철문을 캉캉 두 번 끌어당긴 뒤 문을 잠갔다. 굵은 빗방울이 알루미늄 창틀에 끼워진 안개 유리를 톡톡 두들기다 주먹질하듯 사정없이 내리꽂기 시작했다. 유리창 너머의 세계가 일렁댔다. 빗물이 스민 창틀 아래 벽이 짙어졌다.

엄마는 보이지 않았다. 미닫이로 연결된 안방 문은 열려 있었고 자다 만 흔적이 구겨진 이불과 옴폭 팬 베개 곁에 남아 있었다.

야간 근무를 하는 엄마가 낮에 집을 비우는 경우는 드물었다. 유리는 계속해서 집 안을 살피며 엄마를 불렀다. 벽에 붙은 시계의 초침 소리가 크게 귀를 스쳤다. 짧은 바늘이 1시를 가리켰다.

유리는 알림장을 살피며 가방에서 먹이를 꺼냈다. 의자를 밟고 올라 찬장을 열고 물고기를 옮겨 넣을 넓은 유리그릇을 끄집어냈다. 식탁에 그릇을 놓고 주전자의 물을 가득 부었다. 수돗물을 매일 밤 주전자에 끓여 식혀둔 식수였다. 유리는 물에 손가락을 넣고 좌우로 흔들며 온도를 살폈다.

'물고기는 미세한 온도 변화에도 큰 충격을 받으니 아주 조심히 물을 갈아줘야 해요!' 유리는 한 번 더 안내장을 보고, 유리그릇 속에 물고기가 담긴 컵을 아주 천천히, 조심스럽게 넣었다.

그릇 바닥에 컵 바닥이 닿았다. 물고기는 플라스틱 컵 옆면에 붙어 움직이지 않았다. 유리는 눈을 부릅뜨고 물고기를 지켜봤다. 순간 물고기의 몸이 낙엽처럼 기우뚱 기울어지더니, 컵 바닥으로 똑 떨어졌다. 유리의 얼굴이 하얗게 질렸다. 고기를 꺼내려고 손가락을 휘저은 순간 경직돼 있던 물고기의 몸이 움찔거리기 시작했다. 물고기는 조금씩 활기를 찾다 부드러운 몸짓으로 조심스럽게, 컵 밖으로 흘러나왔다. 유리는 그제야 참았던 숨을 내뱉었다.

긴장이 풀린 유리는 고기밥을 서너 알 물 위에 띄운 뒤 안방 바닥으로 그릇을 옮겼다. 이불에 드러누워 물고기와 눈을 맞췄다. 물고기의 입술은 하트 모양이었다. 느닷없이 눈물이 쏟아졌다. 유리는 코를 훌쩍이다 손등으로 얼굴을 문지르며 이불을 끌어안았다. 해초처럼 널브러진 유리의 머리칼이 꿈결을 따라 부스스 흔들렸다. 물고기의 무심한 눈동자가 좁은 물속을 배회했다. 그의 눈동자 위로 집 안의 단출한 풍경이

미끄러졌다….

 천둥이 치자 쨍한 백색광이 유리창을 뚫고 번쩍번쩍거렸다. 환한 창밖으로 아이스크림이 녹아내리듯 순식간에 다시 어둠이 가라앉았다. 깜박 잠에서 깬 유리는 한동안 멍한 상태로 어둠을 응시했다. 집 안의 벌어진 빈틈을 찾아, 뱀처럼 움직이는 공기의 진동이 느껴졌다. 매서운 바람의 피리 소리가 귓가를 때렸다. 시계 긴바늘이 세 바퀴, 네 바퀴 더 숫자판 위를 회전했다. 정신을 차린 유리는 고개를 들었다. 벌써 3시간이 지나 있었다. 엄마는 어디로 간 걸까. 아무런 말도 없이.

 게으르게 눈을 끔벅이던 유리는 순간 떠오른 생각에 이불을 박차고 뛰쳐나갔다. 뜨거운 것이 심장을 찔러 온몸이 저렸다. 유리는 우비를 뒤집어쓰고 폭포처럼 쏟아지는 빗길을 숨이 끊어질 듯이 달렸다. 검은 구멍이 난 빈집들을 따라, 화초가 사라진 화분을 따라, 무너진 담장과 공터를 따라, 계단 아래로 파도치는 물줄기들을 따라, 아래로, 아래로 점점이 이어지는 영혼의 발자국을 박차며 좁은 골목을 뛰어 내려갔다. 땅에서 하늘로 중력을 거스르며 일제히 튀어 오르는 빗방울이 유리의 옷자락을 적셨다.

 엄마는 학교 정문 앞에 서 있었다. 유리에게 건네려 한 우산을 한 손에 꼭 쥐고, 다른 손으로는 비바람에 휘청이는 우산을 받쳐 들고, 꼼짝하지 않고 서 있었다. 바보 같은 엄마. 엄마가 고개를 돌렸다. 빗줄기에 가려진 엄마의 몸이 희미해 보였다. 발이 땅에 닿지 않는 사람 같았다.

   엄마는 내게만 보이는 유령일지 몰라. 유리는 엄마에게 한 발짝 두 발짝 다가갔다. 뜨거운 것이 목에 걸려 아무 말도 할 수 없었다. 엄마가 유리를 보고 웃었다. 다정한 모녀가 손을 꼭 잡고 집 안에 들어왔을 때, 수조는 비어 있었다.

***

   빗물이 고루 스며든 대지에서 한 줄기 아지랑이가 피어올랐다. 맑은 날의 증발이 시작됐다.

   수조를 휘황찬란하게 물들이던 물고기들이 증발했다. 한 번도 비 맞은 적 없는 개나 고양이가 실내에서 물을 마시다 증발하기도 했다. 갓난아기는 젖병을 빨다 증발했고, 어떤 사람들은 사우나를 하다, 목욕탕에 있다, 물을 마시다 증발하기도 했다.

   인간들은 그제야 미뤄둔 숙제를 수행하기 시작했다. 빠르고 효율적인 방식으로. 이미 유익균을 물에 대량 살포하고 증발시켜 움을 소진하는 미생물 필터링 기술이 완성돼 있었기에(국가 기관과 고위층 거주지 저수조에는 이미 필터링이 적용돼 있었다) 이를 상수도 전역으로 확대하는 일은 어렵지 않았으나 어마어마한 정수 비용이 문제였다. 정수 기술은 나날이 발전했지만 기술의 진화는 밑 빠진 독처럼 돈을 붓는 대로 먹어치웠다. 수자원공사는 민간기업에 넘어갔고 물값은 폭등했다.

2035년 물 파동은 21세기에 남아 있던 마지막 중산층을 무너뜨렸다.

가정에서는 습관적으로 물을 쓰지 않고 한 번 더 생각하도록 수도꼭지를 테이프로 막았다. 극히 필요한 때만 테이프를 뜯어서 조금씩 사용했다. 물은 늘 부족했다. 씻기와 마시기 중 하나를 선택해야 하는 건 언제나 가장 큰 문제였다. 갈증은 눈을 뜨고 잠들 때까지 이어졌고, 목마른 이들의 메마른 꿈속을 파고들었다.

당시 서민들은 공짜 물을 확보하기 위해 폴리 탱크에 빗물을 받아 청소와 설거지를 했다. 매일 아침 강가에는 물을 퍼 담으려는 사람들로 인산인해를 이뤘다. 이는 곧 지구촌 어느 강에서나 흔히 볼 수 있는 익숙한 풍경이 됐다. 그 시절 인류는 지금에 비하면 갠지스강의 모래알 수만큼 많게 느껴진다. 신기하기도 하지. 증발하고 증발해도 줄에 줄을 서도록 인간이 남아 있었다니. 갠지스 유역의 풍경처럼 강물로 뛰어들어 몸을 씻는 사람들도 있었다. 물과 대기가 지닌 지나친 살균성 덕분에 곰팡이나 전염병이 줄었다는 점만은 다행이었다.

팽창과 성장, 분열을 반복해 온 인류사에서 21세기를 상징하는 말은 증발이다. 움은 왜 내리는가? 증발 메커니즘은 무엇인가? 증발이 시작된 이래 검출되지 않아 검증되지 못한 움이란 유령의 존재는 당대 모든 학자의 초미의 관심사이자 최대 연구 주제였다. 움은 역사에 남을 이름이자 필생의 업적이다. 뇌 유전학의 권위자 야마구치 시게루山口茂 선생은 생각했다.

인간과 기타 영장류를 가르는 유전적 차이는 전체 게놈의 단 1퍼센트에서 온다. 야마구치는 인간을 사피엔스로 만드는 이 특이 유전자 연구를 진행한 적이 있었다. 그 연구란, 신피질을 부풀리는 기능으로 뇌를 발전시킨 인간 고유 유전자 **ARHGAP11B**를 고릴라의 뇌에 삽입하는 시술을 통해 고릴라를 사람 수준으로 키우는 실험이었다. 그는 유전자 편집을 통해 고릴라의 자주성과 즉흥성을 제거하고, 명령을 이해하고 수행하는 데에만 초집중하는 순응적이고 성실한 개체를 만들고자 했다.

그의 논문 계산법에 따르면 시술에 성공한 개체의 노동력은 다각도로 뛰어남이 증명됐다. 이 온순한 개체의 순응성은 인류의 통제 범위를 진작에 벗어난 인공 지능 로봇보다 87퍼센트 안정적이었고 생산 단가와 유지비용은 무려 63퍼센트 저렴했다.

그는 이 논문을 근거로 유전자 변형 고릴라의 상용화를 주도하려 했지만, 이 모든 성공적인 연구는 윤리적 규제로 인해 중단됐고, 그의 경이로운 피조물은 모두 완성 직전 사살당했다. 연구 예산은 삭감됐고 유전자 조작에 대한 사회적 제재와 비난은 점점 거세졌다. 그는 손발이 잘린 신의 꼴이 됐다.

그리고 움이 세상을 혼란에 빠뜨린 지금, 그는 다시없을 기회가 찾아왔음을 느꼈다. 위대한 사람은 비극 속에서 길을 찾는다. 그는 조부에게서 그것을 배웠다. 야마구치는 근 수십 년간의 동식물 대량 실종에 관한 기록을 정리한 논문 「증발비evaporain 추정 특성 분류 보고서」를 살피던 중 그의 인생 지표이자 뛰어넘을 수 없는 거대한 산이었던 조부를 떠올렸다.

태평양 전쟁 당시 군의관으로 한 이국의 섬에 주둔해 있던 조부는 3년 동안의 인체 실험을 통해 모체와 태아 간의 바이러스 전이와 유전에 관한 데이터를 얻었고, 귀국 후 생명공학의 불모지이던 조국에 학문의 기틀을 세우고 연구를 거듭 발전시켜 세계 최고 권위의 상을 받았다.

피해 추정 지역의 보고서를 훑던 야마구치의 눈에 그 익숙한 섬의 이름이 눈에 들어왔다. 그는 모두에게 잊힌, 증발한 작은 섬에 주목했다.

조부에게 귀한 술을 한 병 구해다 올리면 조부는 발그레해진 얼굴로 식민지 섬에서의 일지를 들추며 그 시절의 일을 답례 삼아 밤새 들려주곤 했다.

당시 전장에서 자행된 인체 실험은 기본적인 변인 통제도 되지 않은 엉터리인 것으로 알려졌지만, 이는 보안을 위한 위장에 불과했다. 혹자는 우생학의 근거를 찾기 위한 것이라든가 세균전을 위한 것이라든가 떠들어 대며 아는 체하지만, 과학자들은 바보가 아니다. (한심하다. 어째서 학자가 목적도 불분명한 가학적 고문을 재밌거리 삼는단 말인가. 사람들은 과학자가 미친놈이라고 생각하기를 좋아한다. 고차원적 수준이 있다는 걸 믿지 못하는 것이다. 왜? 자신의 저급을 인정하면 자존심이 상하니까?) 그 실험의 목적은 분명했다. 그들은 정확히 알고 있었다. '극한의 상황에서 유전자는 어떻게 도약하는가.'

당시 DNA 구조도 밝혀지지 않은 과학 수준에서 유전자의 도약을 확인할 유일한 방법은 극한 조건을 가한 실험체를 임신시켜 태아를 관찰하는 것이었다.

정상 임부의 태아와 변수를 가한 임부의 태아를 살아 있는 상태에서 해부해 비교했다.

한 실험체의 생식 기능이 소멸될 때까지 임신을 반복하게 했고 그때마다 관찰되는 태아의 변화를 분석했다.

살아 숨 쉬는 태아를 해부해 작은 심장이 멈출 때까지 인체 내부에서 일어나는 역동적인 병리 현상을 실시간으로 관찰하고 기록했다.

연구 자료는 정보기관의 통제하에 극비로 관리되고 있었

다. 다시 있을 수 없는 희귀한 실험이기에 유수한 해외 연구소들 역시 열람권을 얻기 위해 막대한 금액을 지급했다. 야마구치는 국가에 헌신한 담대한 연구자였던 조부를 존경했다. 그는 침을 삼키며 빠르게 움의 최초 피해 지역인 섬에 대한 기록을 훑었다.

기록상 유일한 생존자는 부유물에 의지한 채 의식 불명의 상태로 발견됐다. 수몰 당시에 대한 증언 기록은 없었다. 섬에서 나고 자란 원주민으로 기록된 생존자의 생년은 흥미롭게도 할아버지가 섬을 떠난 해와 일치했다.

야마구치는 운명이 자신에게 손을 뻗는 찌르르한 떨림을 느꼈다. 지혜의 여신이 다가와 이마를 쓸고 갔다. 그는 그 부드러운 손길을 느꼈다. 야마구치는 입맛을 다셨다. 요동치는 심장을 진정시키기 위해 2,000년 이상 이어져 내려온 신비로운 주문, 존엄하신 금강경의 진언을 읊조렸다.

그는 머리를 식힌 뒤 가설을 잡고 연구 제안서를 써 내려갔다. 어떤 성공적인 연구는 제안서를 쓸 때부터 심장이 쪼개지는 듯한 찌릿한 압박이 온다. 그는 방금 그런 가벼운 통증을 느꼈다. 그는 정보기관에 공조를 요청하고 세계 최초 증발 재난의 유일한 생존자의 행적을 쫓기 시작했다. 뜻한 바 이루시기를. 비샤야 비샤야 스바하. 지혜의 여신에게 경배를.

***

이야기는 20년 전으로 돌아간다. 고향을 잃어버린 한 못생긴 남자가 국제난민기구의 지원으로 인천국제공항에 도착한 건 섬이 증발하고 일주일이 지난 2015년 12월의 어느 추운 겨울날이었다. 그는 비행기에서 받은 담요를 턱 밑까지 칭칭 동여매고 수돗물로 목을 축였다. 공항 직원이 건네주는 응원의 모카빵과 달달구리 카스테라 등을 받아먹으며 24시간 불 꺼지지 않는 출국 대기실에서 6개월을 보냈다.

계절이 바뀌고 초여름, 사전 심사가 통과됐다. 난민지원센터에서 나온 직원의 차를 타고 화성시로 넘어간 남자는 외국인보호소에 드러누워 226시간 동안 꿈도 없는 깊은 잠을 잤다. 눈을 떴을 때, 그의 눈앞에는 평생을 그린 첫사랑 아스밀이 앉아 있었다. 오래전 섬을 떠난 아스밀은 이국의 수도에서 40년을 살았다. 아스밀이 섬을 떠난 뒤, 못생긴 남자는 새벽마다 바다 앞에 나가 해를 마중하는 버릇이 생겼다. 태양은 1시간 전에 품고 온 바다 건너 세계의 온기를 그에게 전달해 줬다.

손지갑을 무릎 위에 단정히 놓은 아스밀. 바들거리는 몸을 진정하기 위해 상아색 꽃무늬 손수건을 양손에 꼭 쥐고 있었다. 아스밀은 마른침을 삼키며 그를 내려다봤다. 혼란한 말라키의 눈빛 속에서 아스밀이 먼저 입을 열었다.

"깨워서 미안해요. 테레비로 보고 얼마나 놀랐는지…."
아스밀은 또다시 터지려는 눈물을 손수건 자락으로 살포시 찍어 눌렀다. 두 사람은 말없이 서로를 바라봤다. 시간이 되돌아가고 있었다.

"근데 오빠, 왜 이리 잘생겨지셨어요." 아스밀의 목소리는 어제 본 듯 따뜻하게 말라키의 몸을 감쌌다. 그는 힘없이 웃었다.

"어떻게 여기까지 온 거예요." 아스밀이 물었다.

"가고 싶은 곳을 말하래서. 너 있는 곳을 말했지." 말라키가 잠긴 목소리로 말했다.

다음 날 말라키는 아스밀의 방으로 거처를 옮겼다. 반년 만에 때를 밀고 면도를 하기 위해 거울을 들여다본 순간, 말라키는 오랜 방랑으로 기어코 병이 났음을 확신했다. 면도날을 떨군 그는 거울을 붙잡았다. 입을 쩍 벌린 채 포효하는 거울 속 남자를 마주 보고 경악했다.

얼굴 중앙에 뚫린 밋밋한 두 개의 콧구멍 사이로 콧대가 볼록 솟았고, 푸슬푸슬한 수염에 가려진 입 구멍 주위로는 발그레한 입술 자리가 오롯했다. 공벌레처럼 조그맣고 구부렁하던 그의 체형은 꼿꼿해졌다. 어쩐지 키도 한 뼘은 더 자란 느낌이었다.

말라키는 알몸을 가리지도 않은 채 욕탕 문을 벌컥 밀어

젖히고 아스밀을 향해 숨넘어갈 듯 소리를 질렀다.

"이런 염병, 네 말이 진짜였구나. 내가 병에 걸린 게야. 잘생겨지는 병!"

둘은 곧장 혼인신고를 하고, 그해 겨울 건강한 사내아이를 출산했다. 말라키의 나이 일흔하나, 아스밀은 갓 예순을 넘긴 때였다. 아이의 이름은 고도라 지었다.

난민 자격을 취득하고 귀화에 성공한 말라키는 기꺼이 이 세계의 꼬랑지가 되어 즐겁게 바닥을 핥으며 살아가기로 결심했다. 그는 이름을 고랑지로 개명하고, 용역직 환경미화원이 되었다. 아스밀이 아이의 코를 닦아주고 밥을 떠먹일 동안, 고랑지는 빛나는 도시의 바닥을 오래도록 닦았다. 그의 키는 매년 2센티미터씩 꾸준히 성장했고, 은퇴 시기를 진작에 넘긴 고령에도 장정 서너 명 몫의 일을 해치우며 타고난 생명력과 유쾌한 긍정의 힘으로 관리자들의 신임을 듬뿍 받았다.

그랬다. 그는 전쟁과 수몰, 대공황의 폭격 속에서도 살아남았다. 어정쩡한 자본력이나 학력보다는 극한의 생존력이 필요한 시대였다.

'초상집의 주인 잃은 개를 본 적이 있는지? 우리는 상품으로 태어났으나 팔리는 곳이 없다.' 소외된 청년층이 주도한 2035년 기성품 파괴 운동 구호다. 분노한 청년들은 배트를 들고 뛰쳐나와 쇠락한 거리와 텅 빈 공장을 부쉈다. 서로의 모습을 찍어 소셜 미디어에 올렸다. 그런 영상 밑에는 '왜 핸드폰은 안 부수지?' 하는 비아냥이 달렸다.

폭동은 제압되고 청년들은 조금 더 나이를 먹고서야 집으로 돌아갔다. 교육의 평준화를 강조하며 국민 다수를 고학력자로 만들려 한 기성품의 시대는 가고 대학은 극소수 계층을 위한 학문 연구 공간, 고즈넉한 분위기가 맴돌던 19세기 이전의 모습으로 돌아갔다.

고랑지는 국가가 강조하는 근면 성실하고 매사에 낙천적이며 불평하지 않는 훌륭한 노동자상에 부합하는 인물이었다. 매년 '올해의 노동자 어워드'에 후보 지명됐고 40년 장기저리대출을 받아 공공 주택에 입주했다. 모범적인 고랑지가 아흔 번째 생일을 맞이한 2035년 6월 넷째 주 수요일은 그의 인생에 있어 매우 중요한 날이었다.

밤사이 내려앉은 비로 한층 투명해진 세상은 짙은 여백의 기운마저 감돌았다. 그는 전날 밤부터 해뜨기 전까지 수거차 궁둥이에 매달려 국회의사당과 정부서울청사 및 각종 연구소와 언론사 등 주요 시설이 밀집한 돔 대단지에서 배출된 쓰레기 더미를 단지 외곽을 돌며 그러모았다.

낮은 길어지고 밤은 짧아지는 계절이었다. 하지의 해가 다가오고 있었다. 어둠이 옅어질 무렵, 운전원이 모는 수거차가 도시를 가르는 강 하류 선별장으로 들어갔다. 도시의 쓰레기를 투입 구역에 모두 쏟고 운전원이 부리나케 화장실로 뛰어간 사이, 고랑지는 텅 빈 수거차 적재함 꼭대기에 올라가 잠시 쪼그리고 앉았다.

하류 너머 멀리, 반짝이는 유리 돔들이 섬처럼 떠올랐다. 그것들 너머 멀리, 가림막 하나 없이 새벽빛을 그대로 받고 선, 이제는 구시대의 유물로 여겨지는 구도심이 보였다. 그 헐벗은 건물들 속에 그의 집이 있었다. 그는 아스밀과 고도리가 잠에서 깨어나는 모습이 보이기라도 하는 것처럼 눈을 옅게 뜨고 그곳을 유심히 바라봤다. 구도심 건물의 중심부는 제각기 공중을 가로지르는 터널이 설치되어 있었다. 건물들은 그렇게 고속도로와 철길로 연결돼 있었고 그 구멍들을 통해 화물차와 고속 열차가 끊임없이 지나다녔다.

건물의 모습은 오래전 고향에서 본 코미디 영화 〈죽어야 사는 여자〉의 한 장면을 떠올리게 했다. 배가 총알에 뚫려 커다란 구멍이 난 채로 성큼성큼 걸어 다니는 여배우의 휑한 복부. 고랑지는 웃었다. 그 뜨거운 오두막에서 우리는 몇 번이고 같은 영화를 돌려 봤었지. 파도, 태양, 몇 겹의 수평선과 뜨거운 하늘 아래 쏟아지던 비, 거품처럼 날리던 아이들의 웃음소리.

비. 다시, 비가 날리기 시작했다. 그는 어깨에 걸치고 있던 챙 달린 방수복을 머리끝까지 뒤집어쓰고 지퍼를 채운 뒤 몸을 웅크렸다. 허공 위의 길들은 구식 건물들을 지렛목 삼아 좌우로 무한대의 기호를 그리며 대지 너머로 뻗어 나갔다. 열차가 어둠 속을 나아갔다.

세계가 어둠을 밀어내며 천천히 회전했다. 잠시 후 헐벗은 협곡 너머로부터 둥근 황금 지붕이 빛을 발하며 솟아올랐다. 붉은 원반이 세계를 향해 눈을 떴다. 고랑지는 쏟아지는 햇살 속에서 눈을 가늘게 떴다. 가랑비가 날렸다. 젤리 같은 수면 위로는 새 한 마리 날지 않았다. 이제 날기를 포기한 새들은 몸무게를 늘려 지하로, 땅 깊은 곳으로 숨어 들어갔다. 그들의 날개는 나날이 줄어들었다. "참 영리한 친구들이지." 고랑지가 중얼거렸다.

돔과 돔을 잇는 유리 터널 속에서 이르게 운행을 시작한 공용 버스가 멈췄다 가기를 반복했다. 이곳은 평화로운 지구였다. 터미네이터도, 혹성탈출도, 아마겟돈도 없는 지구.

"영화를 본 지도 참 오래됐네. 이제 상관없지 뭐. 영화보다 더한 걸 보고 살았으니⋯." 그는 뭔가를 털어버리려는 듯 고개를 흔들었다.

"포게릿 제이크. 잇쯔 디 얼뜨(잊어버려 제이크, 여기는 지구잖아)!"

그는 안개에 삼켜져 버린 듯한 잭 니콜슨의 허망한 표정을 떠올리며 한 손을 번쩍 쳐들고 어느 영화의 마지막 대사를 외쳤다.

"뭐어~?" 자리로 돌아온 운전원이 뒤돌며 소리쳤다. 고랑지는 지붕에서 내려와 차 궁둥이를 두들겼다. 수거차가 움직이기 시작했다. 그는 손잡이를 붙들고 적재함 발판에 붙어 서서 점점 거세지는 빗속을 나아갔다. 빗방울이 방수복을 때렸다. 눈앞이 흐려졌다.

땀과 오물과 빗물로 몸이 흠뻑 젖은 고랑지는 사무소에 들러 퇴근 카드를 찍은 뒤 방수복 지퍼를 어깨까지 내리고 찰방찰방 무거운 걸음을 옮겼다. 그는 정규직만 이용할 수 있는 탈의실과 샤워실을 부러운 눈으로 훑으며 도시관리공단 로비를 빠져나왔다. 온몸이 진득했다. 비가 날려 그는 다시 방수복을 뒤집어썼다. 그때 주차장 입구를 막 빠져나가려는 관리부장의 픽업트럭을 발견하고는 급하게 달려가 손을 휘저었다.

"누구야 저게?" 창을 살짝 내린 윤 부장이 고개를 모로 젖히며 미간을 찌푸렸다. 윤 씨는 바로 핸들을 돌리려다 고랑지가 창문에 철썩 들러붙는 바람에 어정버정하게 핸들을 붙잡고서 인사를 건넸다. "아~. 꼬랑지, 퇴근?"

"부장님. 고생이 많으십니다!"

"그려, 나도 알아. 내가 그렇지. 잘~ 들가시게." 윤 씨가 한 손을 휘저으며 다른 손으로 핸들을 꺾었다. 고랑지가 다시 창을 두들기며 외쳤다.

"그런데 말입니다, 부장님. 저기 오늘 딱 하루만, 터미널

근처까지만 태워주실 수 있을까요? 이 꼴로 버스를 탈 수가 없어서 말이지요."

"아주 이 사람 융통성 없기는. 대충 빠르게 갈아입어! 대충 몰래 들어가면 되지, 뭐가 그리 급해서."

"아이고, 큰일 날 소리 마세요. 제가 저기 가서 옷을 훌러덩 벗었다가는 저 젊은 친구들 기가 죽어서 어디 연애나 맘껏 할 수 있겠습니까? 가뜩이나 출산율도 줄어드는 이런 척박한 시대에 국가 노동력 증진을 위해서라도 이 죽어가는 늙은이가 자라나는 청년들의 영혼에 그런 몹쓸 생채기를 안기면 안 되지요, 암요!" 고랑지가 진지하게 고개를 끄덕였다.

윤 부장이 헛헛 웃었다. "깜시 놈이 농도 참 걸게 하네. 그려, 그럼."

그는 보조석에 팔을 걸치고 고랑지를 쓱 훑은 뒤 말을 이었다.

"짐이 많아 자리가 없어. 미안하지만 안에 탈 순 없고. 가만 보자 저기 밖에, 저 뒤에 짐칸 붙잡고 가. 괜찮지? 자네 특기잖나. 내 살살 몰아줄게. 괜찮지?"

"아! 그람요. 그람요." 고랑지가 크게 고개를 끄덕거렸.

차 뒤로 돌아간 고랑지가 뒷 범퍼 발판을 디디며 텅빈 화물칸에 뛰어오르려던 순간 백미러를 살피던 윤씨가 화들짝 놀라 외쳤다. "아이. 거기 말고 뒤에! 말귀를 못 알아먹어. 피곤하게."

고랑지는 사과의 뜻으로 머리를 꾸벅이며 뒷 범퍼 발판에 다시 올라섰다. 짐칸 좌우를 잇는 철골 지지대를 꽉 붙잡고서 몸을 기억 자로 굽히고 트럭 꽁무니에 몸을 바싹 붙였다. 차는 서서히 속도를 올리다 급격히 가속하며 유리관 속 내부순환도로로 순식간에 빨려 들어갔다. 터널 속에서 폭풍처럼 휘몰리는 바람이 고랑지의 성긴 머리칼과 늘어진 주름을 마구잡이로 때렸다. 그의 몸은 젖혀지고 굽어지고 윙윙윙 깔때기를 그리며 회전했다. 그는 핏줄이 터지도록 철골 지지대를 움켜잡았다. 아귀힘이 풀릴 때쯤 차가 비상등을 켜고 갓길로 붙어 섰다. 그제야 고랑지는 긴 한숨을 뱉었다.

"어이 꼬랑지, 자네 괜찮나? 내 갑자기 급한 일이 생겨서 자네를 깜박하고 달렸네. 내가 지금 시간이 없어. 근처 정류장 가서 대충 버스 잡아타고 가게. 도로 따라 쭉 내려가면 금방 나와. 괜찮지?"

"그럼요, 그럼요. 덕분에 편하게 왔습니다. 조심히 가십쇼. 부장님!"

"아! 가만있어 봐. 내가 좋은 거 하나 챙겨줄게. 이런 사람 또 없다." 윤 부장이 옆자리에 쌓인 생수 묶음에서 물 한 통을 빼내 창밖으로 흔들었다.

"이거 아주 귀한 거야. 알지? 아껴 마셔." 고링지는 양손으로 생수를 받으며 공손히 고개를 숙였다.

"자네는 지나치게 융통성이 없어. 공물도 얻었으니 섭섭

해 말고 잘~ 들가시게." 차가 떠났다. 고랑지는 트럭이 사라질 때까지 허리를 깊이 숙인 채로 있었다.

고랑지는 유리 터널을 따라 걸었다. 시속 200~300킬로미터로 달리는 차들이 차례로 고랑지를 스치고 내뺐다. 그의 눈앞에서 휘몰아치는 불길처럼 빠르게 사라졌다. 터널 주위로 비가 흘러내렸다. 둥둥둥 터널이 울렸다. 순간 구름이 사그라지고 눈부신 빛이 쏟아졌다. 태양이 내뿜는 사악한 입김이 축축한 공기를 태워 도로를 숯가마처럼 달구기 시작했다. 아지랑이와 함께 끓어오르는 타르 때문에 정신이 알싸해졌다. 정수리가 뜨거워졌다.

내가 왜 이럴까. 고랑지가 고개를 흔들었다. 고개를 젖히자 터널 밖 깎아지른 암벽 꼭대기에 누르스레한 가시가 숭숭 돋친, 열매를 잔뜩 품고 있는 나무 한 그루가 보였다. 밤나무의 성큼한 키가 칼벼랑 가에 도드라지게 튀어나와 있었다.

"이 친구야, 어찌 그리 홀로 남았어." 고랑지가 모처럼 눈에 띈 과실수의 자태에 넋을 놓는 사이 작업복 안주머니에서 전화벨이 울렸다. 아스밀이었다.

"어디예요? 미역국이랑 당신 좋아하는 밴댕이도 까무잡잡하게 볶아놨는데, 왜 이리 안 와요."

"세상에, 여기 사랑이 남아 있네."

"그게 뭔 소리예요?"

"자네는 나한테 그 예쁜 손이 퉁퉁 부르트도록, 그렇게 많은 사랑을 까주고도 사랑이 뭔지 몰라. 밤 말이야. 자네 얼굴처럼 이쁘고 앙칼진 밤 알갱이가 저기 지천으로 맺혀 있네. 우리 고도리 태어난 시절에 내가 당신이 준 사랑이라고 하면서 저걸 종일 사탕처럼 물고 다녔잖아. 이번에는 내가 까줄 테니 딱 기다리고 있으라고."

"이 양반이 신새벽에 청유를 떠나셨나 술이 체하셨나. 요새 밤이 어디 있대요. 에구, 음식 식는데 안 들어오고 흰소리만 할 거예요? 여튼 생일 축하해요. 저 이제 일 가니까 오면 데워 드셔요."

전화가 끊겼다. 고랑지는 밤송이를 올려보며 뻑뻑한 침을 넘기다 다시 걸음을 옮겼다.

걸어서 퇴근하는 날도 종종 있었지만 어쩐지 오늘은 걸음이 더디기만 했다. 50보를 뗄 때마다 바닥에 퍼질러져 앉아 숨을 돌리고, 다시 일어나 걷기를 반복했다.

1시간을 철벅철벅 걸어 내부순환도로를 빠져나가자마자 출근하는 사람들로 꽉꽉 들어찬 캐노피형 버스정류장이 신기루처럼 나타났다. 정류장은 여러 구간별로 줄 서는 곳이 나뉘어 있었다. 노선을 살핀 고랑지가 줄에서 한 발 떨어져 섰다. 버스가 도착하고, 사람들이 모두 올라선 후 마지막 남은 고랑지가 몸을 웅크리고 잽싸게 버스 계단을 밟는 순간, 기사가 팔을 내저으며 소리쳤다.

"아아, 안 돼요. 빨리 내려요!"

우렁찬 기사 목소리에 고랑지를 돌아본 승객 몇이 기겁하며 신경질적으로 몸을 피했다. "나가요!" 기사가 소리 질렀다.

"선생님, 같이 좀 갑시다." 고랑지가 사정했다.

"되겠어? 이러면 다 못 가!" 기사가 호통쳤다. 버스에 앉은 사람들이 일제히 고개를 빼고 고랑지를 훑어봤다. "같이 좀 갑시다." 고랑지가 기사를 바라봤다.

"내려요. 내려." 기사가 고개를 돌렸다. 고랑지는 버스에서 내려 다시 줄 맨 뒤로 갔다. 그는 한참 정류장 주변을 서성였다. 다음 버스, 또 그다음 버스가 들어서고 사람들이 차례로 밀려 버스 안으로 올라가고 문이 닫히고 버스가 떠났다. 아홉 번째 버스가 지나가고 나서야 그는 다시 걷기로 결심했다. 시간은 어느새 아침 9시 반을 가리키고 있었다. 오늘은 한 발짝도 더 걷고 싶지 않다는 오기가 그의 걸음을 끈질기게 끌어당기고 있었다. 고랑지는 짭짤하고 비릿한 밴댕이에 미지근한 소주 생각이 간절했다. 마른 입술을 쪽쪽 빨았다. 그는 어젯밤 이후 목을 축이지 못했다.

고랑지는 물병을 만지작거렸다. 그는 그것을 아스밀에게 주고 싶은 마음에 다시 소중히 품에 안았다.

좀 쉬어야겠다. 그는 다음 정류장 벤치에 주저앉았다. 정류장은 고요했다. 출근 시간이 지난 길에는 아무도 없었다. 고랑지는 졸기 시작했다. 그의 머리는 앞으로 굽혀지고 뒤로 넘어가기를 반복했다.

안 되겠다. 끔벅끔벅 눈을 뜬 고랑지는 상체를 기울여 벤치에 머리를 대고 모로 누웠다. 세상이 수직으로 기울었다. 그는 잠시, 인생이 변하는 건 한순간의 일이라는 생각을 했다. 직선을 옆으로 틀면 점이 된다. 굽이굽이 굴곡졌다고 생각하며 지나온 그 길들이, 하나의 화살로 꿰인 듯 느껴졌다. 수많은 청원서에 파묻힌 제왕의 음성처럼, 단호한 그 화살이 단칼에 그의 가슴을 뚫었다. 단번에 시작점과 끝점을 이어버리는 지름길이 생겼다. 그는 그 길에서 인생을 한순간에 다 살아버린 것 같은 기묘한 감각을 느꼈다. 다시는 느끼지 못할 딱딱한 감정이었다. 씨앗처럼 단단한 감정. 이제는 누구도 그의 삶을 뚫을 수 없으니, 그는 응축되고 있었다. 지금 그는 지름길을 통과하는 직선거리를 구르고 있었다.

아 그래, 알겠어, 이제 다 알겠다고, 나는…. 잠꼬대처럼 잡히지 않는 생각들이 두둥실 고랑지의 주위를 떠다녔다. 고랑지는 웃었다. 아스밀에게 줄 사랑을 품고서, 나는, 어린아이처럼 계속 자라고 있다. 자란다는 것은 좋은 일이다. 기적 같은 삶이었다.

비가 쏟아졌다.

나까짓 게 잇는다고 사라지는 게 아니었어. 늘 여기 있었던 거야. 함께 있었던 거야. 이런 덜떨어진 놈. 어떻게 그걸 잊으려고 했을까….

빗소리가 점점 커졌다.

그는 여전히 먼 섬에 있었다. 날아오른 새들이 하늘에 수백 개의 궤도를 그었다. 그 우아한 몸짓을 따라 구름과 바람과 별, 태양과 달빛이 각기 다른 길을 지었다. 달빛에 맞춰 몸을 흔드는 푸른 물결과 캐러멜처럼 달콤하고 눅눅한 새벽 공기, 깨알같이 모래사장을 뒹구는 아이들과 입술 빨간 소녀가 꿈속을 맴돌았다. 그는 팔을 저었다. 순간, 물이 차올랐다. 그는 허우적대기 시작했고, 헤엄치려 할수록 몸이 경직됐다. 그는 세상이 뒤집혀도 깨지 못할 깊은 잠을 향해 빠져들고 있었다. 생각대로 역시, 한순간의 일이었다.

* * *

야마구치 연구팀이 고랑지의 행적을 찾았을 때, 그는 열아홉 살이 된 아들과 아내 아스밀을 두고 세상을 떠난 상태였다. 사망 시기는 불과 일주일 전이었고 사인은 과로였다. 아쉬움을 뒤로하고 검토한 고랑지의 건강 검진 기록은 그의 경이로운 성장 그래프를 보여줬다. 귀화 직후인 2016년에는 140센티미터였던 반면, 19년이 지난 2035년에 이르러서는 180센티미터에 달했다. 그는 죽기 직전까지 매년 평균 2센티미터가량 성장했다. 쉼 없는 고랑지만의 생명력을 연구하고자 야마구치는 고랑지의 아들 고도리의 유전체를 분석했고, 곧 부계로부터 물려받은 것으로 추정되는 어느 유전인자의 놀라운 특이점을 발견한다.

신경줄기세포를 분열시켜 뇌를 키우는 인간 고유 유전자 **ARHGAP11B**. 고도리는 이 유전자의 염기서열 일부가 변형된 돌연변이 유전자를 가지고 있었다.

마치 손상된 정크 유전자처럼 보이는 이 돌연변이는 움과 접촉하는 순간 비상등이 켜지는 듯 활성화한다. 뇌, 골수, 림프샘 등 몸 전반에 걸쳐 빛을 내는 돌연변이의 증발 저해 효소는 줄기세포를 자극해 비약적인 속도로 체세포를 증식시켰다. 증식된 세포는 텔로미어가 연장되어 세포 수명도 길어졌다. 즉, '말라키 유전자'를 보유한 인간은 절대 증발하지 않는다는 사실이 밝혀진 것이다. 야마구치는 이 최초의 발견으로 막대한 연구 예산을 지원받는다.

말라키 고유 유전자 임시 표기명 **11B-V1**, 이것은 말라키가 수정되기 전부터 가해진 극한의 인체 스트레스로부터 탄생한 저항 유전자였다. 야마구치는 말라키의 모체가 조부의 실험체였을 것을 거의 확신하고 실험 기록을 다시 살펴보지만, 사람을 고속 원심분리기에 돌리고, 냉각과 고온, 진공과 고압을 오가게 하고, 방사능과 중금속, 수만 가지 바이러스와 병균에 노출시키는 과정을 되풀이할 수는 없었다. 아니, 그럴 필요가 없었다. 그는 이미 신의 가위를 쥐고 있었으니.

선생은 유전자 가위로 편집한 말라키 유전자의 배양 세

포를 다른 인체에 이식해 보고자 했다. 그는 사상 최대 규모인 10만 명의 임상 시험군을 모집했다. 빚도 갚고 숙식도 해결되는 후한 조건에 빈민들이 몰려들었다. 야마구치는 이 실험의 효과를 극대화하기 위해 막 펼쳐진 주사위 판에 상수를 띄운다. 그는 할아버지의 가르침을 잊지 않았다. 인간은 비극 속에서 성장한다는 것. 말라키 유전자를 심고, 곁에 움을 함께 박아넣는 것. 서로가 있는 힘껏 맞서도록, 영원히 떨어지지 않도록, 저항 정신을 잊지 않도록, 언제까지나 성장하도록, 인체가 한시도 쉬지 않게. 그것이 야마구치가 바라는 바다.

인간의 뇌신경 세포는 일평생 거의 교체되지 않는다. 그는 이 조직 가장 깊숙한 곳에 움이 깃든 변이 세포를 소량 이식해, 말라키 유전자가 언제나 활기찬 자극 속에 있게 했다. 줄기세포를 불 켜진 방으로 만든 것이다.

시술은 성공적이었다. 증발되지 않는 것은 물론이고, 노화도 지연됐다. 혈압, 호르몬, 콜레스테롤, 혈관 수치는 급격히 좋아졌다. 당뇨와 고혈압을 비롯한 성인병 및 인지 기능 장애가 발병할 위험이 제거됐다. 두뇌 활용 면적이 늘어난 시술 개체들은 양손을 동시에 사용하거나 다수의 언어 습득을 쉽게 해냈다. 시술 개체의 창의력과 분석력, 암기력을 조합한 평균 지능이 상승했고, 매년 1퍼센트가량 키가 커지는 현상이 보고됐다.

3년의 안정성 테스트 끝에 생명 연장의 고리가 완성됐다. 움에 내성을 가진 인류. 인류가 그토록 꿈꾸던, 닳지 않는 텔로미어의 꿈이 이루어졌다.

'야마구치 시술'은 종 절멸의 절벽 앞에서 오랜 세월 움에 방치된 수많은 인류를 구원할 수 있다는 점, 수자원 고갈 위기 속에 정수 재원을 아낄 수 있다는 점이 중차대하게 받아들여지며 긴급 승인을 받고 상용화됐다. 하지만 하늘 문에 닿을 만한 시술 비용으로 인해 유리돔에 둘러싸인 신도심에서 거주할 정도의 재력이 아니고서는 꿈도 꾸지 못했다. 자연스레 시술은 부유층 사이에서만 유행했다. 이미 증발 공포에서 자유로워진 상위층에게 '야마구치 시술'은 생명 연장 시술로 주목받으며 단기간에 성공을 위한 필수적인 의료 행위로 자리 잡았다. 말라키 고유 유전자의 공식 학명은 **ARHGAP11E**였지만 통상 '마법 유전자'로 불렸다. 야마구치 시게루는 그해의 노벨생리의학상을 받았다.

시술로 인한 '성장'은 부의 상징이자 진보와 희망과 미래를 대변하는 인류의 이상적 진화 형태로 기꺼이 환영받았다. 상위층의 평균 신장이 높아짐에 따라 신도심의 도시 설계는 그에 맞춰 진화했고, 생활고로 인해 나날이 범죄율이 치솟는 구도심에 대한 경멸 또한 자라났다.

시술 인류가 세대를 거듭할수록 상위층과 빈곤층의 신장 차는 벌어졌고, 감정의 골은 그만큼 깊어졌다. 작은 사람들의 인권 단체에서 분화한 과격파의 테러가 성장하는 인류의 도심에서 일어났고, 그 진압 과정에서 시민들이 사망했다. 오래 지나지 않아 도시 출입 제한 기준과 거주 허가제도가 생겼다.

다음 세대로 우성 유전되는 시술 유전자와 변이 세포의 성장 고리는 안정적인 속도와 균형을 유지하며 줄기세포의 분열과 조직 재생 속도를 촉진시켰다. 세대를 거듭할수록 텔로미어는 길어지는 방향으로 진화했고, 인간의 평균 수명은 100세에 달했다. 성장, 수명, 세포 재생, 활력, 단 하나도 놓치기 싫었던 사람들은 효과를 극대화하기 위해 최소 10년에 한 번씩 추가 시술을 받았다. 할 수 있는 건 모두 해야만 직성이 풀리는 인류에게 한계란 없었으니.

이들은 죽을 때까지 키가 자랐다. 평균 신장은 2미터에 달했으며 노화의 정점에 다다른 경우 어렵지 않게 3미터를 넘겼기에 그들은 멀리서도 서로의 나이를 짐작하고 미리 모자를 벗어 예의를 갖출 수 있었다.

자라나는 인류는 아름다운, 눈부신, 빛나는, 뛰어난, 눈에 띄게 크고 찬란한 자란 뜻의 **호모 사피엔스 루쿨렌투스 Homo Sapiens Luculentus** 란 이름을 스스로에 붙였다. 시술 공식 상용화 100년 후 루쿨렌투스는 호모 사피엔스의 아종으로 학계에 정식 등재된다. 수렵 채집민 시절 고대 인류 호모 네안데르탈렌시스, 호모 플로리엔시스 등과의 소멸과 흡수 이

후 1만 년 동안 단일 종으로 지구상에 군림해 온 호모 사피엔스는 이제 다시 '호모 사피엔스 사피엔스'와 '호모 사피엔스 루쿨렌투스'로 갈라졌다.

증발의 시대evapage를 넘긴 신인류는 실체 없는 세계에 거부감을 느꼈다. IT는 저급한 구인류의 산물로 여겨졌고 쇠퇴했다. 인구 급감으로 말미암아 과다 인구, 과다 생산, 과다 소비라는 세 가지 축을 중심으로 움직이던 녹슨 산업화의 쳇바퀴가 구동을 멈췄다. 서기 1769년, 한 수력 방적기로부터 발화한 산업 혁명 이후 근 300년간 이어진 기성품의 시대가 불꽃처럼 짧은 막을 내렸다.

실험성, 창의성, 다양성에 대한 존중, 연장자에 대한 공경, 이 네 가지 덕목은 루쿨렌투스 사회에서 열등한 아종 사피엔스와의 특질을 구분 짓는 결정적인 가치로 언제나 강조됐다. 그들은 평화와 토론을 사랑하고 인문학적 소양이 깊었으며 미술과 음악, 연극과 무용, 문학에 있어 재료 각각의 맛을 구분하고 비평할 수 있는 예리한 감각을 지녔다. 기계화와 전체주의로 대표됐던 폭력의 시대(사피엔스 주의)를 탈피해 이상적 인간상을 획득하려는 신인류 부흥의 시대가 찾아왔다. 개인 소유 예술을 선호하는 루쿨렌투시즘으로 인해 디지털 통조림에 담긴 값싼 대중문화는 설 자리를 잃었다. 공연을 즐기고 싶으면 음악가를 섭외해 파티를 열고 재능 있는 예술가들을 후원함으로써 순수 예술은 부흥했다.

민족과 나라, 종교 간의 분쟁 또한 원시적인 구인류의 것이었다. 루쿨렌투스는 국경을 허물고 대자본 권역별로 지구를 나눈 세계 대연합 체제로 나아갔다. 서기 2138년, 세계연합정부는 시술 인류 사이에서 최초의 순혈 아기가 탄생한 2038년을 원년으로 삼아 기존의 서력에서 루쿨렌 원년으로 기원을 변경하는 기년법 통일을 제정했다. 이때부터가 루쿨렌A.L. 100년이 된다.

시술이 있었던 찬란한 해Anno Luculentus를 지나고, 성장하는 인류에 의해 새롭게 세기가 매겨진 100년 동안 이어진 과학 문명의 발달은 세계를 격렬하게 횡으로 갈랐다. 할 수 있는 자의 힘은 무한하고 할 수 없는 쪽의 한계는 명확했다. 지구는 200번 더 태양을 회전했다. 별들의 잔상 아래 200년이 지났다.

자, 이제 우리의 교조 '회'가 등장할 차례다. 이곳 반도의 땅, 척박한 북쪽 고지대에는 세 개의 산맥과 세 개의 강과 세 개의 댐이 만든 인공 호수가 있었다. 그 끝이 보이지 않을 만큼 드넓은 호수 중심부의, 연기처럼 피어오른 국적 없는 배들로 이루어진 물 위의 조그만 집촌. 회는 그중에서도 가장 작은 배에서 태어났다. 회는 인삐의 자손이다.

인삐는 야마구치 시술 개발 과정에서 발생한 부산물이

다. 공식적으로 발표되지 않은 임상 시험 기록에는 시술의 유전적 안정성을 검증하는 마지막 데이터 확보 후, 대상자의 생식 유전자를 절단했음이 적혀 있다. 연구로 인해 야기될 수 있는 예측 불가능한 사회적 혼란을 줄이기 위해 합의된 시험 참여 조건이었다. 연구가 끝난 후, 대상자들 사이에서 손상된 유전자 간의 기형적 결합으로 인한 여러 증상이 보고됐는데, 그중에는 놀라운 재생력과 우연의 산물로 인해 탄생한 누구도 기대하지 않은 아기들도 있었다. 아기 대다수는 치료할 수 없는 유전병을 앓았고 인체 비율이 어긋난 상태로 성장했다. 이들은 대체로 힘이 세고 지능이 낮았다. 촌락지에서는 그들을 '인삐'라 부르며 소나 말 대신 '가축'으로 부렸다.

내가 쓴 『개동서』에는 회의 설교 장면이 상세히 나와 있다. 나는 이미 그의 이야기를 수없이 써왔고, 개동의 아이들은 어김없이 그걸 들으며 자란다. 하지만 모든 이야기에는 뒷면이 있지. 『개동서』에는 차마 쓸 수 없었던 일들, 돼지치기였던 회의 이야기를 들려줄게. 어린 시절의 그는 천성이 고약하고 성마른 인간이었다. 열등감을 감추려 과묵한 척했고 주눅 든 만치 악에 받쳐 있었지.

지금부터는 내 시선에 의지하지 않은 그의 모습 그대로를 보여주고자 한다. 그가 보던 세계의 풍경과 우연을 모두의 운명으로 바꿔버린 일에 대해. 어느 젊은 날의 목소리.

172년 전, 그날은 무척 덥고 습했고 언제나처럼 뜨거운 비가 내렸다.

4장
A.D. 2338 혹은 A.L. 300

개동의 시작

이놈이나 저놈이나 잡놈들이다. 빌어먹을 진보가 우리를 죽이고 있다. 저들은 사기 칠 궁리만 한다. 저번에는 적선이랍시고 썩은 쌀 두 포대와 폐기물 300톤을 던지고 갔다. 때로 그들은 휴대용 비전과 수상한 약을 나눠주고 아이들을 데려간다. 포만감을 주고 고통도 잊게 해주니 너도나도 약에 손을 댔다. 영양제라지만 난 저들을 믿지 않는다. 중독성이 있는 약이 틀림없다. 사람들은 약이라면 자식도 갖다 바치는 병신들이 돼버렸다. 아니, 이들은 원래 그랬다.

비전은 시간을 무한대로 늘리는 기능이 있다. 그것과 함께라면 영원을 살 수 있다고들 한다. 방법은 간단하다. 종일 흘러나오는 무료 동영상을 보는 것. 그걸 보면 헛헛함도 지루함도 비루함도 잊을 수 있다. 이 바보들은 약이나 집어삼키고 시답잖은 동영상을 보고 낄낄대며 하루를 보낸다. 웃었으면 됐지, 뭘 더 바라냐고? 그래. 대단할 게 없는 인생이란 건 알고 있다. 하지만.

그들이 우릴 길들였다. 루쿠렝? 이름도 거창하다. 진보한 생명체란다. 우리는 그냥 꺽다리 루시라 부른다. 너무 느려 터져서 발이라도 한번 닦으려면 하루가 걸린다지. 발냄새도 심할 거다. 그들이 하는 모든 행동에는 구린내가 배어 있다. 나는 애당초 그들이 주는 건 손도 대지 않는다. 그런 짓 따윈 하지 않는다. 기꺼이 증발할지언정 스스로 그들의 먹이가 되고 싶진 않다. 내 어미처럼 당하지 않겠다. 이게 내 신념이다.

나에게 호응하듯 그들은 서서히 거래를 줄이면서 우리 목을 조였다. 더 많은 애들을, 더 많은 대가를 바랐다. 그제야 그들을 향한 불만들이 터져 나왔다. 어디서 주워들었는지(아마도 비전에서 봤겠지) 셋만 모여도 '혁명'을 입에 담으며 침을 튀겼다. 더러운 침, 하지만 냄새나지 않는 침을. 그래, 부패가 사라진 세계는 편리한 점이 있다. 태어나 단 한 번도 이빨의 때를 벗겨본 적 없는 어느 더러운 새끼도 냄새는 나지 않는다. 물에는 놀라운 소독 효과가 있다고 한다. 하지만 나는 늘 말한다. 치석은 어쩔 건데? 그 누런 때는 어쩔 건데? 그러면 멍청한 놈들은 검은 이를 드러내고 그냥 웃는다. 그럭저럭 만족하며 살아간다. 그 루시 놈들이 사기를 치려 들기 전까지는, 그냥저냥 만족하며 살았다.

루시들이 원하는 건 언제나 애들이다. 아니, 꼭 그렇지는 않다. 요양원에서 돌봐주겠다며 오줌도 못 가리는 병자와 노인들을 트럭 가득 싣고 간 적도 있다. 중요한 건 다음이다. 그들이 데려간 인간은, 한 명도 돌아오지 않았다. 그런데도 이 바보들은 사람들이 어디로 사라졌는지 묻지 않는다. 이상하게 여기지 않는다. 바보냐? 거긴 별천지인데 너 같음 돌아오고 싶겠냐? 왜 안 돌아오겠냐? 돔이 좋으니까 안 오는 거지. 아 맞다, 너네 엄마는 돔에서 왔지. 쫓겨난 거지. 쫓겨난 거지도 있지, 라며 시답잖게 놀린다. 합리적 의심? 바보들은 눈을 둥그렇게 뜨고 묻는다. 그게 뭔 소리냐?

이 하찮은 인간들은 이제 이끼나 버섯을 긁어모으거나 물고기를 건져보려는 시도조차 하지 않는다. 뭔가를 할 의지조차 증발했다. 그저 입을 벌리고 루시들이 또 뭔가 던져주길 기다리고 있다. 모두 속고 있다.

해안가에서 쓸 만한 동굴을 하나 발견했다. 얼마 전 지진의 영향인지 갈라진 절편 사이로 돌기름石油이 줄줄 흘러나와 진득한 역청 구덩이가 생겼다. 해안가에 널린 천연 광물들을 모아놓고 갖가지 조합을 해보던 중 천년 묵은 새똥에 역청을 섞어 근사한 불꽃을 만들었다. 푸른빛과 보랏빛이 흩날리는 그 환상 같은 춤을 바라보며, 어쩌면 정말로 재밌는 놀이를 해볼 수도 있겠다는 예감이 들었다. 이 일은 모두 돼지 똥에서부터 시작됐다.

약이 부족해진 인간들, 어쩌면 약 때문에 머리가 이상해진 몇몇 인간들이 루시가 싸지르고 간 폐기물에서 빈 병과 비닐을 주워다 아주 이상한 걸 만들기 시작했다. 병에 넣은 돼지 똥을 한두 달 묵힌 뒤 가스를 흡입하는 거다. 그걸 빨면 지나치게 행복해져서 뿅 간 표정으로 '마릴린 마릴린~ 마릴린 마릴린~' 하는 노래를 부르고 팔다리를 게처럼 휘저으며 춤추는데, 그때에 눈부신 요정이 주위를 빙글거리는 황홀경에 빠져든다고 한다. 그 광경을 본 어린애들이 너도나도 그 짓거리를 따라 하기 시작했다.

기어코 그 똥까스 병이 폭발하는 일이 생겼다. 시녀가 담겨 있던 병이었는데 가스를 빨던 일곱 살짜리 애들 둘이 그 자리에서 죽었다. 그 멍청하고 가련한 핏덩이들을 본 순간 알았다. 이곳은 지옥이다. 모두 불태워 버려라.

꺽다리 악마들이 무슨 짓이 벌이고 있는지는 신만이 아시겠지. 그래, 나는 신을 말했다. 신은 인류가 고안해 낸 최고의 발명품이지. 안 그래, 교주? 지금 우리에게 필요한 건 신입니다. 멍청한 그놈을 설득하는 일은 그리 어렵지 않았다. 먼저 한심한 소리를 꺼낸 건 교주였으니까. 그는 잘 구운 비계처럼 찌득찌득한 얼굴을 하고 앉아 계산기를 두들기고 있었다.

어이. 이보게 친구, 돼지 똥을 모두 모아 손쓸 수 없을 정도로 먼 곳에 가져다 버리시게.

그럼 뒷간에서 쟤네들 똥으로 몰래 하겠죠. 그는 손뼉을 치며 안타까워했다.

똥을 못 싸게 할 수도 없는 노릇이니….

교주는 애들을 파는 중개인이다. 지가 깐 새끼도 100명 넘게 팔아치웠다. 그는 루시가 되고 싶어 마일리지를 쌓고 있단다. 그 말은 묘미에게 들었다. 돼지 같은 그놈이 애를 둘씩이나 잃은 손해를 곱씹으며 무척 아쉬워했다고. 아니지, 내 사랑스러운 아기 돼지들을 그런 놈에 비유하고 싶지는 않다. 돼지는 고귀한 생명체니까.

놈은 폭동이 일어날 것을 몹시 두려워했다. 나는 그 점을 이용했다. 우리에겐 신이 필요합니다. 교주가 기름진 미소를 짓는다. 자네는 내 직업이 뭐라 생각하는가? 돼지치기는 내가 아닐세. 나는 고개를 끄덕인다. 물론, 신의 계시를 보여야 합니다. 모두에게 이르십시오. 나태한 자들을 깨울 심판이 오고 있다고. 온 강을 불바다로 만들어 버릴 재앙, 타오르는 검은 불길이 우리 모두를 덮칠 거라고. 우리는 아흐가 아버지 뜻에 복종해야 합니다. 나는 넌지시 예감에 운을 띄워본다. 교주는 좋아한다. 참외 배꼽이 튀어나온 배를 긁으며 껄껄 웃는다. 자네가 꼭 교주 같구먼. 좋아, 좋아. 빠르게 가보자고.

나는 애들에게 늘 가르친다. 너희가 행복하라고 있는 삶이 아니다. 생은 신의 축복이 아니다. 오, 망할 신이시여. 또다시 염병할 신을 입에 담는다. 내 생각은 이렇다. 우리들의 엄마는 너무나 멀리 있다. 우리는 버려진 이민족이다. 나도 사기를 쳐야겠다. 빌어먹을 진보가 우리 모두를 잡아먹기 전에.

간밤, 교당의 축사에서 새끼 돼지 여덟 마리가 태어났다. 그중 하나가 사람의 얼굴을 하고 있었다. 돌출된 턱과 광대, 매섭게 올라간 매부리코와 찢어진 눈. 녀석의 덜미를 잡아채 놈의 얼굴을 눈앞까지 들어 올렸다. 불룩 튀어나온 눈알은 머리칼을 틀어 올린 소녀의 것처럼 붉은 핏줄이 팽팽했고 이마에는 악마의 뿔처럼 성기가 돋아 있었다. 핏기가 가시지 않은 녀석의 성기에 코를 박고 큼큼 냄새를 맡아본 뒤, 우리 속에 되돌려 놓고 축사를 빠져나왔다.

밤새 새끼를 낳는 어미의 뒤척임에 잠을 설쳤다. 양동이와 걸레를 챙겨 들고 삐걱대는 나무다리를 건너며 빛이 들기 직전의 매캐한 새벽 공기 속에 몸을 밀어 넣었다. 휜 상체가 오른쪽으로 쏠려서 본능적으로 몸을 튕기듯 세우며 걸었다. 기울어진 걸음에 바닥이 출렁였다. 안개에 잠긴 목교를 빠져나오자 기슭 마른 땅 위에 궁둥이를 걸친 우람한 교당이 하늘의 반을 가린 채 느긋이 호수를 보고 있었다. 축사와 다리로 이어진 교당 앞 널마루는 쭉 내민 혓바닥처럼 호수 앞마당을 넓게 차지했다.

바람을 타고 향내가 밀려왔다. 의식이 시작될 시간이었

다. 널마루 하늘 가득 매달린 등불 아래 검은 물빛이 흔들렸다. 신도들이 모여들었다. 나는 잽싸게 머리를 굽히고 마른 걸레로 바닥을 훔쳤다. 내 손 주위로 그들의 발자국이 어지럽게 찍혔다. 발들의 무리가 교당 위로 올라갔다. 판자 새로 비치는 검은 물빛이 점점이 빛났다. 교주의 음성이 물아래 흘렀다.

우리의 아버지 아흐가 당신의 수반 아래, 감사드립니다. 수반으로 우리를 비추소서. 우리를 벌하소서. 우리는 여기 머리를 씻어 세상 모든 걸 의심하는 어린아이의 마음을 버리고 심판을 기다리겠나이다. 찬송이 물안개 뚫고 피어오른다. 널마루를 반들반들 닦은 나는 잔교로 내려가 노를 움켜쥐고 조용히 빛을 휘저으며 교당으로부터 멀어진다.

온 세상이 채집장이다. 그들이 기도하는 동안, 물 위로 도톰하게 올라온 개구리밥을 걷어 배 위에 두둑이 쌓고, 호숫가 동쪽 기슭에 뱃머리를 대고는 지게를 이고 뭍에 올랐다. 물이 흐르는 절벽을 지나 골짜기 가르는 옛 터널을 지나 침목이 다 빠진 녹슨 철길 자리를 지나 고개를 오르고 내리다 보면 해안에 다다른다. 비가 날릴 땐 포대를 뒤집어쓰고 흙이 다 쓸려 간 암벽에 쌀알처럼 새로 돋아난 강아지풀을 그러모으며 세월아 네월아 가는 거다. 출출할 땐 새순이 난 삘기를 한 움큼 뽑아 물어뜯는다. 버릴 것 하나 없다. 뿌리부터 이삭까지 잘 말리면 약도 되고 밥도 된다. 억센 껍질은 엮어서 침낭으로 쓴다. 이 나간 철길 자리엔 또다시 강아지풀이 돋는다.

더러운 사피엔스들이 똥까스를 빨아젖히는 사이에도 다른 동식물들은 너무나 부지런하게 살아가고 있다. 우리는 개구리밥을 존경해야 한다. 그들은 태어나 증발하기 직전까지 자손을 뿌리기 위해서만 살아간다. 줄기도 뿌리도 갖지 않는다. 암수도 없다. 자신을 보호하려는 어떤 방패도 만들지 않는다. 싹을 틔운 지 1시간 만에 잎을 부풀리고 스스로 싹을 뿌린다. 시간이 없다는 걸 알고 있기에 이들은 모든 가치를 버린다.

갓 태어난 어린 곤충조차 이 지랄하는 비로부터 자손을 보호하기 위해 제 몸집보다 큰 방수 껍질로 알을 싸고 또 감싼 뒤 기꺼이 증발한다. 눈도 입도 없이 태어난 이 하찮은 것들은 비가 올 때를 알고 사라질 때를 안다. 더디지만 끈질기게도 세상 돌아가는 이치를 아는 것들이다. 버림으로써 영원히 사는 법을 알고 있다. 이것이야말로 진짜 진보라는 걸 이 똥 덩어리들만 모른다. 세상이 왜 우리에게 맞춰지질 않냐며 배만 긁는다.

정강이가 딱딱해져 말을 듣지 않을 때쯤, 거인이 다발째 메다꽂은 것 같은 수백만 개의 현무암 육각 기둥으로 둘러싸인 검은 암벽 지대에 다다랐다. 들이치는 파도에 빠르게 침식되고 있는 이 땅에는 숨겨진 보물이 있다. 바다 한가운데 거인의 팔뚝처럼 불뚝 솟아오른 200미터 높이의 검은 돌기둥과 우레와 같은 폭포, 그 물빛 커튼 너머의 서늘한 동굴들은 비밀을 깊이 품고 있다. 암석 절리가 토한 핏빛 사암과 진득한 역청의 구덩이, 새까맣게 굳은 석화된 나무들, 수천 수억 년 전의 새들이 싸지른 흰 똥 무더기. 사라져 지금은 없는 새들의 아주 오래된 서식지였던 것 같다. 저 멀리 괴수의 탯줄처럼 배배 꼬인 암석이 바다로 뻗다 물속 깊이 잠수한다. 곶의 절벽은 새로운 기둥을 낳고 오래된 기둥은 바다가 삼킨다. 그들의 모습은 매일 달라진다.

하늘 중앙에 솟은 해가 머리꼭지를 달굴 무렵, 역청에 석탄과 새똥을 섞어 폭발물을 만들었다. 시험 삼아 동굴 안쪽에 놓고 불을 붙였다. 뜻밖의 폭발력에 깜박 정신을 잃었다. 탄내가 걷히고 정신을 차리니, 구멍 난 암벽 속에서 본 적 없는 새로운 동굴이 모습을 드러냈다.

무너진 입구에서부터 전에 맡아본 적 없는 진한 흙내음과 새그러운 단내, 풋풋한 풀내가 배어났다. 비닐 자루를 벗어 던지고 그 검은 입속으로 홀린 듯이 기어 들어갔다. 순식간에 눈앞이 까매졌다. 눈이 먹통이 되자 모르고 지내온 수많은 감각이 되살아났다. 축축한 벽을 짚으며 기다시피 미끄러져 내려갔다. 젖은 뿌리 냄새가 났다. 통통한 과육이 터지며 삭고 짓무르고 천천히 발효하는 달짝지근한 기척, 고인 공기 속을 떠도는 몽글몽글한 탄산의 기운, 묵직한 알코올 향, 분해되고 해체되는 것들, 싱싱한 것들, 타오르는 부패의 냄새. 어디선가 꿈틀거리고 있는, 살아 있는 것들의 냄새가 났다. 뱃속이 요동치고 내장이 곰실거리며 꼬르륵꼬르륵 난리가 났다. 공동으로부터 소용돌이치며 불어대는 서늘한 바람이 땀범벅이 된 몸을 식히고 지나왔던 길을 되짚으며 빠르게 빠져나갔다. 발끝이 젖었다. 얕은 물길을 따라가자 빛이 보였다. 본능적으로 숨을 삼키고 숨골을 훔쳐봤다.

그것은 대체 무엇이었을까. 너무나 아름다운 식물들의 군락지. 그렇다. 그것은 도시였다. 지구의 공동, 번화한 식물들이 바쁘게 거래하는 식물 지하 도시. 그들은 땅속 깊은 곳에서 캄캄한 어둠을 들어 올리려 애쓰고 있었다.

빛의 중심지에는 버섯이 있었다. 버섯은 효소를 이용해 스스로 발광하며 포자를 폭풍처럼 흩뿌린다. 포자가 불러들인 증기는 구름이 되어 그들의 머리 위로 안개비를 떨군다.

지하 깊이 스민 물은 해가 뜨지 않는 검은 강을 이뤘다. 물아래 잠긴 둥근 모래알에서 싹이 돋는다. 하나의 뿌리로부터 이어진, 마디 달린 투명한 줄기가 사방 20미터 반경으로 뻗어 새하얀 숲이 공동을 덮는다. 대나무처럼 생긴, 지금은 돌나무라 부르는 것. 그 주위를 장식하는 투명한 흰빛을 내는 야들야들한 난초, 들풀, 고사리 같은 몽클몽클한 양치류. 빛을 머금은 이끼는 여분의 빛을 반사하며 반짝거린다.

버섯은 그들에게 빛을 주는 대신 생기를 빨아들인다. 빛을 받아 자란 이끼로 사방의 벽면은 벨벳처럼 푹신했다. 새 같기도 쥐 같기도 한 조그만 생명이 눈에서 빛을 내며 공동을 가로질렀다. 투명한 숲이 흔들린다. 새로운 서식지를 찾아 지구의 공동에 스며든 것들. 진귀한 비밀을 품은 가슴이 두근거렸다. 얕은 돌을 쌓아 무너진 입구를 촘촘하게 막고 계곡을 거슬러 올라왔다.

말린 풀과 생선 찌꺼기로 죽을 끓여 돼지 여물통 가득 채워놓고 축사 문턱에 걸터앉아 남은 죽을 퍼먹었다. 사람 얼굴을 한 돼지는 어미의 젖을 얻지 못한 채 우리 구석에 처박혀 있었다. 어미 돼지 품에서 다른 새끼를 떼고 녀석의 입에 젖을 물렸다. 녀석은 젖을 맹렬하게 빨아댔다. 주름지고 창백했던 피부에 순간 분홍빛이 돌았다. 어미 돼지는 몸을 뒤틀고 일으키며 자꾸만 녀석을 피했다. 어미의 뒷다리를 걷어차고 움직이지 못하도록 짓눌렀다. 겨우 젖을 먹인 후에야 어미의 품은 다시 다른 새끼들 차지가 됐다. 죽 알갱이를 꾹꾹 씹어 삼키며, 간밤에 묘미가 한 말을 떠올렸다. 묘미는 그 예쁜 입술로 언제나처럼 버릇없이 재잘대기 시작했다.

시술받고 같이 살 거야. 거기 집도 사놨대. 어마어마하게 크대!

우리는 축사 구석에 놓인 소박한 매트리스 위에 누워 있었다. 교주에게는 이미 아내가 스물은 더 있었는데.

애들이 생기는 족족 팔아버린 데는 이유가 있었던 거야. 루시 가문을 일구고 싶었던 거지. 천장을 바라보며 묘미가 중얼거렸다. 나는 묘미를 거적때기처럼 밀치며 몸을 일으켰다.

그래서. 그 구린 노친네랑 애를 만들고 싶어? 그게 뭔데. 무슨 의미가 있는데.

애만 낳아주면 춤 공부도 시켜준댔어. 애 보는 사람도 둘 거래. 해보고 재미없으면 또 도망치지 뭐! 묘미는 열여섯, 나보다 네 살 어렸다.

너는 그 노래기 말을 믿냐? 자기 애들도 팔아넘기고 아내도 팔아넘기는 꼽등이 새끼 말을 믿냐? 너한테서 본전을 다 뽑고도 손발톱이 말라비틀어질 때까지 애를 낳게 할 텐데 잘도 춤추겠다. 또, 거기서 뭐 먹고 살겠니? 너처럼 떨빵한 애들 모아서 앵벌이나 시키겠지. 교주가 잘하는 거. 등쳐 먹기, 나불대기, 처먹기밖에 없잖아. 너는 너를 비싸게 팔았다고 자랑하고 싶겠지만, 그 놈팡이는 네가 너를 못 알아보게 될 때까지 네 빚과 젊음, 영혼까지 몽땅 빨아먹을 거다. 그건 단 한 푼도 남지 않는 멍청한 거래라고, 이 얼치기 장사치야.

얼굴이 벌게진 묘미가 매트리스에서 발딱 일어나 날 노려봤다. 약이 오른 검은 눈동자가 바싹 타올랐다.

적어도 굶어 죽진 않겠지! 증발되지도 않겠지! 깨끗하고 밝은 곳에서 살 수 있겠지! 그 조그만 몸집에서 화통 삶는 소리가 터져 나왔다.

너는 왜 그렇게 부정적인 말만 하니? 내가 그렇게 싫니, 그렇게 싫어? 그냥 축복해 줄 순 없는 거야? 맨날 코 빠뜨리는 소리만 하고! 교주가 그렇게 쓰레기면 그 밑에서 똥이나 닦고 있는 너는 뭔데? 오물이고, 똥이고, 똥 찌끄레기야!

죽은 쉽게 바닥을 보였다. 의미 없이 생선 뼈를 씹으며 접시 바닥을 긁고 있을 때 니코가 다가왔다. 누런 천 조각으로 얼굴을 가린 니코는 주황 반바지에 웃는 얼굴이 그려진 노랑 티셔츠를 입고 있었다. 폐기장에서 주운 루시 애들 옷이었다. 그가 걸을 때마다 웃는 얼굴이 실룩댔다. 니코가 목자의 말을 전했다.

다음 주에 수거 온다. 보낼 애들 열댓 명만 모아 놔라.

어디다 쓰게?

담수 배관 청소한다꼬. 관에 낀 소금 뺄라믄 안에 드가야 되니까 우리 쪼꼬미 요정들이 이시야게찌?

그럼 느그 할망도 할 수 있겠네. 할망이 딱 그 사이즈지 않나요?

미칫나? 노망난 노친네 청소하러 들어가서 똥칠하고 나오게?

꺽다리 놈들도 똥물 좀 먹여야지.

그라까? 니코가 코 먹는 소리를 내며 꺽꺽 웃었다.

얀마 얀마, 이놈은 뭐냐? 축사를 둘러보던 니코가 구석에 외따로 떨어진 새끼 돼지를 들어 올렸다. 그의 입이 쩍 벌어졌다. 감탄한 눈빛으로 새끼 돼지의 이마를 유심히 살폈다.

뭔가 익숙하지? 그놈 것이 딱 자네 것만 하지 않은가. 그 말을 들은 니코의 표정이 순식간에 어두워졌다.

그러게. 니코는 새끼 돼지를 우리 구석에 돌려놓고 손을 탁탁 털었다. 아, 그리고 오후에 뽀오뜨 관광 오니까 대기.

또 뭔 잡놈들이냐? 모처럼 들어온 건수에 기분이 좋아졌다. 혀를 쭉 내밀어 죽을 바닥까지 싹싹 핥아 먹은 뒤, 축사 바닥 배설 구멍 앞에 쪼그려 앉아 아래 흐르는 강물로 접시를 헹궜다.

모르지 뭐. 저번처럼 내빼지만 않으면 좋겠는데. 이따 봐 이! 니코가 가볍게 문턱을 밟았다.

어이. 니코가 내코가 양반. 니코가 발을 멈췄다.

근데 진짜 그걸로 쓰는 거야? 들어 올린 접시에서 뚝뚝 물이 떨어졌다.

뭐가. 그의 목소리가 퉁명스러웠다.

수거.

뭘. 왜 그래? 새삼스레. 두루두루 쓰는 거지.

두루두루.

그래, 두루두루. 휘뚜루마뚜루. 니코가 축사를 빠져나갔다.

오물이 떠다니는 배설 구멍을 내려다봤다. 물결 위로 햇

무리가 비쳤다. 강에는 온갖 종류의 오물이 그득했다. 부패하지 않는 세계의 이점, 움은 시큼한 악취마저 거두어 간다.

옷을 훌훌 벗어 던지고 팬티까지 벗어버린 채 밖으로 튀어 나갔다. 개구리처럼 손발을 휘저으며 강에 와락 뛰어들었다. 코를 붙잡고 숨을 멈춘 채 강바닥까지 헤엄쳐 내려갔고 부연 물속에 몸을 누인 채 일렁이는 태양을 응시했다. 태양은 썩은 달걀 껍데기처럼 빛을 잃은 채 수면을 떠다녔다.

언제든 증발할 수 있다는 생각은 나를 기분 좋게 한다. 잡다한 생각마저 휘뚜루마뚜루 날아가 버린다. 생과 줄다리기를 하는 거다. 정말 나한테 이럴 거야? 좋아. 증발해 버리지, 뭐. 증발하기 직전까지 숨을 참는다. 찌릿한 현기증이 온몸을 관통하면 잽싸게 수면 위로 튀어 올라 배를 크게 부풀린다. 몸이 뻥 뚫리는 순간이다.

도시에서 온 차 한 대가 선착장 입구로 들어왔다. 차를 먼저 발견한 니코가 발을 구르며 팔딱거렸다. 루시 경보! 루시 경보! 옆에 누워 있던 구창이 니코의 뒤통수를 때렸다.

오두막에서 낮잠을 자던 우리는 느릿느릿 몸을 일으켰다. 들볶는 열기 속에 가벼운 빗방울이 날리고 있었다. 우비를 뒤집어쓴 니코가 가장 먼저 문을 박차고 나갔다. 하늘이 고인 듯한 컨버터블의 푸른색 보닛이 파도처럼 밀려왔다. 캐딜락 엘도라도, 밖을 본 구창이 낮게 휘파람을 불었다. 크롬 장식된 거대한 헤드램프 두 눈이 희번득거렸다. 유려한 곡선 뒤로, 하늘로 쭉 뻗은 테일 핀이 눈부시게 빛났다. 접이식 지붕이 달린 웅대한 차체 아래, 닳지 않은 깨끗한 타이어가 니코의 허리께까지 닿았다.

니코가 유리창을 두들기며 지껄이자 차는 천천히 매표소 앞 공터에 자리를 잡았다. 차에서 내린 루시는 셋이었다. 제일 먼저 니코보다 약간 작은 듯 엇비슷한 몸집의 남자애가 폴짝 뛰어내렸다. 이어 에이라인 원피스에 챙이 긴 모자로 얼굴을 가린 여자가 차 문밖으로 아주 조심스럽게 다리를 내밀었다. 천천히 드러난 여자는 머리가 작고 팔다리가 길쭉했으며, 머리부터 발끝까지 갓 구운 도자기처럼 새하얗고 매끈했다. 키는 2미터 80센티미터가량, 거진 니코의 두 배에 달했다. 차 밖으로 나온 여자는 뜨거운 비에 데기라도 한 듯 흠칫 어깨를 떨며 양산을 펼쳤다.

마지막으로 운전석에서 내린 남자도, 여자보다는 작았지만, 시선을 맞추려고 까치발을 쳐든 니코가 애처로워 보일 정도로 키가 껑충했다. 쪽파처럼 호리호리한 이 남자는 특히 머리가 작았다. 그의 아담한 머리통은 휘영청 솟은 파뿌리처럼 허공에서 하롱하롱 흔들렸다. 그는 트렁크와 뒷자석을 오가며 느긋한 태도로(콧노래까지 부르며) 주섬주섬 한참 무언가를 찾아 헤매더니, 마침내 운전석 시트에 눌려 있던 맥고모자를 발견하고는 꼼꼼히 한 땀 한 땀 모양을 바로잡았다. 그

걸 보는 루시 여자의 미간이 점점 좁아졌다.

여자는 우산대로 욕을 쓰듯 양산을 마구 휘젓더니 남자애 손을 잡아끌며 선착장 쪽으로 성큼성큼 걸음을 옮겼다. 가까스로 모자를 다 쓴 남자가 니코에게 가방을 건넸다. 니코는 양손 가득 짐을 받아 들고 총총 여자 뒤를 쫓았다.

나는 루시 가족을 그들 크기에 알맞은 관광용 보트로 안내했다. 니코는 가방을 보트로 날랐고 몇 발짝 떨어져 걷던 구창은 마지막으로 보트에 올라탄 후 루시 가족이 소파에 앉는 걸 보고 부드럽게 시동을 걸었다.

솟아오른 뱃머리가 슬렁슬렁 검은 물결을 치고 나아갔다. 보트가 점차 속도를 내자 빗물이 차양을 때리며 사방으로 흩어졌다. 차양이 휘몰리며 뜨뜻한 증기 바람이 밀려들었다. 타닥타닥 빗소리가 울렸다. 호수를 따라 점점이 박힌 수상 가옥이 협곡을 타고 이어졌다.

니코는 아이스박스에서 맥주를 몇 개 꺼내 루시 여자와 남자에게 건넸다. 도시에서 생산하는 맥주였다. 교주가 접대차 들여놓는데, 루시 외에는 입을 댈 수 없었다. 도자기 인형처럼 굳어 있던 여자의 얼굴은 맥주를 한 모금 들이켜자마자 휘릭 달콤해졌다. 루시 여자는 암벽 사이 펼쳐진 드넓은 수평선을 바라보며 담배를 꺼내 물었다.

"아, 여기가 천국이네요. 이런 게 자유지. 아무것도 신경 쓸 필요가 없잖아요? 돔은 정말 갑갑해요. 못 하게 하는 건 또 얼마나 많은지. 전부 금연, 금연, 금연, 돌아버린다니까."

한층 편안해진 루시 여자가 소파 뒤로 팔을 걸치며 니코에게 말했다. 여자는 다 태운 담배꽁초를 수면 위로 내던졌다. 이 지역 사투리에 익숙한 니코는 루시 앞에서는 더욱 긴장해서 사뿐거리는 여자의 어조를 거의 알아듣지 못했지만 이해한다는 듯 배시시 웃었다. 루시 남자애는 엄마 옆에 숨어서 약간은 놀란 표정으로 이 작은 안내자들을 관찰하고 있었다.

그러고 보니 저분은 꽤 크네요.

루시 여자는 깨끗한 철제 케이스에서 뽑아 든 새 담배로 구창 쪽을 가리키며 말했다. 올해 2미터를 넘긴 구창은 여기 사람치고는 눈에 띄게 키가 컸다. 루시만큼은 아니지만.

루시 여자의 손짓을 눈치챈 니코는 드디어 말할 거리가 생겼다는 듯 두 눈을 빛냈다. 얼굴을 가린 천 조각을 조심스럽게 내린 니코가 여자의 귓가에 얼굴을 들이밀며 말했다.

잡종, 거기 루쿨랑이랑 여기 엄마가…. 니코는 양손의 검지를 슬쩍 맞부딪쳤다. 그래서 자라요. 우린 까맣게 몰랐는데, 저 친구만 계속 스멀스멀 자라니까 알게 돼버렸죠, 출생의 비밀을. 저 친구는 너무 충격을 받아가 나이 사십 줄에 사춘기가 와삐리뿌따 아입니까.

니코가 루시 여자의 눈을 바라보며 비밀을 공유한 사람들끼리 나눌 법한 친근한 눈빛을 보냈다.

아…, 루시 여자가 길게 감탄하며 고개를 끄덕였다. 여자는 니코의 말씨를 하나도 알아듣지 못했다. 니코가 엉망진창인 치열을 내보이며 웃었다. 누런 치석이 도드라졌다. 여자는 시선을 피하며 내 쪽으로 고개를 돌렸다. 나는 파뿌리 남자에게 이런 오지에 온 이유를 물었는데, 답이 궁금하지는 않았다. 늘 하는 질문이었다.

마지막 사피엔스에 관한 소설을 하나 구상 중이라 취재 겸, 나들이 겸, 겸사겸사…. 파뿌리의 모자는 자꾸만 머리 위로 붕붕 떠올랐다. 남자는 몹시 쑥스러워하면서도 날리는 머리칼을 덮기 위해 필사적으로 모자를 붙잡았다.

오, 소설! 소설이요? 이 얼마나 한가롭고 아름다운 단어인지. 저희가 정말 대단한 분을 모셨네요. 영광입니다. 그럼 이 아리따운 여성분은 어떤 일을 하시는지?

농부요. 루시 여자가 구름 사이를 비집고 쏟아지는 햇살에 눈살을 찌푸리며 말했다.

와, 농부! 그럼 밭도 갈고 똥도 뿌리시나요? 그렇다기엔 손이 너무 고우신 거 아닌가요? 반짝거리는 손을 바라보며 웃었다. 루시 여자가 당황하자 파뿌리 남자가 대신 답했다.

그건 과거고, 지금은 그럴 필요가 없지요.

아이, 암요. 농담이죠. 농경학자가 완전 엘리트란 것쯤은 당연히 알고 있죠. 저희도 매일 비전을 끼고 살고, 신문도 있는걸요.

여기도 신문사가 있나요? 남자가 물었다.

바로 저기 있잖아요. 도시에서 오는 것들이요. 아, 다행히 비가 그쳐주시네요.

차양을 걷으며 가리켰다. 물결 너머 들끓는 지표 위로 증기구름이 피어올랐다. 언덕배기 꼭지를 휘감은 구름 한 오라기가 풀리며 가려졌던 폐기물 산봉우리가 위용을 드러냈다.

저기서 신문과 책을 모읍니다. 포장도 하고 걸레로도 쓰죠. 특히 양질의 책은 무척 유용한 자원이랍니다. 선생님처럼 훌륭하신 분들이 책을 많이 내주시는 건 저희에겐 크나큰 축복입니다. 다른 것도 많이 얻어요. 옷이나 그릇 같은 생필품도 줍고요. 가끔 시너 같은 인화물이 터지기도 하지만요.

아아, 맞아요. 우리는 그림 그리는 걸 너무 좋아해요. 루시 여자가 답했다.

보트는 곧장 콘크리트 장벽이 드리운 북쪽 댐 저수지로 향했다. 물길을 따라 호수 아래 잠긴 옛 마을 터가 보였다. 들풀이 사라진 붉은 흙더미 아래로 토사에 짓눌린 채 수백 년간 방치된 집들이 이어졌다. 헛간과 뒷간, 아궁이와 우물 구덩이. 해초처럼 찌그러진 과거의 집들은 물속을 유영하는 하나의 생물로 보였다. 꿈꾸는 생물.

이것들은 거의 1,000년 전의 집들입니다. 워낙에 오지라 고대에는 어느 유교 국가의 단골 유배지였다고 하지요. 이후에 세계 정복을 꿈꾸던 왜인이 이곳을 찾았는데, 그 똘똘한 치들은 여기가 노다지라는 걸 바로 알아챘지요. 그들은 전쟁 자원을 얻기 위해 이 땅을 뚫어서 석탄, 금, 철광석을 캐고, 그 보물을 나르기 위해 철길을 깔고, 이 모든 일을 원활하게 처리하도록 댐과 수력 발전소를 골짜기마다 세워 전력을 공급했지요. 그들이 떠나고 100년간은 군사 독재 정권이 남겨진 시설을 이용했습니다. 이 땅은 그들의 국경 시설과 공단에 전기를 대줬지만, 아시다시피 이놈의 정권도 오래가진 못했죠. 움이 내린 대기근 속에 공장, 탄광, 노동 지구, 발전소가 차례로 문을 닫고 김씨 일가는 홀연히 사라집니다. '백년의 고독'은 끝이 나고. 무너진 국경을 넘고 산과 물을 찾아 흘러든 사람들이 모여 이렇게 빈민촌이 형성됐습니다. 앞으로는 어떻게 쓰이게 될까요?

더 쓰일 일은 없겠죠. 루시 남자가 답했다. 루시들의 머리칼은 황금빛이었다. 그렇겠죠. 당신들의 황금은 어디서 온 건가요.

이제는 전기를 끌어다 쓸 필요가 없으니까요. 남자가 어깨를 으쓱하며 덧붙였다. 아이들은 어디로 갔나요. 당신들의 새로운 에너지는 뭔가요.

아직도 물고기가 잡히나요? 남자가 물었다.

이제는 어획량이 턱없이 줄어서 진흙에 파묻혀 사는 준치나 끄리 같은 질기고 냄새나는 놈들만 남았지만, 그것도 없어서 못 먹죠. 공단은 폐쇄되고 댐이 멈추면서 목마른 빈

민들이 밀려들었는데, 움이 쭉쭉 빨아들여 나무젓가락처럼 죽은 기둥들이 산에 지천으로 박혀 있었죠, 공동묘지처럼. 기슭에 공간이 부족해지자, 이러나저러나 한세상 원 없이 물이나 마셔보자 하고 자리를 못 잡은 치들이 강물로 뛰어들기 시작했는데… 이들은 증발하는 날까지 물에서 살기로 작정하고는 나무토막을 끌어다 물속에 박아 넣고 쓸려 가기를 반복했습니다. 진작부터 이곳에 터를 잡고 물고기를 낚으며 살아가던 한 놀라운 청년이 이를 딱하게 여겨 집을 이롭게 짓는 법, 작물을 키우는 법, 물을 정수하는 법과 고기를 잡는 법 등을 가르쳤습니다. 청년은 반복되는 폭우와 홍수로 물이 범람해서 집이 잠길 때마다 사람들을 이끌면서 마을을 지켜냈지요. 그분이 바로 아흐가 하늘의 뜻을 받아 대수반교를 여신, 고 해암 오지 어스봉 선생이십니다. 저희 교조이자 현 교주의 8대 선조 되십니다! 루시 남자가 머리를 끄덕이며 녹음기에 내 말을 채집했다.

이렇게 대단한 분들이 오셨으니 저도 한번 여쭙고 싶습니다. 움이 암흑 물질이라는 얘기가 있던데, 그것도 무슨 환경 오염 같은 건가요?

남자가 녹음기를 끄고 카메라를 들면서 여자에게 귓속말을 걸었다. 여자가 남자의 어깨를 가볍게 쳤다. 둘은 웃었다.

아, 그런 게 있어요. 내가 고개를 기웃거리자 루시 여자가 웃음을 삼키며 말했다.

소리도 흔적도 남기지 않는 도둑들, 유령 같은 친구들. 이런 표현도 예스럽지. 이미 한물간 이론인데…. 뭐, 아무도 몰라요. 모르니까 아무렇게나 이러쿵저러쿵 떠들어 대고 보는 거지. 우리가 보고 아는 모든 것들은 우주의 5퍼센트도 채 되지 못하니까. 이 끝없이 팽창하는 세계에서 우리는 지나치게 소수자들인 셈이죠.

소수자들. 그러니까 놓치지 않게 서로를 지탱해야지. 남자가 여자의 손을 붙잡았다. 여자의 얼굴이 붉어졌다.

콘크리트 장벽이 남에서 북으로 이동하는 구름을 빠르게 집어삼켰다. 댐은 무너질 듯 하늘을 덮으며 천천히 밀려왔다. 저수지 가장자리에 이른 배는 갈라진 장벽을 끼고 크게 돌았다. 새소리가 들리는 것 같아요. 여자가 하늘을 올려다보며 말했다.

그럴 리가요. 이제 새는 없어요. 검은 물결이 장벽의 틈새를 타고 넘쳐흘렀다. 발전소가 물 아래에서 일렁였다. 긴장이 풀린 루시 남자애가 난간에 매달려 몸을 흔들다 조수석을 넘어 뱃머리 위로 기어 올라가기 시작했다. 니코가 아이의 옷깃을 붙잡았다. 배는 붉은 암벽이 이어지는 협곡 사이를 빠르게 가로질렀다. 수몰된 마을 위로 수상 가옥 그림자가 드리웠다. 파뿌리 남자가 과거의 풍경을 향해 카메라를 들이댔다. 보트는 좁은 협곡을 지나 유수를 타고 넓은 호수로 빠져나갔다. 여자는 구름으로 층계를 이룬 고원의 수평선을 바라보며 맥주 캔을 하나 더 땄다.

북상하는 구름이 어두운 우주선처럼 세 개의 그림자를 이끌고 이동했다. 구름을 흉내 낸 물빛이 수면에 잠겼다. 배는 물구름 속으로 들어갔다. 세 개의 지류가 만나는 호수 중심부를 통과해 또 다른 협곡이 이어지는 서안을 향해 거슬러 올라갔다. 뱃머리에 드러누운 아이는 열심히 물 위로 다리를 흔들어 댔다. 물결에 흔들리는 집들이 드문드문 모습을 비췄다. 남자는 카메라를 통해 확대된 집의 모습을 관찰했다.

나는 고개를 내저었다. 결국 과학이란 것도 애들 장난 같은 거네요? 심심할 때 지어내는 얘기요. 그 무슨 개풀 뜯는 소설처럼. 이럴 수도 있고 저럴 수도 있다, 사실은 저럴 수도 있었고 이럴 수도 있었다. 도대체 그게 다 뭔가요? 무슨 의미가 있나요? 과학이란 것도 우습네요. 저희는 그저 빨리 심판이 끝나 이 지독한 비로부터 우리가 구원받길, 당신이 우리를 건져 올려주시길, 아흐가 당신의 수반 아래 겸허히 기도드립니다.

순간 루시 여자가 하늘을 향해 호통치듯 웃었다. 하! 기도. 참 한가롭고 아름다운 단어 아닌가요? 기도라니. 저는 기도할 시간도 없답니다.

파뿌리가 여자의 어깨를 감싸며 말했다. 뭐, 그 말도 아주 틀리진 않겠어요. 인류는 지구라는 이 작은 알 속에 완전히 갇혀버린 셈이 됐으니. 고도의 과학기술은 마법과 구분할 수 없다는 말이 있죠. 눈먼 물고기의 눈에 코스모스는 환상으로 보일 수밖에 없을 테니.

아서 클라크?

그렇지. 아서 C. 클라크.

뒤의 말은 네 거?

뒤의 말은 내 거.

귀엽네. 루시 여자가 남자에게 가볍게 키스했다. 남자의 볼에 붉은 색소가 묻었다. 두 사람은 몸을 나란히 붙이고 편안하게 시트 뒤로 얼굴을 파묻었다.

엄마! 저거 봐봐! 똥 누잖아! 애가 소리쳤다.

구창이 기어를 낮추자 보트가 툴툴거렸다. 힘을 잃은 보트는 토사가 치즈처럼 흘러드는 기슭을 지나 수상 가옥이 늘어선 좁은 물길을 따라 천천히 밀려들어 갔다.

서너 층씩 성냥개비 탑처럼 헐겁게 쌓인 가옥들이 물빛에 흔들렸다. 물이 범람할 때마다 기도를 드리듯 한 층 한 층 집을 쌓아 올렸다. 밤새 물결을 따라 삐걱삐걱 울리는 판자 바닥, 물안개가 피어오르면 강아지처럼 코가 축축해지는 꼬마들. 이곳의 어느 아이는 바닥에 귀를 붙이고 집이 흔들리는 소리를 자장가 삼아 자신을 먼 곳으로 데려다줄 배를 타고 있다는 순진한 상상에 빠져들고 있을지도 모른다. 가옥들 뒤편, 지대 높은 마른 땅 위에 세워진 교당 사택 창고 가장자리에는 아주 작은 덜 자란 사과들이 수북이 쌓여 있었다. 사과들은 매우 붉었다. 그늘 속에서도 그 빛이 선명했다. 순간 사과들을 모두 짓밟아 놓고 싶은 충동을 느꼈다.

연한 벌꿀색이 하늘의 가장자리를 맴돌다 창백한 가옥 외벽에 조금씩 내려앉았다. 축 늘어진 사람들이 가옥 그늘 속에 화초처럼 비쳤다. 화분에 심긴 노란 꽃들이 테라스에 가득했다. 꽃들은 바람이 불 때마다 흔들리다 멈추기를 반복했다. 빛을 향해 발돋움하는 아이의 손 같았다. 테라스에 주저앉아 있던 한 여자가 벽에 머리를 기댄 채 조금씩 그 꽃잎을 뜯어 입으로 가져갔다. 여자의 입가에 노란 가루가 묻었다. 부연 여자의 눈동자가 카메라를 향해 미끄러졌다.

뼈만 남은 노인이 가옥 위로 물을 끌어 올리고 있었다. 구멍 난 판자 사이에서 용변을 보는 늙은 여자의 맨 엉덩이가 보였다. 빈 그물을 끌어 올리는 남자들과 드럼통 속에서 몸을 씻는 여자들, 천으로 얼굴을 덮고 매트리스와 해먹에 늘어진 자들이 보였다. 파뿌리가 사진을 찍었다. 루시 남자애는 입을 벌리고 그들을 바라봤다. 루시 여자는 새 담배에 불을 붙였다. 배가 커브를 돌았다.

저기 저 건물이 교당입니다. 나는 기슭에 앉은 우람한 건물을 가리켰다. 물가 작은 축사들이 교당과 나무 다리로 이어져 있었다.

저기 돼지를 기르는 축사도 있습니다. 모두가 저의 소중한 아기들이지요.

아직도 그런 원시적인 풍습이 남아 있어요? 끔찍해라, 동물 학대잖아. 루시 여자가 몸을 떨었다. 보트가 축사와 가까워졌다. 헐거운 널판자 사이로 일렬로 늘어선 돼지들의 핑크빛 엉덩이가 보였다. 구창이 잠시 배를 멈췄다. 파뿌리가 벌떡 일어서서 열정적으로 사진을 찍었다. 흥분한 루시 남자애가 소리를 질렀다. 예민해진 돼지들이 부르르 몸을 털며 귀를 쫑긋 세웠다.

천천히 배가 물살에 떠밀렸다. 수십 채의 가옥을 지나고 뾰족한 첨탑 그림자가 호수 앞마당을 뒤덮은 드높은 건물이 나타났다. 나는 뿌듯하게 건물을 소개했다. 여기가 학교입니다.

엔진을 끈 구창이 노로 물살을 만들며 잔교 아래 부드럽게 보트를 밀어 넣었다. 가장 먼저 니코가 가옥 위로 뛰어올라 허리를 굽혔다. 루시들이 그의 등을 꾹꾹 누르며 올라설 때마다 보트가 휘청거렸다.

이 지역을 찾아주시는 귀한 분들을 모시기 위해 특별히 지은 건물입니다. 천장이 아주 높죠.

신호를 보내자 다락에 있던 아이들이 계단을 구르며 뛰어내렸다. 니코가 커다란 의자를 끌어다 놓자, 아이들이 의자 옆으로 쪼르르 늘어섰다. 나는 빈 의자에 루시 가족을 밀어 앉히고 파뿌리의 카메라를 낚아채 빠르게 셔터를 누르고는 돌려주며 말했다.

그냥 계세요. 환영의 축하 공연이 펼쳐집니다!

니코가 비전으로 음악을 재생했다. 조악한 스피커에서 도시 변두리에서 유행하던 오래된 음악이 흘러나왔다. 여자애들이 좌우로 머리와 엉덩이를 흔들며 몸을 들썩이는 동안 남자애들은 여자애들의 몸을 감싸며 팔을 휘저었다. 파뿌리가 엇박으로 손뼉을 치고 파뿌리 아들이 그들을 따라 흐느적거리는 동안 애 엄마는 전기 충격을 받은 것처럼 눈을 부릅뜨고 있었다. 노래가 끝나자 아이들이 눈을 빛내며 루시 가족을 빙 둘러쌌다.

요즘 길동이 유행이라잖아요? 하나 들여놓으시면 인생에 큰 기쁨이 된답니다. 애들은 손도 안 가고 밥도 많이 안 먹어요. 나는 양팔로 아이들을 감쌌다.

아, 괜찮아요. 루시 여자가 몸을 뒤틀며 일어섰다.

교실 뒤편에는 각기 다른 루시와 같은 앵글로 찍은 아이들 사진이 걸려 있었다. 그 아래로 잿빛 포대가 쌓여 있었다. 조용히 그들을 따르던 구창이 처음으로 무겁게 입을 열었다.

움이 내리신 이 땅은 이제 생계 수단이 전무합니다. 선생님처럼 훌륭하신 분들의 지원으로 겨우 숨만 쉬고 있죠. 이제는 숨 쉬기도 위험한 상황이지만요. 오늘도 우리는 영양부족에 시달리던 한 아이를 보내야 했습니다. 구창이 가장 큰 포대를 움켜잡고 교실 중앙으로 내던졌다. 포대 위로 먼지가 피어올랐다.

50킬로그램짜리는 200만 원, 신화폐로 40나비밖에 하지 않습니다. 이 쌀 한 포대면 이 조그만 아이들이 1년 가까이 배를 채울 수 있습니다.

아이들이 부부를 올려다봤다. 둘은 말이 없었다. 구창이 아까 것보다 작은 포대를 그 위로 던지며 말했다.

이건 20킬로그램, 20나비. 기왕이면 50킬로그램을 하시는 게 나을 겁니다.

네, 네. 말씀 잘 알겠습니다. 저희가 따로 상의해 보고 말씀드리겠습니다. 파뿌리가 입을 열었다.

생각해 보세요. 이 아이들에게는 평생 기억에 남을 특별한 선물이 될 겁니다. 나는 손을 모은 공손한 자세로 부부를 올려다보고, 이어 아이들을 둘러봤다.

자, 그럼 저희 투어의 하이라이트를 보시죠. 얘들아, 목마르지. 우리 '물 먹기' 놀이할까?

아이들이 눈을 빛내며 밖으로 뛰쳐나갔다. 테라스 아래로 물살이 힘없이 출렁거렸다. 아이 몇이 줄에 묶인 들통으로 조심조심 호숫물을 길어 올렸다. 한 여자애가 얼룩무늬 젖소가 그려진 종이 갑을 들고 왔다. 상자 안에서 바스락거리는 소리가 났다.

여자애가 상자 날개를 펼치고 손가락을 집어넣자, 잔털로 몸이 뒤덮인 노래기 서너 마리가 조그마한 다리로 기어 올라왔다. 들통 위에서 탁탁 손을 털자 세 마리가 속으로 굴러떨어졌다. 아이는 손목을 타고 올라오는 한 마리를 잡아서 마저 털어 넣고, 상자 주둥이를 꼼꼼히 접었다.

루시 남자애는 숨 쉬는 것조차 잊은 채, 입을 벌리고 물속을 들여다봤다. 다른 아이가 작대기를 집어 휘휘 물을 젓자, 버둥대던 노래기들이 천천히 소용돌이 중심부로 가라앉다 곧 사라졌다.

저기 하나 남았다! 루시 남자애가 숨을 헐떡이며 외쳤다.

노래기 한 마리가 바닥에 가라앉아 있었다. 상자를 안고 있던 여자애가 물에 손을 넣어 벌레를 건져 올렸다. 마른 바닥에 놓아두자 죽은 듯 굳어 있던 수십 개의 관절이 조금씩 꿈틀거리기 시작했다. 아이는 벌레를 다시 종이 상자에 집어넣었다.

여기는 노래기 한 마리도 소중한 자원이랍니다. 나는 여자애의 짧은 머리를 헝클어뜨리며 자랑스럽게 말했다. 아이들은 얼굴을 감싸고 있던 천 조각을 턱까지 내리고, 들통에 담긴 물을 꿀떡꿀떡 나눠 마셨다.

미생물 제제 정수법을 응용했습니다. 집마다 필수적으로 정수 벌레를 키우고 있습니다.

대단하네요. 한 수 배웠습니다. 파뿌리 남자가 말했다. 부부는 고개를 끄덕이며 눈빛을 주고받았다.

자, 맛 좀 보세요! 니코가 까치발을 들고 손을 높이며 부부에게 커다란 사발을 받쳐 올렸다. 파뿌리가 여자를 쳐다보자, 여자가 강 쪽으로 고개를 흔들었다. 남자는 등을 돌리고 마시는 시늉을 하다 사발에 담긴 물을 호수로 흘렸다. 나도 해볼래! 루시 남자애가 소리쳤다. 루시 여자가 넓적한 손바닥으로 아이의 입을 틀어막았다.

아이들이 물을 나눠 마신 테라스의 천장에는 헌 실을 엮어 만든 장식품이 낚싯줄에 매달려 있었다. 가옥이 물결에 흔들릴 때마다 고리가 주렴처럼 흔들렸다. 별과 달과 배, 삐죽빼죽 제각각의 물고기들.

아이들이 직접 만든 겁니다. 사랑스럽죠? 너무 멋진 분들을 모셔서 기분이 좋아요. 오늘만 특별히 다섯 개 20나비 쳐드릴게요.

나 이거 할래. 완전 웃겨! 루시 애가 장식품을 만지작거렸다. 루시 여자가 아이를 밀어냈다.

그들은 다시 보트를 타고 선착장으로 향했다. 나는 돌아가는 동안 한시도 쉬지 않고 이곳에서의 삶과 아이들의 미래에 대해 말했다. 파뿌리 남자는 배에서 찍은 사진을 살펴보며 신중하게 고개를 끄덕였고 말없이 담배를 피던 루시 여자는 열한 번째 꽁초를 호수 위로 내던졌다.

배에서 내린 루시 가족이 곧장 주차장으로 걸음을 옮기자 우리는 그 뒤를 따랐다.

그럼 20킬로그램으로 하시겠습니까? 그게 좋으실 겁니다. 나는 파뿌리 옆으로 붙어 서며 물었다.

우리는 이미 다 계산했어요. 루시 여자가 양손을 허리에 올리고 왕꼬챙이 같은 몸을 꼿꼿이 세우며 선을 그었다.

하지만 그걸로는 오늘 쓴 연료값밖에 되지가 않는데요. 여자를 올려다보며 말했다.

우리는 다 계산했어요. 더 없어요. 여자가 손을 내저으며 엄지와 검지를 가볍게 두들겼다. 시동이 걸리며 주차장 구석에 잠들어 있던 캐딜락이 눈을 떴다. 둥근 헤드램프가 전면을 쏘아보며 이를 갈듯 그르릉거렸다. 구창과 니코가 차 앞에서 필사적으로 루시 가족을 막아 세웠다. 구창이 그들을 올려다보며 침착하고 낮은 음성으로 말했다.

우리 아이들을 위해 기부해 주시죠. 사진도 찍고 재롱도 보고 맥주도 드시고, 즐겁지 않았습니까? 멋진 분들이 오신다고 모두가 기대하고 있었는데 이러시면 안 됩니다. 아이들이 크게 실망할 거예요.

싸구려 맥주 때문에 이러시나요? 예의상 받은 거지 그런 건 줘도 안 먹는 거예요. 우리는 이미 다 계산했고, 이런 강탈이 있을 거라고는 사전에 고지된 바 없었습니다. 왕꼬챙이 여자가 눈을 내리깔고 구창을 노려봤다. 구창은 묵묵히 한 발 더 가까이 다가갔다.

빨리 차에 타. 얼른! 왕꼬챙이가 아들의 등을 떠밀며 소리쳤다. 아이가 처박히듯 뒷문으로 찌그러져 들어갔다. 당신은 뭐 하는 거야. 후딱 타!

왕꼬챙이의 남편이 우리를 굽어보며 쭈뼛거렸다. 죄송합니다. 지금은 가진 게 없어서요. 저희가 돌아가서 의논하고 연락드릴게요.

구창이 말했다. 훌륭하신 분들이 왜 이러십니까? 우리는 지금 당장 먹을 게 필요합니다. 아이들이 죽어가고 있어요.

니코도 거들었다. 아까 말씀하셨잖아요. 우리는 지구 둥지에서 함께 태어난 형제 아닙니까? 위 아더 워! 한 둥지 오리알끼리 이라시믄 안 되죠.

뭐 하고 있어? 빨리 타! 왕꼬챙이가 남편에게 다시 소리쳤다.

죄송합니다. 정말 감사했습니다. 남자가 운전석에 올라 기어를 넣고 핸들을 돌렸다.

두 사람이 한 발 더 다가가자 왕꼬챙이가 가방을 휘둘렀다. 코끼리 코만 한 가방이 공중에서 쉭쉭 위협적인 소리를 냈다.

우리가 힘들게 일해서 번 돈이야! 당신들이 함부로 내놓으라고 할 수 있는 돈이 아니라고. 이런 요구는 불합리한 겁니다. 아시겠어요?

여자가 한 번 더 가볍게 백을 휘두르고는 차에 올랐다. 문이 거세게 닫혔다. 뒷좌석에 앉은 이이는 후면 유리창에 몸을 붙이고 작은 강탈자들의 모습을 관찰했다. 우리는 움직이는 차를 따라 걸었다. 차는 처음에는 천천히, 점차 속도를 붙이며 공터를 빠져나갔다. 그들을 따라 걸어가다 차가 보이지 않게 되자 제자리에 멈춰 섰다.

차가 휘어지는 도로 저편으로 사라졌다. 다시 비가 떨어지기 시작했다. 우리는 한동안 그 자리에 서 있다 우비를 뒤집어쓰고 한 사람씩 천천히, 오두막으로 뛰어갔다.

호수는 잠잠했다. 수면 위로는 아무것도 움직이지 않았다. 달빛이 물 위에, 나무 바닥에, 쇠말뚝에, 난간에, 오래전 속이 빈 고목 껍질 끝에 매달리다 흘러내렸다. 고인 물 위로 증기가 피어올랐다. 주위가 자욱했다. 가옥은 모두 불이 꺼져 있었다. 나무 발판 사이로 물결이 흔들렸다. 검은 우비를 뒤집어쓴 남자 셋이 다리를 건너고 예배당을 지나, 뒷길을 통해 교주가 머무르는 사택으로 가고 있었다. 톡톡 판자 치는 물소리가 노크처럼 울렸다. 물가에 몸을 늘어뜨린 수상식물들이 꽃망울이 터지듯 뽁뽁 증발했다. 구름이 낮게 깔리는 하늘로부터 해일처럼 운무가 밀려들었다. 안개 늙으니 비 온다, 안개 늙으니 비 온다…. 행렬의 끝에 선 남자가 중얼거렸다. 비가 떨어졌다.

고리를 쳐내자 철문이 신경질적인 신음을 흘렸다. 집 안은 아직 잠에 취해 있었다. 남자 셋이 복도를 지나고 응접실을 지나고 여자들이 잠든 열린 방들을 지나 옅은 숨소리가 배어 나오는 어두운 안쪽 공간을 향해 성큼성큼 걸어 들어갔다. 곧장 교주의 몸 위에 올라탄 덩치 큰 남자가 그의 양팔을 붙잡았다. 머리맡에 선 왜소한 남자가 양 손바닥으로 교주의 관자놀이를 누르며 얼굴을 빳빳이 세웠다. 그 순간 눈을 뜬 교주가 칼을 치켜드는 마지막 남자의 얼굴을 멍하니 올려다봤다. 운무에 흐려진 달빛이 교주의 볼품없는 머리칼과 텅 빈 눈동자를 희미하게 비췄다. 나는 고목 속에서 깨어나고 있는 애벌레들을, 굶어 죽어가는 돼지 새끼를 떠올렸다. 하루도 살지 못하고 증발하는 모든 것을 떠올렸다.

우주의 일도 신의 일도 모두가 예쁜 말이지. 이 세계는 환상이야. 우리가 할 수 있는 일은 없어. 그저 죽어갈 뿐이다. 이곳에선 죽는 일도 환상이지. 우리는 충분히 환상을 먹고 살아야 한다. 그게 구원이다.

나는 그의 눈동자에 담긴 소박한 영혼을 바라봤다. 묘미의 말이 맞았다. 그 지랄하는 루시 여자의 말이 맞았다. 애당초 번지수를 잘못 찾은 것이다. 빚을 독촉해야 할 곳은 따로 있었다. 기도야말로 한가한 노름이었던 거다.

비명이 터져 나오기 직전, 입이 벌어지는 늙은 남자의 목구멍 깊숙이 묵직한 도살용 칼을 찔러 넣었다. 노인의 영혼은 몸속에 영원히 갇힌 채 시간의 경계로부터 멀어져 갔다···.

정지한 호수 한가운데, 물속으로 태양이 고였다. 댕댕댕 교당으로부터 요란한 종소리가 울려 퍼졌다. 축사 문을 젖혔다. 푸른 기운이 더러운 강 표면을 핥고 물 위의 집들을 지나 하늘 끝까지 번지고 있었다. 교당 앞으로 사람들이 모여들었다. 사람들이 모여들수록 지글거리는 소음이 눈보라처럼 부풀었다. 한 걸음씩 그들 곁으로 다가갔다.

교주를 찾던 사람들이 하나둘 우비를 벗어 던지고 하늘을 올려다보기 시작했다. 드러누워 증발을 기다리던 병신들까지도 마른 땅으로 기어 나와 고개를 쳐들었다.

해가 달 같다. 어머니 말씀하셨지. 길게 자라난 한쪽 팔로 내 머리를 쓸어 올리며.

달이 실낱만큼 줄어든 해를 집어삼켰다. 사람들의 입이 벌어졌다. 그 순간 처량한 이들의 얼굴에 세상에서 가장 큰 그늘이 드리웠다.

그때 나는 그런 생각을 하고 있었다. 해의 이면에는 달이 있고 달의 이면에는 해가 있다는 생각. 두 개의 돌덩이가 지구를 사이에 두고 공중전을 벌이는 동안 두 개의 이미지는 점점 겹치다가 해 같은 달이 생겨나고 달 같은 해가 생겨나고. 하지만 서로의 그림자 때문에 서로를 볼 수 없다는 생각. 결과적으로 이 두 개의 돌덩이는 하나인 것 같다는 생각.

나는 해와 달이 동시에 떠 있는 천구의 풍경과 폭주하는 인류의 뒤편에 서 있는 증발한 존재들의 모습이 다르지 않다는 걸 깨닫기 시작했다. 해가 달 같다. 그 단순한 문장 속에는 세계의 비밀이 담겨 있는 것 같았다. 찰칵. 걸쇠가 풀리며 공동이 열리듯 또 다른 세계의 틈이 벌어졌다.

우리의 몸은 빛으로 엉겨 붙었다. 끓어오르는 지평선 위로 새가 날아올랐다. 커다란 날개가 하늘을 덮었다. 타오르는 우리의 몸이 금속처럼 단단하게 하나로 이어졌다. 모두가 하늘을 쳐다봤다. 흰 손이 하늘에 장막을 쳤다. 장막이 하늘을 덮었다. 새가 장막 틈을 빠져나갔다. 세계의 문이 닫혔다.

퍼즐의 마지막 조각이 쥐어졌다. 악마는 나를 사랑하신다.

태양이 가려진 위엄을 되찾으려는 순간, 내리쬐는 볕이 양털 구름을 포근한 천국의 빛깔로 물들였다. 사람들의 눈이 커졌다. 모두가 애끓는 소리를 내며 감탄했다. 태양은 자신에게 열광하는 모든 팬을 아름답게 굽어봤다.

그때 남자애 하나가 뒷걸음질 치며 알아들을 수 없는 말과 함께 괴성을 내질렀다. 교당 마루판자 아래, 교주의 얼굴이 조금씩 떠오르며 모습을 드러냈다. 수반에 담긴 그의 행복한 얼굴이 태양을 향했다. 찰랑이는 물결이 그의 얼굴을 때렸다. 순교하셨다! 누군가 외쳤다. 몇몇은 그 말의 의미를 곱씹듯 따라 중얼거렸다.

여기저기서 신의 이름을 부르는 소리가 터져 나왔다. 다리에 힘이 풀린 몇몇은 바닥에 주저앉아 마른 땅을 움켜잡았고, 숨 쉬기 힘들어 보이는 한 여자는 턱이 빠진 것처럼 입을 벌린 채 가슴을 두들겼다. 몇몇은 하늘을 향해 몸을 꼿꼿이 세우고 낼 수 있는 가장 큰 소리로 기도를 시작했다. 반응은 달랐지만 모두의 얼굴에는 공통적으로, 눈앞에서 갑자기 보호자가 사라졌을 때 아기가 내비칠 법한 감정, 절대적인 공포가 떠올랐다. 남편을 잃은 여자들이 팔뚝을 쥐어뜯었다. 나는 절망에 빠진 사람들을 바라봤다.

어머니 말씀하셨지. 너는 날 닮아 이리도 천하구나. 네 천박함은 무엇으로도 가릴 수 없으니 네 이름을 회라 불러야겠다. 어머니 날 보세요. 당신의 천둥벌거숭이 아이가. 이 더럽고 헐벗은 회가 사람들을 현혹하는 모습을. 나는 보입니다, 기적을 일으키는 모습이. 나는 보입니다, 이들을 밟고 서는 모습이.

깔깔깔깔 웃음을 터뜨렸다. 비틀거리던 이들이 황망한 표정으로 입을 벌리고 날 봤다.

어찌하여 울고 있느냐. 나의 사랑하는 아기들아. 여기 있지 않느냐 아흐가 너희의 아버지가. 표정들이 왜 그러냐. 내 껍질이 마음에 들지 않는 게냐? 아기처럼 울음을 껄떡거리는 이들을 보고 쓱 웃었다.

내 믿기 힘든 얘기를 하나 해야겠으니 신중히 새겨라. 지금부터 내가 할 얘기는 불행의 구렁텅이에 제 발로 기어들어간 멍청이의 얘기다. 그래, 우물 속 머구리, 머저리 같은 바로 너희의 얘기니 길을 찾고자 한다면 잘 들어라.

울지 웃을지 화내야 할지 마음을 정하지 못한 혼란한 얼굴들을 둘러보며 나는 얘기를 시작했다.

인류가 지나온 길에는 놀라운 공통점이 있다. 우리의 손은 신을 향하고 있지만 괴물처럼 늘어진 우리의 두 발은 어김없이 가시덤불 불길 속으로 굴러간다. 불행을 먹고 자라는 괴수처럼, 기적을 빌면서 제 발로 천길만길 불구덩이에 처박히는 것이다. 어째서 그러한가? 어째서 이런 말 같잖은 일이 수천수억 세대에 걸쳐 일어나는 것인가? 비극에는 인간을 홀리는 마법이 있는가? 어찌 보면 이것은 신비로운 일이다. 내 한 번 죽고 보니 그것을 알겠다. 신은 마라魔羅를 품고 온다.

	넋 나간 얼굴들을 둘러보며 말을 이었다.

	가련한 아기들아. 마라가 무엇이냐. 사람의 마음을 홀리고 부지불식간에 정신을 낚아채는 사악한 마귀의 그물이 아니더냐. 마귀를 섬기는 어리석음으로 인해 이 땅은 저주받았다. 곧 물의 환란이 밀려와 수반은 거품이 될 것이니, 내 가장 깨끗한 피를 담아 아흐가 마지막 빛으로 너희를 구원하리라. 마라의 수레가 당도하는 날, 이 계약의 증좌로 악마의 씨를 불태우고 그 즉시 떠나라. 누구도 섬기지 말고 누구에게도 절하지 말며 누구의 노예도 되지 마라.

	물 위에서 하늘을 보고 있던 교주의 눈알이 속에서부터 조금씩 타들기 시작했다. 콧구멍 위로 두세 줄기 연기가 피어오르더니 곧 불길이 솟구치며 얼굴을 감쌌다. 교주의 얼굴은 순식간에 마른 씨앗처럼 검게 쪼그라들었다. 사람들의 입이 쩍 벌어졌다. 불이 몸으로 옮겨붙으며 넓게 번졌다. 청보랏빛 불길 속에 호수 앞마당이 검붉게 달아올랐다. 혼돈에 찬 사람들의 눈동자 속에 그 환상 같은 불꽃이 일렁였다. 구름이 흩어지며 비, 비가, 다시 비가 떨어졌다. 굵은 빗방울이 땅을 치며 부서졌다. 불꽃이 꺼지자 마른 씨앗 찌꺼기는 빗방울에 몸을 튕기며 물 위를 동동 떠다녔다. 겁에 질린 것들이 교당 지붕 밑으로 몸을 구겨 넣었다. 나는 비를 맞고 서 있었다. 머리카락이 젖어 들어가며 쇠 맛이 나는 씁쌀한 비의 맛이 입술 새로 스며들었다. 나는 혀를 내밀어 입술을 핥았다. 벽에 눌려 비명을 지르는 새까만 눈동자들이 날 향했다.

이 피가 우리 모두를 구할 것이다.
이 피가 비가 멎게 할 것이다.
이 피로 불을 만들 것이다.
너희는 도래할 역사에 증인이 될 것이다.

나는 씩 웃었다.
멍청이들아. 내가 누구로 보이느냐?
아흐가! 아버지시다. 교주, 교주가 돌아오셨다. 한둘이 외치자, 몇몇이 수군거렸다.
아니다. 덜떨어진 것들아. 나는 회다. 벌거숭이 회다. 다시는 신을 입에 담지 마라. 입속에 마라가 깃든다. 입을 처닫고 빗소리를 들어라. 세상을 때리는 이 소리를 들어라. 이 소리가 도대체 무엇이냐.

나는 들린다. 통곡의 소리가.
나는 들린다. 눈물이 떨어지는 소리가.
나는 들린다. 벌거숭이 것들의 비명이, 가슴이 찢긴 어미의 고통이, 세상을 동강 내버릴 절규가.
들리느냐. 선조가 흘린 수억만 겁의 눈물이, 우리가 흘릴 무수한 눈물이, 먼바다를 되돌아서 밀려오고 있어. 비가 되어 돌아오고 있는 거야.
들리는가. 땅을 구르는 진동이. 내려치는 채찍질이. 땅을 두들기는 태초의 소리가. 지상을 뒤덮은 우리의 눈물이.

아. 나도 잘 들린다. 똥 싸는 소리 잘 들린다. 너는 똥밭에서 똥을 먹고 자란 회지? 비가 잦아들자, 웅크린 노파가 뒤집어쓴 거적을 젖히며 소리쳤다.
천둥벌거숭이 돼지치기 놈이 신이 나서 잘도 나불대는구나. 왜, 칼춤이라도 추고 싶은 게야? 우리는 모두 신실한 아흐가 수반의 자손이고 그 뜻에 순종해 왔다. 누가 마귀를 숭배했단 말이냐? 너냐! 돼지 똥을 너무 먹어 미친 게야? 비쩍 마른 노파가 쏘아붙였다.
지그시 웃으며 노파를 살폈다.

너는 참 곱다, 아가야. 아느냐? 피는 위에서 아래로 흘러야 한다. 이 계약을 모욕한다면 흘려야 할 피가 이보다 많을진대 딱하구나. 네 부족함은 무엇으로도 감출 수 없으니 네 이름을 망이라 불러야겠다. 할망. 구원을 얻을 것은 내가 아니요, 피를 흘릴 것도 내가 아니다. 내게는 껍질이 많으니까.

사람들이 목을 움츠렸다. 나는 노파의 정수리를 손끝으로 눌렀다.

마라가 무엇이냐. 악귀의 그물이다. 우리 고통을 거름 삼아 농사 짓는 사악한 것들이다. 우리를 착취하고, 오지로 내몰고, 우리의 아기들을 골라 가져가고, 이 땅에 저주를 내리고 스스로 창조주가 되려는 간악한 것들이다. 루시. 그것은 이미 인간이 아니니, 너희는 마라의 먹이일 뿐이다. 언제까지 빼앗기는 삶을 살겠는가. 그들의 빛은 빛이 아닐지니 마라의 찌꺼기다. 배설물이다. 아느냐. 우리의 빛은 우리의 어둠에 있다.

깊은 밤 검은 물 위로 흔들리는, 등불처럼 흔들리는 겁에 질린 눈동자들을 바라봤다. 연약한 눈동자들. 축축해지는 것들.

아기들아, 나를 보아라. 태초에 빛이 있기 전에 우주에는 어둠의 시기가 있었다. 어느 빛으로도 뚫을 수 없는 단단한 어둠이 우리를 감쌌다. 우리는 어둠에서 태어나 빛으로 흩어졌다. 어둠이 깊어질수록 우리의 빛은 환해진다.

빛이 없는 곳에 엎드려 있으라. 네 안에서 빛을 찾아라. 그곳에 구원이 있을지니 환란이 끝나는 날 하늘이 열리면 우리의 자손은 도래하는 새로운 세계에서 빛의 주인이 되리라.

불행에 찌든 가슴들에서, 한숨 같기도 신음 같기도 한 깊은 탄식이 새어 나왔다. 군중 맨 끝자리, 바닥에 쪼그린 묘미와 눈이 마주쳤다. 묘미의 오른쪽 입꼬리가 살짝 올라가 보조개가 생겼다.

지하 왕국을 건설하는 거야. 거지들의 왕비가 되게 해줄게. 어젯밤, 묘미의 귓바퀴에 입술을 대고 속삭였다. 청혼하는 거야? 묘미가 물었다.

그래, 청혼하는 거야. 내가 답했다.

되찾을 것이다. 되돌릴 것이다. 본디 세상은 우리 것이었으니. 하나로 모인다면 감히 누구도 우리를 부술 수 없으리. 그것이 이 비가 전하고 있는 우주의 소리다. 누가 주인이냐. 누가 빛의 종족이냐. 위대한 루쿨렌투스?

걔네는 도둑이야. 다 우리 거라고! 까치머리를 한 조막만 한 아이가 소리 질렀다. 그 괴물들의 것이 아니야! 사람들의 얼굴이 벌게졌다.

신을 찾지 마라. 빛은 너의 안에 있으니.
어둠 속에서 우리는 하나의 빛이 된다.
이것이 마지막 구원의 계명이다.

사람들이 하나의 무리가 되어 외쳤다. 하나로 모인다면 누구도 우리를 밟을 수 없으리. 여자와 남자들의 메마른 얼굴이, 몸 안에 등불이 켜진 듯 환해졌다. 그들은 보이지 않는 먼 곳에 있는 존재를 느끼고 있었다. 보지 않아도 그저 느껴지는 그 햇살 같은 존재를, 온 가슴으로 어루만지고 있었다. 그것은 희망이라는 간절한 이름의 새였다. 꼿꼿이 서 있던 한 여자가 양손으로 배를 어루만지며 부드럽게 노래했다. 그 여자는 아주 배가 불룩했다.

우리는 빛의 사자가 되리라. 어둠이 걷히면 찬란한 빛 속에서 영원한 기쁨을 누리리라. 임신한 여자는 빛이 쏟아지는 하늘을 향해 고개를 빳빳이 세웠다.

이 넓은 우주에 아주 작은 섬 지구, 슬픔이 흘러넘쳐 비가 내린다. 이제는 잊힌, 나비처럼 슬픈 비가. 억겁의 시간을 보낸 윤회의 비가. 시간을 되돌릴 태초의 비가. 먼 우주로부터 되돌아오고 있는 태초의 소리가. 사람들의 찬미가 이어졌다. 그들은 서로의 손을 맞잡았다. 곁에 작은 새가 날아든 것처럼, 가슴이 따뜻해졌다. 마지막으로 회가 외쳤다.

가자, 축복의 땅으로! 우리의 삶은 완전히 달라질 것이다.

노파는 고개를 낮추고 군중을 쏘아봤다. 그의 미심쩍은 눈길은 찬탄의 소용돌이 속으로 곧 꼬리를 감췄다.

***

그날 오후, 회는 사람의 얼굴을 띠고 태어난 새끼 돼지가 숨을 거둔 것을 우리 구석에서 발견했다. 새끼의 주름진 몸은 한껏 쪼그라들어 있었고, 부릅뜬 두 눈은 비명을 지르고 있었다. 어미는 결코 새끼에게 젖을 주려 하지 않았다. 회는 새끼 돼지의 머리를 반으로 갈라 술을 담가 마셨다. 잔을 들어 올리는 손이 떨렸다. 그는 그날 한 번도 생각해 본 적도 없는, 많은 말들을 쏟아 냈다. 말들은 흘러나온 순간 곧 진실이 됐다.

아버지, 당신은 어디 계시는가요. 우리는 어디로 가야 하나요. 당신이 알려주시겠지요. 모든 것은 당신의 뜻대로 되리니…. 회가 중얼거리다 순간, 미친놈처럼 웃어댔다. 웃다 토할 정도로 기침을 했다. 뜻대로 되리니.

술이 흘러넘쳐 회의 손가락을 적셨다. 바로 내일, 수레가 온다. 악마의 수레바퀴 소리가 들렸다. 중심을 향해 매끄럽게 소용돌이치는 바람개비 문양의 알루미늄 스포크, 물결처럼 부드럽게 지면을 구르는 36인치 포지드 휠 런플랫 타이어. 회의 손등 아래로 푸른 핏줄이 유성의 꼬리처럼 선명하게 흘렀다. 모두 불태워라. 수레에 담긴 너희들의 비열함도, 나태함도, 나약함도. 술을 집어삼킨 회는 눈을 감았다. 달콤한 졸음이 밀려왔다. 잠이 도둑처럼 찾아왔다.

다음 날, 골짜기 위로 불길이 치솟았다. 마을은 모두 불탔고, 회의 뜻을 따르기로 한 이들은 고원과 골짜기를 넘으며 옛 선조의 흔적이 남긴 철길을 밟으며 오래 이동했다. 건강한 청년들이 병자와 아이들, 돼지 무리를 이끌었다. 걸음은 더뎠지만, 그들이 방랑하던 약 40일 동안은 건기로 접어든 덕에 비가 오지 않았다.

한낱 돼지치기던 그의 몸에 이치가 깃든 이야기가 퍼지자 골짜기 구석구석 흩어져 살던 인뻬들이 찾아들었다. 회가 병증을 짚어내 마음을 어루만지고 나아갈 바와 법도를 가르치니 그를 따르지 않을 도리가 없었다. 버릴 것도 짊어질 것도 없는 외로운 인뻬들이 회를 따랐다. 그 수가 수백에서 천으로 늘어났다.

달이 바뀌던 날, 이들은 그믐달이 걸린 산 중턱 절벽 가를 지났다. 샘이 흐르는 골짜기 굴에서 홀로 지내던 말라 죽어가던 노공이 무리에게 마지막 남은, 말린 물고기 한 마리를 내주었다. 회는 암벽 사이 새로 돋아난 어린 녹색 버섯을 한 줌 땄다. 냄비에 물을 한가득 붓고 버섯과 물고기로 국을 끓인 뒤, 차례로 돌려 모두가 한 숟갈씩 맛보게 했다. 식사를 나누는 서너 시간 동안 회는 우주의 뜻과 진리를 전했다. 가슴 속엔 별빛이 가득하고 냄비는 바닥을 보이지 않았다. 그들은 배가 차오르는 것을 느꼈고 행복했다. 노공은 자신의 빛 속에서 생을 마쳤다.

40일째 되던 날, 그들이 해안 길에 접어든 순간부터 비가 쏟아지기 시작했다. 비닐을 뒤집어쓴 사람들이 돼지를 한 마리씩 끌어안고 동굴로 피신했다. 군중 앞에 선 회는 우주의 소리를 듣기 위해 몇 시간을 비 맞으며 꼼짝하지 않고 명상에 잠겼는데, 마지막으로 제를 올리자 신묘한 무지갯빛 연기가 물결처럼 흘러나와 그들을 감쌌다. 벽이 무너지자 바람이 밀려들며 숨길이 열렸다. 그들은 기적처럼 빛나는 동굴을 발견했다. 그믐이 지나고도 내내 의심을 거두지 않던 노파는 회의 가장 충실한 신도가 됐다. 그는 첫 번째 '깨다따'가 된다.

내가 쓴 『개동서』에는 그들 대이주의 여정이 자세히 기록돼 있다. 초기 수반교에서 시작된 혈거민들의 신앙은, 공동이 발전함에 따라 혈거에서의 단체 생활을 위한 규범이 강조되면서 수행 중심의 교리로 발전한다. 회는 일신교적 틀을 벗어나 자연 일부로서의 근면과 절제, 물아일체에서 내면의 신성을 찾는 무경無竟의 경經을 확립했고, 그들의 삶은 회의 구도에 맞춰 움직이기 시작했다. 우리가 실제로 개동을 보게 된 건 그들이 입성한 다음 해로부터 150년 후의 일이다.

5장

A.L. 450

깊은 밤을 날아 너에게

개동, 이곳은 시간이 멈춘 땅. 과거와 현재와 미래가 섞이고 죽어도 죽지 못하는 땅. 말라버린 것들도 증발한 것들도 생을 벗어날 수 없는 땅. 끝없는 노역으로만 존재할 수 있는 땅. 짓밟힌 꿈들이 꽃잎처럼 무너져 내리는 땅.

천년의 기억을 가진 사람이 있다면 믿을 수 있겠는가. 내 이름은 카. 나는 긴 시간을 볼 수 있었고 그만큼의 감정을 품고 살았다. 이것은 조망과 시야의 문제, 게다가 그 시야는 한정적이다. 숲을 멀리 내려다보는 일과 같이, 물리적으로 할 수 있는 일은 없다. 단지 볼 수 있는, 내 시야에 주어진, 어떤 제한된 풍경이 있을 뿐. 먼 과거의 빛을 본다 해도 별을 딸 순 없듯이 비를 그치게 할 순 없어도 언제 비가 그칠지는 알 수 있다. 이런 얕은 재주로 지금껏 살아왔다.

나는 개동의 자명종이고 나침반이다. 이 무한한 우주에서 사람들이 두려움을 덜 느끼도록 까딱까딱 방향을 가리킨다. 이들은 내가 가리키는 곳을 향해 머리를 조아린다. 나는 살아 있는가 죽었는가 오래전에 증발했는가. 내게는 확신할 만한 감각이 없다.

꼬리 없는 도마뱀 샥은 지금 살라의 침대에 누워 있다. 새끼손가락의 마디만 한 이 조그만 녀석의 몸은 핑크빛 내장이 비칠 정도로 투명하다. 빛을 받아본 적 없는 음지 생물의 창백한 살갗. 피부 속에 묻힌 퇴화한 눈. 다신 빛을 볼 일이 없을 거라는 순응, 또는 대를 이은 자포자기의 유전자. 땅이 열리면 가장 먼저 타버릴 나태한 생명. 네가 태양 아래 타오를 날을 꼭 보고 싶다.

사납게 손을 쳐들자 샥은 살라의 담요 속으로, 녹아내리듯 순식간에 사라진다. 눈도 없는 주제에. 살라가 눈을 뜬다. 엄마.

세계가 증발하고 있다. 나의 생명, 나의 사랑 살라조차도. 이제는.

왜 이야기를 멈췄어요? 살라가 묻는다. 너는 이미 낮과 밤이 두 번씩 반복되고 나서도 반나절이나 꼬박 눈뜨지 않았는데. 살라는 그 조그만 손가락으로 내 손끝을 톡톡 힘없이 건드리며 이야기해 달라 조른다. 이 조그맣고 사악한 이야기 중독자 덕에 내 구연 기술은 나날이 증대했다. 사흘 만에 어미를 보고도 그런 소리가 잘도 나오는구나, 너는. 염치도 없이.

살라는 묻는다. 귀찮아요?

"응."

이끼를 달여 쑤어 낸 죽을 살라의 입에 흘려 넣어주고, 모포를 끌어 목까지 단단히 덮어준다. 턱 아래로 웅크린 손가락을 내밀고 풀 죽은 다람쥐처럼 나를 바라보는 살라, 달빛처럼 선연한 눈동자, 조그만 콧등, 동그란 손목과 팔꿈치, 땀이 맺힌 이마와 보드라운 귓불, 완벽한 곡선을 그리는 턱과 볼. 너는 너무 작고 귀여워서 네 모든 신체 부위에 특별한 이름을 붙여주고 싶다. 그래, 계속 그렇게 나를 귀찮게 하렴. 엄마. 엄마. 살라는 나를 부른다.

다시, 진동이 온다. 몸을 굽혀 아이를 감싼다. 종유석 끝에 매달려 해사하게 꽃잎을 벌린 동굴 석화에 일제히 금이 가며 푸르르 먼지가 피어오른다. 갈라지는 돌벽 사이로 조금씩 흘러내리는 석회 가루가 살라의 연한 머리칼 위로 후드득 떨어졌다. 우리의 눈이 가까워졌다. 등롱의 불이 꺼졌다.

암흑 속에서 살라의 눈에 빛이 감돈다. 먼 우주로부터 되돌아오는 먼지들처럼 어둠 속에서 산화하는 빛. 점점이 살아나는 빛. 어둠 속에는 그들이 있다. 숨들이 있다. 한 번 더 천장이 떨린다. 목소리가 없는 살라, 눈을 크게 뜬다.

"아니야. 아직은, 괜찮아."

나는 너의 소리를 들을 수 있다. 네 눈 속에는 네 소리의 진동이 담겨 있다.

우리는 그렇게 한동안 마주 보고 있었다. 살라의 눈에 고인 희미한 빛 속에서 나는 잠깐 아난을 봤다. 그 어두운 숲에서 우리는 밤새 서로의 눈을 바라봤다. 아난이 내 머리 위에 손을 얹는다.

잠시 후, 나는 살라의 머리칼을 쓸어내리고 살라의 둥근 이마를 손바닥으로 덮었다. 불안을 재우기 위해. 살라는 눈을 감았다 뜨며 천연덕스럽게 트림을 한다. 묵은 해초 냄새가 난다. 엄마, 옛날얘기 듣고 싶어요. 살라가 다시 조른다. 나는 아무 일도 없었던 듯 기지개를 켜고 등롱에 불을 붙인다. 석등에 낀 이끼를 조금씩 뜯어 잘근잘근 내 입으로 가져가며 부러 시간을 끌어본다.

"얘기라면 이제 토할 것 같다."

입술을 샐쭉 내민 살라의 얼굴이 부루퉁해진다. 살라의 눈에 그렁그렁 눈물이 맺힌다. 엄마는 내가 밉죠. 나는. 말도 못 하고. 나는. 크지도 않고. 나는. 나는.

"이제 됐다. 그만."

나는 달콤한 즙을 짜듯 살라의 두 볼을 꾹꾹 누르며, 엄마가 줄 수 있는 세상에서 가장 따뜻한 미소를 짓는다. 아이의 얼굴이 바삭해지도록.

"원하는 게 있으면 **뽀뽀**를 해라. 엄마도 연료가 있어야지. 네가 가진 건 요 천사같이 보들보들하고 반반한 얼굴뿐이니까. 일을 하거라. 이 게으른 요정아."

엄마 눈에는 내가 정말 천사로 보이기라도 하는 걸까요? 살라는 세상 깜짝한 표정에 누구에게 묻는지 모를 의문을 달고 내 얼굴 너머를 훔쳐본다. 살라의 눈동자가 짙어진다. 숨과 대화할 때면 드러나는 변화. 달 표면 위로 지구 그림자가 드리워지듯, 조심스러운 그믐달처럼 그렇게. 방금까지 징징거려 놓고도 부끄럽지도 않은지.

"그래, 너는 천사야. 나를 살게 하는 천사. 네 친구들도 네가 천사보다 낫다고 하지?"

정말이었는지 살라가 수줍게 미소 짓는다. 심장이 녹아내리도록 사랑스러운 얼굴, 나는 시시각각 변하는 너의 모든 표정을 내 안에 담아두고 싶다.

돌연, 물속 깊이 빨려 들어가는 납덩이처럼 살라의 얼굴이 무거워진다. 눈동자에 힘이 풀린다. 엄마는 날 놀리는 게 그렇게 재밌어요? 이제 피곤해요. 눈을 감고 싶어요. 얘기를 해주세요. 내가 잠들어도 멈추지 말아주세요. 나는 꿈속에서도 엄마 목소리를 듣고 싶어요. 환하던 눈은 다시 희미해진다. 그 눈꺼풀을 다시 열고 싶었는데. 아이는 있는 힘을 다해 내 손을 꼭, 아프게 쥔다. 손끝이 떨린다. 그 무력함에 가슴이 녹아버린다.

그래, 얘기를 하자. 기억조차 내 것이 아닌 세계에서 사랑만은 나의 것이니. 너무 달라 보이는 먼 섬과 가까운 웅덩이는 결국 수면 아래 하나의 선으로 연결돼 있기에 우리의 시간이 이처럼 같은 곡선으로 이어져 있네. 우리는 그 길을 가고 있네.

***

사가르인 나의 어머니 루쿨렌 436년 나를 낳으셨다.

우리가 함께한 10년의 기억은 다정했다. 어머니에게는 스물한 명의 아이들이 있었지만, 몸이 약해진 어머니는 나를 마지막으로 더는 아이를 낳지 못하셨다. 어머니는 가장 나이 어린 나를 늘 품에 안고 재우셨다. 어머니의 마지막 아이였다는 점은 내 생에 주어진 가장 따뜻한 축복이었다. 어머니가 키아네에 들어가시고, 나이 든 형제들은 다시 아이를 낳았다. 그때부터 우리는 뿔뿔이 흩어졌다.

어머니와 함께 지낸 빌라는 크고 아름다웠다. 반짝이는 태피스트리가 사방에 걸려 있었다. 엄마는 세로 실이 팽팽히 당겨진 직조기 뒤편에서 금실과 누에실로 도안의 무늬를 짰다. 사가르 직공들은 거울에 반사된 모습을 통해 직조된 무늬의 앞면을 확인했다. 실결 사이로 엄마가 희미하게 비쳤다. 씨실과 날실이 촘촘히 교차할 때마다, 화려한 무늬가 피어날 때마다, 엄마의 얼굴과 손이 가려졌다.

사가르에 이름을 붙여줄 권리를 가진 우리 모두의 주인이신 주인엄마는 그러나 이름을 붙여주진 않았다. 우리 하나하나에 이름을 지어주고 그것을 기억하기에 주인엄마는 너무 바빴다. 주인엄마의 머릿속은 늘 태피스트리에 짜 넣을 이야기와 그림으로만 가득 차 있었다. 대신에 우리를 '예쁜르'라 불렀다. 광대한 축복, 신성한 생명, 사랑하는 나의 사가르. 우리의 생명은 신성했기에 스스로에게조차 마음대로 세속의 이름을 붙일 수는 없었지. 하지만, 떠나기 전, 엄마는 몰래 우리 하나하나의 이름을 붙여줬다.

카. 너는 나의 영혼이야. 우리는 만나게 될 거야. 반드시, 약속해. 엄마가 내 귀에 대고 속삭였다. 그 목소리에는 무서운 예감이 서려 있었다. 나는 덜컥 겁이 나, 순간 엄마의 목덜미를 꽉 붙잡았다. 엄마가 가지 못하게. 어디로도 가지 못하게. 엄마의 새하얀 살결에 손톱자국이 찍혔다.

카, 우리 아가. 내 말을 기억해야 해. 나의 엄마, 우리 엄마의 엄마, 그 엄마의 엄마들도 모두 저기 있어, 그곳에서 우리를 기다리고 있어. 하지만 너는 절대로, 서둘러 와서는 안 된다. 힘든 시간을 보내다 간 그들에게 갈 곳 잃은 사랑을 되찾고 친구들과 느긋하게 즐길 시간 정도는 보상해 줘야 하니까. 네가 주책맞게 빨리 가려고 했다가는 그들의 노여움을 사서 욕만 먹고 돌멩이에 걸려 엎어져 코가 깨질 거다. 반드시 명심해라. 엄마는 아프지 않게 내 코를 잡아당겼다. 엄마가 내 목덜미에 얼굴을 비비자 귓바퀴가 축축해졌다. 나는 울었다.

엄마. 엄마의 이름을 알고 싶어.

내 이름은 스엉 무. 안개라는 뜻이야. 엄마가 내 손을 안개처럼 부드럽게 감싸며 마지막으로 속삭였다. 아름다운 안개 속으로, 사랑하는 나의 어머니, 키아네에 들어가셨다.

움이 증발시킨 것은 생명만이 아니었다. 각자가 에너지원을 소유하게 됨으로서 비로소 전쟁이 소멸한 아름다운 시대였다. 나는 그 시절의 왈츠를 기억한다. AI가 미래를 지배할 것이란 구시대의 예측은 완전히 빗나갔다. 인건비가 지나치게 저렴해졌기 때문에 고가의 로봇과 기계를 만들고 유지보수에 비용을 들이는 것보다 작은 사람들을 부리는 게 더 경제적이고 효율적인 방식이 됐다. 이런 방식은 때로 섬세하고 고급스러운 분위기를 자아내 실존하는 주체자로서의 기쁨을 누리고픈 루쿨렌투스의 욕망을 충족시키기도 했다. 작은 일꾼들은 큰물이라는 뜻으로 '사가르', 흔히 줄여서 '르'라 불렸다.

선민으로서의 도덕의식이 강조되면서, 자선의 형태로 르에게서 태어난 일부 재능 있는 아이들을 루쿨렌투스의 길동으로 들이는 일이 유행했다. 길동은 가인의 태가 있고(가장 중요하다), 자세가 바르며(바르면 좋다), 노래나 무용에 재능이 있어(이건 주인의 취향에 따른다) 루시를 즐겁게 해주는 애완의 존재이며, 이들을 여럿 둘수록 세를 과시하는 모양새가 되기도 했다. 애교를 부릴 줄 아나 과묵하고, 눈치는 빠르되 주체성이 없는 개체일수록 길동의 가치는 인정받았다.

루시들은 우리 길동을 손 아래 두고 예뻐했다. 돌이켜 보면, 그것은 아주 오래전 자신들이 떠나온 누추한 옛집에 대한 향수 같은 것이었는지도 모르겠다. 향수에는 두 가지 기능이 있다. 자신의 체취를 가리기 위해 쓰는 향수, 기억이 과거의 일부를 포장하기 위해 쓰는 향수. 스스로에 대한 지나친 애착과 자기방어와 결핍으로부터 뇌를 보호하려는 인간의 면역 체계는 향수라는 부산물을 만들어 냈다. 아마도, 루시에게는 향수가 필요했던 것 같다. 내게도 향수가 있다. 모든 것이 환하게 빛나던, 그 시절의 달콤한 냄새.

나는 루시들을 좋아했다. 그들은 이 무서운 세계에서 헐벗은 우리를 보호해 줬고 배고픔과 추위와 더위, 어둠과 질병의 고통에서 벗어나게 해줬다. 세상 많은 것의 이름을 알려주기도 했다. 그 산의 이름을 가르쳐 준 것도 주 선생이었다.

"아가. 저 아름다운 산의 이름은 히에르미란다. 신에게 닿는 신성한 세계인 히에르Hier- 끝에 미me를 연결해 신성한 나를 만든다. 히에르미Hierme." '거룩히신 니' 그는 자기 심장을 손으로 짚었다. "알겠니?"

주는 내 다정한 신이었다. 그는 나를 데려간 새로운 주인

아빠였다. 사학자이자 구 문명기 비평가이자 산부인과 교수이기도 했던 그는 유기체의 탄생에서 실존적인 기쁨을 느꼈다.

아이처럼 혼자 있는 걸 끔찍이 싫어하면서도 루시들과 어울리는 것도 무서워한 주는 개인 돔을 띄워놓고 혼자 지냈다. 종종 보드를 타고 돔 밖으로 나가 지상을 탐사했는데, 아직 사라지지 않은 생물을 발견하면 곧장 주워 오곤 했다. 그는 그런 수집을 '구조'라 부르며 즐거워했다.

그의 고아한 저택은 끝이 보이지 않을 정도로 깊은 동양식 정원에 파묻혀 있었는데, 고풍스러운 산울타리와 분재들 속에는 그가 집어 온 달팽이나 무당벌레 같은 수줍음 타는 생명이 숨어 있었다. 그는 돔의 넓이를 모두 차지한 7,000제곱미터의 동양식 정원을 꾸미는 데 대부분의 시간을 썼다. 동거인이 생겼다가도, 곧 떠나보냈다.

나는 그의 품에 안겨 세상의 얘기를 듣는 것을 좋아했다. 그는 난해한 얘기들을 끝도 없이 지껄였고, 나는 대부분을 이해할 수 없었지만 그저 듣는 것만으로 즐거웠다. 살라, 지금의 너처럼.

루시는 지구 대기권 밖으로 나갈 수 없다.

르는 혼자 돔 밖으로 나갈 수 없다. 이것이 우리 루시 세계의 규칙이다.

나는 투명한 돔 너머 아름다운 설국을 본다. 눈이 온다.

하지만 돔 내부는 따뜻하다.

하늘길이 막힌 인류는 미시 세계로 눈을 돌렸다. 고분자화학과 입자물리학의 발전으로 양자역학의 퍼즐을 맞춤으로써 인류는 황금알을 낳는 거위를 발견했다. 거위를 가진 자는 화석 연료나 대체 에너지에 의존할 필요가 없었다. 거위에 관한 정보는 루쿨렌투스끼리만 공유됐다. 그들은 진정한 연금술사들이었다.

그들의 삶은 허공 위에 있었다. 어떠한 연결점 없이 지상 2미터 위에 반듯이 떠오른 돔. 우리는 쉽사리 물에 잠기는 땅으로부터 보호됐고, 움과 홍수, 지열, 지진 등의 각종 재해로부터 벗어났다. 바퀴 달린 이동 수단 대신 깃털처럼 가벼운 무소음 보드를 타고 날았다. 우리는 화성이나 달로 가는 대신 지구 위에 기지를 세웠다. 지구에 정착한 외계인들처럼 살았다.

돔은 머리카락 두께의 투명한 막으로 덮혀 있다. 암니온, 태아를 감싸는 얇은 막을 뜻한다. 그래핀 구조의 초박막 메타물질로 가볍고 강하다. 외부의 변수로부터 인류를 보호한다. 돔과 보드로 연동되는 모든 출입 시스템은 루시들의 생체 리듬에 맞춰 설계돼 있다. 르 단독으로 제반 시설을 이용하는 건 불가능하다. 훗날, 이 세계에서 내 힘으로 움직일 수 있는 것이 하나도 없다는 그 당연한 사실을 뒤늦게 체감했을 때, 이미 세계는 뒤집히고 있었다.

커다란 쿵 소리와 함께 세계가 뒤집혔다. 나는 절벽 끝으로 미끄러지고 있었다. 주변 모든 풍경이 한순간에 두 눈에 담겼다. 아이들이 거꾸로 서 있는 풍경을, 전혀 환상적이지 않은 세계의 모습을. 우리는 벗겨진 세계의 끝을 봤다. 그때의 일들을 나는 아직도 이해할 수가 없다. 설명해 줄 수 있는 사람이 아무도 남지 않게 됐으니까.

아직 날이 밝지 않은 새벽녘 깊은 어둠 속에서, 꿈을 뒤흔드는 주의 비명과 함께 우리의 마지막이 다가왔다. 그날은 한밤의 공습경보처럼 찾아왔다.

잠에 취해 있던 나는 비명에 놀라 몸을 일으켰다. 주의 침대는 비어 있었고, 소리는 아래층에서 울렸다. 쿵쿵거리는 소리가 벽을 타고 올라왔다. 요람을 빠져나와 비명이 이어지는 복도 계단을 타고 살금살금 내려갔다. 쿵쿵 바닥이 떨렸다. 나는 문이 슬쩍 열려 있는 욕실로부터 새어 나오는 그림자를 봤다.

자기 그림자 속에 숨은 주의 주위로 한층 거대한 그림자가 주의 그림자를 뒤덮으며 흔들거렸다. 주는 샤워 커튼 봉을 허공에 휘두르며 누군가에게 끊임없이 애원했다. 그는 중얼거리면서 달래기도 하고 빌기도 하고 화내기도 했다. 봉 끝이 타일에 부딪히며 탕탕탕 욕실을 울렸다. 나는 사뿐사뿐 문 뒤에 붙어 서서 아주 살짝 욕실 안으로 고개를 내밀었다. 주가 용틀임하며 몸을 뒤트는 순간 우리의 눈이 마주쳤다.

주가 경기를 일으키며 바닥에 철퍼덕 엎어졌다. 새하얀 타일 위에 늘어뜨린 긴 다리가 젖은 거미처럼 버둥거렸다.

나는 얼른 달려가 주의 품에 안겼다. 주의 입에서 침 거품이 흘러나왔다. 주가 유언을 남길 듯 구슬픈 표정으로 내 손을 꼭 잡았다. "아가, 너였구나. 미안해. 사실은 말이야… 널 지켜주고 싶었는데. 미안해, 아가. 저게. 저게!"

주가 내 품에 매달려 머리를 파묻고 울었다. 주의 얼굴이 눈물로 번들거렸다.

욕실 벽면을 따라 여러 겹의 반그림자들이 일렁였다. 나는 고개를 들어 천장 반대편으로 시선을 돌렸다.

손톱만 한 나방이 천장 홈 속 발광체 틈에 들어가 몸을 찧고 있었다. 윙윙 소리를 내는 벌레의 날개가 여러 겹의 반그림자를 만들었다. 나방이 모퉁이에 부딪힐 때마다 어둠에 반응하는 발광체가 그늘을 감지하며 계속해서 광도를 증폭시켰다. 그의 그림자가 흰 벽 가득 일렁거렸다. 주가 비명을 지르며 바들바들 떨었다. 절규를 내지르는 까만 눈동자가 불길에 타들어 가듯이 새빨갛게 충혈됐다. 그의 식은땀으로 내 잠옷도 축축해졌다.

나는 그의 옷깃을 잡아끌며 천장을 가리켰다. 그의 시선이 내 손을 따라갔다. 주가 깊은 안도의 숨을 내쉬었다.

"아, 난 또 그게 온 줄 알고. 미안해, 아가. 실은…." 주가 내 얼굴을 빤히 바라보다 고개를 흔들었다.

"내일 축제에 가려면 좀 더 자둬야겠지."

주가 몸을 일으킨 순간, 잔뜩 부푼 그의 머리 그림자가 천장 위까지 쑥 솟아오르며 흰 욕실을 가득 채웠다. 벽을 밟고 올라서는 그의 그림자가 기이하게 커 보였다.

그가 내 손을 꽉 움켜잡는 순간 숨 쉬기가 어려웠다. 심장이 뜨끈해지며 머리가 핑 돌아 손에 힘이 풀렸다. 내가 훅 주저앉는 걸 보고 주가 외쳤다.

"뭘 봤어? 뭘 본 거야?" 그의 목소리에서 약간의 기쁨이 느껴졌다. "세상에나. 아가. 땀을 이렇게나 흘렸어. 사실은 나도 어제⋯."

그가 뭔가를 외치고 싶은 간절한 표정으로 날 바라봤다. 그의 입이 움찔거렸다.

"어제 진찰을 갔는데⋯." 다시 울 것 같은 표정이 됐다.

그가 울음을 삼키며 고개를 저었다.

"아니야. 요 며칠은 너무 힘들었어. 피곤해서 예민해진 거야. 우리 가지 말고 집에서 쉴까? 가지 말고 까까나 먹을까? 나도 정말 가기 싫은데. 그런데. 마지막 기회를 놓칠까 봐 두려워⋯."

다시 바닥에 주저앉은 주는 무릎에 들러붙은 찢어진 축제 초대장을 떼어 내 눈물 젖은 손으로 만지작거렸다. 주가 풀 죽은 눈빛으로 날 바라봤다. "어쩌지⋯."

"⋯괜찮을까." 나는 응원의 뜻으로 고개를 끄덕였다.

그가 방긋 웃었다. "…괜찮겠지?" 나는 아주 크게 고개를 끄덕였다.

　주는 아주 오랜 시간을 들여 내 긴 머리를 땋아주고 치장해 줬다.

작업은 서너 시간가량 계속됐다. 그의 눈동자는 유령에 홀린 듯이 자꾸만 초점을 잃고 허공을 떠돌았다. 그는 넋 나간 상태로 내 머리를 풀었다 다시 묶기를 반복했다. 마침내 긴 머리를 꽁꽁 묶어 고정하는 지루한 작업이 끝났다. 주는 스프레이를 뿌린 후 리본을 단번에 풀어헤쳤다. 올곧았던 내 생머리가 부드러운 컬이 되어 무릎을 가린 드레스 아랫단까지 몽실몽실 흘러내렸다. 그는 종일 풀숲을 뒤지다 행운의 잎을 찾은 것 같은 표정으로 품 안에 나를 꼭 끌어안고 머리 꼭지에 입을 맞췄.

내 유년기의 끝은 그렇게 시작됐다. 우리는 보드를 타고 날았다.

세계에서 가장 아름다운 돔, 다크다 지구는 히에르미산맥 발치에 둥지를 틀고 있었다. 과거에는 불함산, 골민 상간 아린, 태백산, 개마대산, 백두산, 창바이산 등 다양한 이름으로 불리던 곳이다. 보드를 타고 능선을 거스르던 우린 흰 뼈대가 뭉치는 산맥의 꼭짓점들을 지그재그로 스치며 정상부까지 날아올랐다. 하늘이 담긴 구름 연못을 빙 둘러싼 흰 산

머리는 새하얀 코끼리들이 코를 비비며 노니는 풍경 같았다. 산의 윤곽이 북에서 남으로, 동에서 서로 스카프처럼 흘렀다. 돔은 새하얀 얼음 장벽에 둘러싸여 있었다.

"온 세상이 흰 코끼리 같아 보이네." 주 선생이 말했다.

"네 눈에도 그렇게 보이니?"

나는 긍정의 뜻으로 선생을 올려다봤다.

"틀렸어. 색깔을 정하는 건 네가 아니란다. 저들이지. 곧 정답을 알게 될 거야."

지표를 가린 두꺼운 구름 덩어리 속에서 빛이 번쩍였다. 번개 치는 오렌지빛 구름을 통과해 해발 1,000미터 아래로 미끄러지자, 단숨에 시야가 확 트이며 반경 9킬로미터 너비로 사방에 펼쳐진 다크다 지구가 모습을 드러냈다. 연꽃잎처럼 갈라진 여덟 개의 돔이 다크다의 심지가 되는 주축 돔을 해사하게 감싸며, 하나의 거대한 구조물을 이루고 있었다. 그 중심지에는 세계연합기구가 있었다.

꽃을 향해 날아드는 벌처럼, 돔을 감싸는 수만 개의 보드가 나선을 그리며 돔 아래로 밀려들었다. 우리도 그들이 잇는 선을 따라 고도를 낮췄다. 돔 바닥과 지표 사이를 스친 보드는 그림자가 드리운 어두운 밑바닥 게이트로 순식간에 빨려 들어갔다. 보드를 정차하고 지상으로 올라가자 에메랄드 문이 활짝 열렸다. 눈부신 빛이 쏟아졌다.

돔 안은 싱그러운 흙과 풀 내음 속 초여름이 가득했다. 주와 살던 돔보다 습도와 열기가 높게 설정돼 있는 게 곧바로 느껴졌다. 다크다에 입장한 순간 나는 눈이 휘둥그레졌다. 그렇게 많은 루시를 본 건 처음이었다. 키가 나름 헌칠한 프롬프트들도 입구에 쫙 늘어서 대기하고 있었다.

밀려드는 긴 다리들에 채일 것을 염려했는지 주가 프롬프트에게 턱시도 재킷을 건넨 뒤 날 번쩍 안아 올렸다. 주는 날 들어 올리면서 휘청거렸다. 프롬프트가 내 목에 목걸이를 걸어주려 팔을 뻗자, 주가 재빨리 손가락 끝으로 목걸이를 낚아채고 빠르게 돌아섰다. "자, 이걸 꼭 목에 걸고 있어. 잃어버리면 안 되니까."

걸음을 옮길 때마다 주는 숨을 가쁘게 몰아쉬며 말했다. "조심해. 여기는 프롬프트가 많아. 수행원이니 비서니 진행요원이니 하지만, 결국 질 나쁜 애들이 대부분이야. 남 뒤치다꺼리나 하려고 전 생애의 사돈의 팔촌에, 아마 전생의 영혼까지 담보로 내바쳤을 거야. 고작 우리랑 섞이려고, 우리랑 닮으려고. 우리가 뭐라고 꿈꾸는 거지? 별것도 없는데. 언젠가 자기 자손들이 중심에 설 날을 꿈꾸는 거겠지만, 이 세계는 견고해. 작은 균열도 다 집어내거든. 결국 소모품으로 쓰이다 대체될 텐데. 참 순진하다니까."

공관은 연회 준비가 한창이었다. 세계 주요 인사가 모두 모이는 루쿨렌투스 최대 명절, 태양이 극에 이르는 12월 하순 태양절을 맞이해 특별 제작한 젤로크다 총리의 S자형 시폰 드레스가 가볍게 홀을 미끄러져 지나갔다. 섬세한 레이스 장갑을 낀 그의 새하얀 손등에 주 선생이 입을 맞췄다. 축제는 뜨겁게 달아오를수록 좋다는 건 그의 생각이었다. 올해 아흔아홉 살을 맞이해 키가 4미터에 달하는 젤로크다는 몸의 굴곡이 환히 드러나는 물빛으로 흘러내리는 스커트를 꼭 붙들고, 그의 무릎에 채일 만치 작달막한 르에게 이것저것 지시를 내렸다. "르! 여기!" 그는 뾰족한 구두 굽으로 바닥을 탕탕 두들겼다. 르는 재빨리 바닥 얼룩을 지웠다. 붉은 산타복을 입은 르의 이마는 땀으로 축축했다.

    천장이 높은 아치형 주방은 음식 준비로 분주했다. 달콤한 레몬 버터 향이 공간을 가득 채웠다. 화덕에서는 쫄깃한 밀반죽이 부풀어 오르고, 바닷가재 껍질이 붉게 달아올랐다. 절인 무화과에 성게알로 속을 채운 애피타이저는 르들의 손길에 의해 정원으로 옮겨지고 있었다. 그들의 몸집에 비해 주방의 모든 설비는 지나치게 컸다. 조리대에 키가 닿지 않는 요리사들은 바지런한 브라우니 요정들처럼 사다리 위에 올라가 서커스를 하듯 화려한 자세로 불길에 팬을 달구고 있었다. 주방 한편에 옹송그린 요리사들은 칵테일에 곁들일 가벼운 음식을 준비했다. 그슬린 연어 껍질로 아귀 간을 돌돌 감고 껍질이 마르지 않도록 장미 기름을 묻힌 다음 세이지 잎을 하나씩 꽂아 고정했다. 그들의 손가락 끝은 기름으로 반질반질했다.

루시들은 도슨트 안내를 따라, 중앙홀을 가득 채운 사피엔스 시대 유물들을 감상하고 있었다. 사투르누스가 자식을 뜯어 먹고 있는 바로크풍의 그림을 지나 연회장이 이어졌다. 살점이 잡아 뜯기고 있는 아이의 고통 앞에서 토성이 우아한 빛을 내고 있었다. 나는 아이의 눈빛에 질려 주 선생의 손을 꼭 잡았다. 선생은 웬일로 작품에 관심을 보이지 않았다. 그는 아까부터 주위를 두리번거리며 그 수많은 루시 중 단 하나의 얼굴을 찾고 있었다. 그런 우연하고 드라마틱한 만남이 그가 붙잡고 싶은 마지막 기회라는 것을, 그가 이곳에 온 유일한 이유라는 것을 알았다.

연회장에서는 시연회가 펼쳐지고 있었다. 캡슐 유리관 속에는 꽃에 파묻힌 늙은 남자의 코가 보였다. 나는 주 선생의 다리 뒤로 숨었다. 도슨트가 설명을 시작했다.

"여러분이 보시는 것은 루쿨렌 49년 최초 발명된 프로토타입 키아네입니다. 여기 누운 이는 수명이 거의 다 된 르입니다. 순간의 증발은 고통이 없을 것으로 예상되지만, 평안한 안식을 위해 수면 마취를 합니다. 이들은 키아네에 들어가는 것을 영광으로 생각합니다. 끝에 다다른 여분의 숨으로 인류의 빛이 이어질 수 있으니까요."

도슨트의 설명이 끝나자, 르는 잠들었다.

"현대 추출 기술은 자동으로 에너지를 데이터화하지만, 초기 추출 모델은 이처럼 에너지를 단계별로 생산하는 번거로운 공정을 거쳐야 했기에 키아네의 형태를 확인할 수 있습니다."

캡슐 뚜껑이 덮이자 증기가 차올랐다. 잠시 후 안쪽에서 번쩍번쩍 빛이 났다. 일제히 바스러진 꽃부리들이 회오리치다 르가 있던 자리로 향했다. 그곳은 이미 비어 있었다. 도슨트가 배출구에 손을 넣었다 빼자, 손바닥 위로 푸른빛을 내는 구가 둥둥 떠올랐다.

"이것이 바로 여러분이 사용하시는 에네르기의 실체, 키아네입니다. 중성미자 덩어리입니다. 아주 작은 별과 같죠."

"오." 루시들이 감탄했다. 그들은 가까이 다가가 돌아가며 키아네를 살폈다.

"꼭 사진에서 본 옛날 지구 같아요. 다른 생물로도 만들 수 있나요?" 꼬마 루시가 키아네를 눈 가까이 들이대며 질문했다. 그의 얼굴이 코발트 빛으로 물들었다.

"키아네의 핵심은 사가르가 지닌 순수한 생명에 있습니다. 우리 선조는 증발이 일어날 때 발산되는 에너지를 연구하기 위해, 본래는 우주로부터 날아오는 중성미자와 암흑물질을 채집하기 위해 설계된 지하 3,000미터 깊이의 연구소를 인수했습니다. 암흑물질과 마찬가지로, 지상에서는 방사선 교란이 너무 많아 증발 물질을 검출할 수 없다고 파악한 거죠. 우주를 연구하던 세계의 석학들이 지하 연구소에 모였고, 곧 사가르 고유 유전자와 움이 결합할 때 폭발적인 에너지를 가진 중성미자가 방출된다는 사실을 밝혀냅니다. 중성미자가 질량이 없다는 기존의 가설은 뒤집힙니다. 이것이 '뉴트리노 에너지 혁명'의 시작입니다. 인류는 중성미자의 운동성을 파악해 양자역학의 고리를 완성하고 키아네를 추출하는 입자가속기를 발전시킵니다. 이로써 물리적인 연결망 없이 에너지를 소유할 수 있게 된 것입니다. 불에서 농경, 철기, 화석 연료, 증기의 시대를 거쳐 전기에 이르기까지 호모의 발을 묶어온 에너지 중앙집권체제에서 벗어난 인류는 이제 어디에도 속하지 않을 수 있는 진정한 자유를 얻게 됩니다. 호모의 눈동자에 불꽃이 각인된 이래 인류를 속박해온 강력한 주술. 빛을 잡아라! 직립 보행을 시작한 이래 수백만 년간 꿈꿔온 인류의 꿈이 우리 찬란한 해에 이루어진 겁니다."

키아네가 주 선생의 차례에 오자, 그가 손을 가져다 댔다. 푸른 공이 그의 손 위로 가볍게 떠올랐다. "오." 선생이 감탄했다. 순간, 키아네가 번쩍하며 커지는 것 같았다. 나는 뒤로 엎어졌다. 루시들은 웃으며 키아네를 중앙에 두고 둘러서서 기념 촬영을 했다. 카메라를 설치한 프롬프트가 내 손에 키아네를 쥐여주고는 어깨를 붙잡고 그들의 중앙에 세웠다. 그가 내 손목을 꼬집어 손을 펼치자, 손바닥 위로 키아네가 떴다. 작은 부싯돌로부터 발화한 주술의 역사는 그 반짝이는 구 안에 모두 담겨 있었다. 나는 그날 처음 알았다. 종이 나뉜

진짜 이유를. 플래시가 터졌다.

    초여름의 풀 향기 속에 첫 번째 공연이 시작됐다. 야외무대에 자리한 루시 연주자들이 섬세한 현악 사중주 레퍼토리를 연주하는 동안, 식사를 마친 인사들은 요리의 정갈함과 잘 교육받은 시종들의 흠 잡을 데 없는 응대, 조경과 미술 장식의 고풍스러움에 경의를 표하며 편안한 물소 가죽 소파에 몸을 기대 칵테일을 마셨다. 한쪽에서는 시가를 즐기며 증류주를 들었다. 몇몇은 한 손에 유리잔을 들고 우아한 선율에 몸을 맡긴 채 가벼운 스텝을 밟았다.

    소파에 몸을 기댄 인사들의 품속에는 낮의 고양이처럼 나른한 눈빛을 한 길동들이 하나씩 숨어 있었다. 길동들은 거의 투명에 가까운 핑크빛 피부에 눈이 얼굴의 반을 차지할 정도로 컸다. 도자기 인형처럼 피부에서 빛이 났다.

    나는 눈을 홉뜨고 주위 애들을 둘러봤다. 눈꼬리는 마스카라를 한 것처럼 크고 선명했고 얼굴은 아주 대칭적이었다. 앙증맞은 팔과 다리를 품 밖으로 내밀고 있었다. 나는 눈을 떼지 못했다. 눈이 초록색인 아이도, 눈썹과 머리카락이 새하얀 애도 있었다. 주가 힘껏 꾸며주긴 했지만, 객관적으로 나는 바깥의 르와 크게 다르지 않은 엄청나게 수수한 생김새였다. 우리가 앉아 있는 식탁 밑에서 바닥을 닦고 있는 저 꼬마 여자애와 내가 더 비슷해 보이겠다는 생각이 들자, 바로 기분이 상했다.

종일 번잡함에 치인 주 선생 역시 보타이를 풀어 던져버리고는 낙담한 표정으로 술을 마시기 시작했다. 증류주를 연거푸 들이켠 선생의 얼굴이 홍학처럼 붉었다.

"요즘은 입자가속기를 조절해서 색을 바꾸는 게 유행이라지. 너무 쑥 크는 애들은 키를 약간 조절하기도 한다는데, 선택적 교배나 종 개량까지는… 그래, 뭐 그럴 수도 있지. 이해해. 그래도 임의적인 개조는 반대야. 변화를 줄 때는 긴 시간을 두고 차근차근, 섬세하게, 영향력을 고려해야지. 요즘 애들은 품위가 없어. 고민이란 게 없다니까? 도대체 이 세상은 어찌 되려는 걸까. 더 크면 나도 마음이 변하려나? 모르겠네. 지금은 네 모습 그대로가 아주 보기 좋으니까. 너처럼 예쁜 애는 드물거든. 그렇지?"

주가 내 마음을 들여다본 듯이 꼭 끌어안고서 볼을 비비고 뽀뽀를 했다. 술 냄새가 진하게 났다.

연주자들이 활을 내려놓자 갑작스러운 정적이 찾아왔다. 초록 드레스를 입은 길동 소녀가 무대 중앙으로 올라왔다. 객석이 파도치듯 술렁거렸다. 축 처져 있던 주 선생이 고개를 내밀고는 잔뜩 흥분해서 말했다. "오! 예지력을 가진 소녀잖아? 저 애를 직접 볼 줄이야. 들리는 말들로는 스무 개 이상의 고대어를 할 줄 안다더군. 천년의 기억을 가졌다나, 붓다의 환생이라나, 치유력이 있다나, 온갖 말들이 따라붙었어. 젤로크다가 수억 금을 주고 저 애를 샀다던데, 뭐가 진짜인진 모르겠지만 확실한 사실은 젤로크다는 재집권에 성공했고 꽤 많은 유명 인사들이 저 애한테서 비밀 치료를 받고 있다는 거지. 저 애를 보게 되다니 오늘이 아주 허탕은 아닌가 보군. 그런데 뭘 하려는 걸까. 점이라도 봐주려는 걸까?"

주 선생이 아주 만족스러운 표정으로 고쳐 앉았다. 여름 바람에 흔들리는 나뭇잎과 저들끼리의 부딪침, 풀벌레의 여린 울음소리가 사람들의 귓가로 바짝 다가왔다. 나뭇가지처럼 앙상하고 긴 뼈마디를 가진 루시 연주자가 고요히 피아노 앞에 앉아 매끄러운 건반 사이 손을 짚었다. 피아노 해머가 현을 두들기자, 드레스 자락을 펼치고 무대 앞 층계참 사이에 편안하게 걸터앉은 소녀가 바닥까지 늘어지는 까만 생머리를 틀어 올리곤 청중에게 말을 걸듯 노래를 시작했다.

믿어주오, 이 모든 것이 변할지라도⋯.
Believe me, if all those endearing young charms⋯.

소녀의 목소리가 울리자 수다 떨던 인사들도 애교 피우던 길동들도 일제히 움직임을 멈췄다. 주 선생이 떨리는 목소리로 흥분을 누르며 속삭였다.

"이 곡은 600년도 더 전에 만들어진 곡이야. 구 문명기 어느 작고 슬픈 섬에서 살던 호모종 시인이 그들의 민요 위에 시구를 지어 붙였지. 토머스 무어, 그의 또 다른 시 〈여름의 마지막 장미〉에서 그는 여름의 끝, 모든 꽃이 쓰러진 황폐한 꽃밭에서 혼자 남겨진 한 줄기 붉은 꽃송이를 봐. 부러 그 꽃잎을 꺾어 흙밭에 뿌려. 혼자 한숨짓게 하지 않으리, 너의 벗들과 잠들게 하리라. 그는 적막한 세상에 홀로 남겨질 때를 두려워하지. 그때 그가 본 것은 무엇일까. 조국의 소멸? 민족적 상실과 고통? 그것은 오로지 허무. 허무 속에서 살면서 그것을 눈치채지 못하는 이들도 있지만, 그는 그것을 알고 있었지. 구 문명기 다른 시대의 호모종 작가 헤밍웨이도 그것을 아주 잘 알고 있었지. 헤밍웨이는 평생을 허무라는 짐승에 쫓겨 다녔어. 깨끗하고 밝은 곳에 있을 때는 모든 게 괜찮아. 마음을 풀어놓고 편안한 분위기에 취하지. 이 정도면 괜찮다고, 잘될 거라고. 하지만 집으로 돌아갈 때면, 한 발짝씩 걸음을 내디딜 때면, 그는 움츠러들고 있는 자신을 보지. 언제부터 생겨났는지 모를 깊은 구멍을 보지. 그 구덩이는 혼자만 볼 수 있고 그걸 본 사람만 들어갈 수 있어. 다른 누구도 닿을 수 없는 곳. 그래서 허무라고 하지."

곁을 지키던 프롬프트가 르를 손짓으로 불러 빈 잔을 거두게 한 뒤 허리를 숙였다.

"주문하시겠습니까?"

"허무로."

"네?"

"아, 두 발 달린 짐승으로. 보드카 칵테일! 흔들지 말고 저어서. 우리 아가에게는 민트 발 초코 카르푸치노로. 당분과 유지방은 완전히 제거하고."

프롬프트가 주문을 받고 돌아갔다.

스러지는 해가 부챗살 모양의 꽃을 펼치고 돔 가장자리로 빛이 고여들 무렵, 자색으로 갈라지는 유리 천장 아래 신선하고 달콤한 초여름의 냄새가 꿈처럼 밀려왔다. 소녀가 〈여름의 마지막 장미〉를 부르기 시작했다.

"이거 정말 좋다." 앞 테이블에 앉아 있는 루시 여자가 품에 안긴 연인의 팔을 꼬집으며 속삭였다. 주 선생은 날 안고 있던 한쪽 팔을 들어 힘겹게 손수건으로 땀을 닦았다.

"〈노인과 바다〉의 또 다른 이름은 '노인과 허무'야. 그는 그 허무의 바다에 있을 때만 특별할 수 있어. 허무는 그를 빛나게 하지. 아무도 볼 수 없고 도울 수 없는 구멍에서 그는 큰 놈을 낚으려 해. 혼자 온갖 사투를 벌이고 돌아오면 사람들은 그가 끌고 온 살점 하나 남지 않은 뼈대를 보고 열광해. 실생활에 전혀 도움도 되지 않는, 그 쓸모없는 뼈대를. 한때는 제법 천재 소리를 듣던 작가지만 글을 쓰지 못할 때의 그는 아무것도 아니야. 어디에도 없는 존재가 돼버리지. 어느 날 눈을 떴을 때 그는 깨달아. 더는 아무것도 낚지 못할 거라는 걸. 그는 허무의 아가리에 고개를 처박았어. 대어를 낚는 꿈을 꾸면서. 사실 헤밍웨이는 전쟁터에 있을 때 가장 평온한 정신 상태를 유지했다고 해. 평생 자길 쫓아다닌 짐승을 겁주기 위해 별별 마초 짓을 벌이며 발악했지만, 결국 그는 짐승의 아가리 속에 있을 때 가장 평온했던 거야. 허무가 자길 쫓아왔다고 생각했지만, 결국 허무를 좇은 건 헤밍웨이야. 허무가 그토록 그를 살게 했으니까. 영원히 기억될 이름을 만들어 준 거야. 오, 나다. 우리를 나다하게 하시고 오로지 나다로부터 구하소서. 세상의 모든 비극은 자기 삶이 특별한 선물이라고 믿는 데서 시작돼. 어느 지독한 무신론자도 염세주의자도 피할 수 없지. 인류사의 모든 비극은 여기서 비롯해. 특별하다는 믿음 또는 특별하지 않다는 열등감은, 세상에서 가장 위험한 거야. 그 두 가지는 자기보다 더 열등한 존재, 때론 그것이 자기 자신이 될 어느 파괴점을 찾아내고야 만다는 점에서 쌍둥이처럼 똑같지. 자신이 특별하다고 생각하는 사람이 사라진다면 분쟁도 사라질 거야. 우리는 아이들에게 특별한 존재가 아니라는 걸 가르쳐야 해. 세계의 일부일 뿐이라는 걸 받아들이도록. 하지만 어느 솔직한 부모가 넌 전혀 특별하지 않다고 말한다면, 아이는 어떻게 될까? 삐뚤어지겠지. 문제아가 돼버리겠지. 우리 인류는 모순에서 태어났어. 꿈꾸기 위해선 잔인한 부모를 짓밟으며 살아가야 해. 우리는 우리 자신을 특별한 종족으로 만듦으로 감정을 나누지 못하고 고립하는 너무나 외로운 종이 돼버렸지만, 우리는 정말 구시대와 결별하고 있는 걸까? 정말 구인류로부터 멀어지고 있는 걸까? 그렇다면 우리는 어디로 가고 있는 거지. 무엇을 만들려는 거지. 우린 결국 파괴점을 찾아 헤매는 존재야? 내게는 이 인류 전체가, 거대한 문제아로 느껴져. 요 조그맣고 작은 아이야. 작고 연약한 카나리아야. 너희는 석기 시대에 소멸한 다른 호모종과 마찬가지로 점차 소멸하겠지. 점점 더 생각하는 기능은 사라지고 나비처럼, 꽃처럼, 고양이처럼 무해한 존재가 되겠지. 특별하다는 기대나 좌절감에서 벗어나 더 자유로운 존재가 될 수 있겠지. 걱정하지 마. 특별하지 않아도 아름다울 수 있어. 세상에 그것보다 더 중요한 건 없단다." 주인아빠는 가늘고 긴 손가락을 내 머리카락 사이에 넣고 컬을 만졌다.

"착한 아이야. 요 조그맣고 예쁜 머리통으로 생각이란 걸 할 수 있니. 요 앙증맞은 머리통으로 꿈을 꿀 수 있니. 두렵다거나 외롭다는 느낌을 가질 수 있니. 그렇다면 꿈꾸지 마. 꿈꾼다는 건 슬픈 일이야."

노래를 마친 소녀가 가슴 위로 살포시 손을 얹고 고개를 숙였다. 젤로크다 총리가 무대 위로 올라와 공관의 마스코트인 길동 소녀를 소개하고, 루시 연주자에게도 경의를 표했다. 그는 450주년 태양절을 맞이해 다크다 지구의 영원한 번영을 기원하는 축사를 올린 뒤 무대 뒤로 사라졌다. 하늘이 보라색으로 불타고 곧 어둠이 드리웠다.

상아와 흑단을 쪼개 빚은 묵직한 피아노 건반이 돔을 울렸다. 연주자의 즉흥 연주가 시작됐다. 그는 성실한 벽돌공처럼 두 개의 코드를 쥐고 가스펠과 클래식, 블루스와 재즈를 넘나드는 유기적인 선율을 쌓아 올렸다. 도취한 연주자는 자리에서 일어나 긴 허리를 깊숙이 숙이고 건반을 향해 머리 조아린 자세를 하고는 앞 못 보는 이가 암흑 속을 짚어나가듯 신중하게, 때로는 해머를 내려찍듯, 페달을 밟고 건반을 때리며 심장이 박동하는 듯한 생생한 긴장감을 만들어 냈다. 연주자의 움직임이 빨라지고 허밍이 극에 달하자 루시들은 캄캄한 허공 속으로 팔을 뻗으며 주체할 수 없는 탄성을 내질렀다.

어두운 하늘 끝자리로부터 빛이 사라지고 있었다. 천문박명이 넘어가고 도드라진 일등성 세 개가 여름밤을 잇는 빛의 트라이앵글을 만들었다. 완전한 밤이 찾아오자, 점점이 흩어진 은하수의 한가운데 창백한 꽃이 피어났다. 돔으로부터 1,300광년 떨어진 우주 가장자리에서 피어난 그 꽃은 항성의 빛을 듬뿍 머금은 채 붓꽃 모양의 푸른색 빛을 발산했다. 꽃을 가린 잎사귀처럼 가로 첩첩이 드리워진 어두운 먼지구름 너머 내밀한 꽃방에서는 아기별들이 태어나는 소리가 들리는 것 같았다. 건반에 취한 주는 어느새 우주의 내밀한 사정을 속삭이고 있었다.

"케페우스자리에 있는 저 푸른 꽃잎은 아이리스 성운이라고 해. 저 꽃부리가 푸르스름하게 빛나는 이유는 성단에 가득한 먼지 알갱이들이 안에 감춰진 아기 항성의 빛을 반사하고 있기 때문이지." 그는 손가락을 더 높이 치켜들고 하늘을 향해 십자성호를 그었다. 그의 손이 흔들거렸다. "다섯 개의 별이 만드는 북십자성의 정중앙, 은하수를 타고 나는 백조의 심장에서 갈라져 나온 별이 사드르야. 여기, 가슴이란 뜻이지." 선생이 내 가슴 명치를 긴 손가락 끝으로 짚었다.

"서쪽 하늘을 봐, 백조의 날개 위로 면사포 성운이 휘날리고 있어. 2만 년 전 호모 구석기 시대에 저기서 초신성 폭발이 있었어. 그때의 빛은 2,400년을 달려 채집과 사냥에 몰두하던 구석기인들을 엄청나게 놀라게 했겠지. 몇 달간이나! 대폭발로 흩어진 별 조각들은 투명한 가스로 해체되어 황금빛 고리를 만들었어. 이 폭발의 잔해는 아직도 초속 170킬로미터의 속도로 더 먼 우주 공간을 향해 서서히 퍼져나가고 있어. 저 스카프의 끝에서 끝까지 광자가 지름길로 여행하는 데는 꼬박 100년이 걸려. 우리 눈에는 보이지 않지만, 이 하늘에서 가장 크고 밝게 빛나는 존재 중 하나일 거야. 여기서 사드르까지의 거리는 1,800광년이고, 면사포 성운까지는 200에서 300광년쯤 될 거야…."

힘겹게 내 몸을 끌어안고 있던 주 선생의 팔이 바닥으로 축 처졌다. "그거 알지? 이건 전부 환상이야. 저들이 지금 저 어둠 속에서 어찌 살아가고 있는지 우리는 알 수 없어. 그저 연인에게 실연당한 사람처럼 우리는 그들의 소식을 오랜 세월이 지나간 뒤에야 두르고 둘러 가끔 전해 듣겠지. 어쩌다 몇천 년에 한 번씩. 그이를 보려고 종일을 헤맸지만 볼 수가 없었어. 오늘은 뭘 먹었는지, 누구를 만났는지. 또 내일은 어디서 뭘 하고 있을지, 어떤 거리를 걷고 있을지 어떤 풍경을 보고 있을지, 웃고 있는지, 울고 있는지, 외로운지, 슬픈지. 내게는 전혀 풀어낼 여지가 없는 그런 불가해한 문제들이 매일 쌓이고 쌓여서 책상을 가득 채우고 흘러내리고 있어. 그이의 소식이 몇천 년 뒤 내게 전해졌을 때 나는 이미 먼지나 화석이 돼 있겠지. 그때가 되면 이미 그도 사라져 버린 뒤겠지. 우리가 너를 함께 키우려고 했던 걸 알 거야. 그 사람의 음성을 전해주던 그 따뜻한 나비들은 모두 날아가 버렸어."

객석의 환호 속에 주의 음성이 점점 잦아들었다.

조명이 켜졌다. 연주자가 무대를 떠나고, 주위가 점차 밝아졌다. 르들이 부지런한 벌처럼 객석 사이를 오가며 빈 접시를 정리하고 프롬프트는 주위를 살피며 테이블 초를 하나씩 밝혔다. 잠시 후 트럼펫, 트롬본, 색소폰, 드럼, 콘트라베이스와 클라리넷 등의 악기가 조율되고, 옛 캐럴을 변주한 빅밴드의 브라스 공연이 시작됐다. 길동을 자리에 두고 하나둘 몸을 일으킨 루시들이 조명이 쏟아지는 무대 밑으로 몰려들었다. 그들은 스윙에 맞춰 긴 팔과 다리를 흔들고, 얼굴을 마주 보며 허리를 젖혔다. 바닥이 진동했다. 주는 자리에 앉아 있었다. 그의 숨소리가 거칠어졌다. 잔디밭 아래 늘어진 그의 손에서 술잔이 떨어졌다. 술이 흘러내렸다. 코 고는 소리가 희미하게 울렸다. 나는 아주 조심스럽게, 그의 품을 빠져나왔다. 그날의 밤은 이제 막 시작되었다.

파티장을 구경하며 빈 테이블 밑에 숨어들어 음식을 몰래 집어 먹고 다녔는데, 마침 무대에 흥이 오르면서 테이블을 비우는 루시들이 점점 늘어났다. 영양학적 균형을 고려해 하모니바 외에는 입에 못 대게 했던 주 선생 덕에 눈이 뒤집혀 버린 나는 빈 테이블이 생길 때마다 돌아다니며 보이는 것은 모두 한 입씩 맛을 봤다. 미안해, 살랴야. 그것은 신세계였어. 그야말로 초신성 폭발이었지.

알록달록한 칵테일, 진득한 비곗덩이와 시큼쿰쿰하게 삭힌 생선 지느러미, 알싸한 생선 스튜와 눅진한 성게의 맛, 레몬 치즈에 버무린 짭조름한 내장 젓갈과 기름에 튀긴 빵과 바사삭 부서지는 생선 껍질과 반짝거리는 갑각류 속살과 셔벗보다 빨리 입에서 녹아버리는 생선 살의 차가움까지, 드레스를 더럽혀서 주에게 혼날 거라는 걱정도 잊은 채 테이블에서 다음 테이블 또 다음 테이블로 신이 나서 날벌레처럼 향에 취해 옮겨 다녔는데, 음식 냄새를 따라다니다 보니 어느새 무대에서 떨어진 덩굴꽃숲 근처의 연회 테이블에 도달했다.

그곳은 굉장했다. 아무도 손대지 않은 담은 손길 그대로의 음식들이, 게다가 먹어본 적 없는 색다른 음식들이 한가득 펼쳐져 있었다. 나는 곰 세 마리 집에 들어간 아이처럼 마음에 드는 접시를 골라 와서 연회 테이블 밑에 깔아놓고 맛을 보기 시작했는데, 자리로 돌아오는 루시들의 목소리가 음악 소리 위에 얹어졌다.

"야. 말하는 거 들었어? 좆도 모르는 것들이. 감히 우리 위대한 발명품을 몰라보고."

"에네르기 형이상학 구조라니, 무슨 고릿적 이론이냐."

"저들은 과거를 파먹는 충이 돼버렸어. 에고스니 로고스니 파토스니 질료니 형상이니 타자에 욕망이니 그게 다 뭐냐. 실체가 있는 거냐? 어떻게 그런 헛소리가 과학적 의제보다 위일 수 있나?"

"빛의 번영? 다크다의 영광? 모두가 말뿐이다. 수백 년간 과학은 조금도 진보하지 못했다. 저 충들 덕분에. 우리는 유리집에 갇힌 입자들이지. 지구에 감금당한 족속들이라고! 이렇게 엔트로피가 부풀다가… 빵!"

갑자기 식탁보가 걷히며 주위가 환해졌다. 접시가 깨지고 음식들이 테이블 밑으로 떨어졌다. 쿵 식탁에 뭔가 올라왔다. 테이블 밑이 긴 다리로 꽉 찼다. 나는 다리에 차이지 않도록 조심하며 몸을 웅크리고 일어나 의자가 빈 맨 끝자리 쪽으로 접시를 끌었다. 르들이 몰려와 더러워진 바닥을 치웠다.

"그러고도 온 세상을 에고스로 채우려는 저 오만한 자아들을 봐라. 우리 세대에 미래는 없는 거야."

"어차피 세상은 소수의 거인이 이끌어 가는 거다. 나머지는 따르는 거지. 쫌생이 늙다리 충들 따위는 신경 쓸 필요 없지."

"근데 네 엄마 왜 그래? 우리 젤로 크신 여사님이 왜 화가 나셨나. 뭐 밉보인 거 있냐?"

"코다리 잡년. 내가 수치라고 하시잖냐. 가문? 그게 뭔데. 양념 이름이냐? 된장이나 처먹으라지. 100가지 향신료를 한입에 넣고 오물거리는 저 입들을 봐라. 미학이니 비평이니 고고한 척 떠들어 대는 저 입들을 봐라. 3년을 숙성한 고귀한 생선 살 한 점을 놓고서 풍미니 식감이니, 첫맛은 어떻고 여운은 어떻고, 고기 한 점 처먹는데 수백 가지 공정을 붙이고 수천 가지 비평을 달면서 대서사시를 쓰고 있는 저 나불대는 입들을 봐라. 그저 입들이다. 썩은 입들이다. 이 난장판을 봐라. 모두가 소음이다. 이 세상은 더 고요해질 필요가 있어. 내가 상징적인 마법을 보여주겠어. 어머니, 날 보세요. 어머니의 위대한 아들이 도술을 부리는 모습을. 세상을 무로 만들어 버리겠어. 입도 뻥끗 못 하게 만들겠어."

"야. 연극하냐? 그러지 말고 하나 데려와. 머리 아픈데 한판 뜨자. 놀면 뭐 하냐? 이 끝없는 연구!"

잔뜩 부푼 배를 내밀고 마지막 크림 브륄레 접시를 핥아 먹고 있을 때, 르 소녀가 물걸레로 바닥을 훔치면서 식탁 밑으로 기어들어 왔다. 떨어진 파이 조각을 쓰레기 소쿠리에 쓸어 담으면서 슬쩍 한 조각을 입에 집어넣는 소녀와 나의 눈이 딱 마주쳤다. 우리는 동시에 홉뜨고 손가락을 입에 갖다 대고 소리 없이 웃었다. 그때, 커다란 손이 식탁 밑으로 들어와 그 애의 목덜미를 잡아챘다. 그 애는 붕, 위로 떠올랐다. 나는 접시에 얼굴을 파묻은 자세 그대로 동작을 멈췄다.

"될까?"

"일단 여기 좀 잡고, 너도 여기 좀 잡고, 넣어봐."

"집어넣어 봐."

"쫄리는데."

"아, 시끄러워! 집중 안 되게. 쟤네는 꽹과리 치는 거 참 좋아한다니까."

"빛의 인류는 무슨, 꽹과리 종족이야."

"좀만 더 해봐."

"가오가 있지, 웃기면 안 돼."

"엄마야, 죽겠는데."

"아니야. 야, 이거 대박이야."

"와우."

"봐. 이거 좀 봐."

"이거 끝장이다."

"작은 새야 노래를 불러다오, 내가 잠들 때까지."

"왜 울어. 작은 새야. 어차피 말도 못 하잖아. 말할 수 있어? 해봐."

"움찔거리는 거 봐. 움찔거리잖아." 루시들이 웃었다.

"받아들여. 같은 종족에 비극이 반복되면 그건 더는 비극이 아닌 거야. 그 종족의 생존 방식인 거야."

"야 저리 치워. 재수 없다. 짜증 나는데 한 판만 더 뜨자. 이것들은 어차피 말도 못 하잖아. 시시한 거 말고."

"진짜 새 사냥을 하는 거야."

"진짜 새!"

"카나리아 사냥."

식탁 다리 사이를 빠져나가 덤불 꽃자리 뒤로 숨었다. 덤불 위로 그들의 머리가 보였다. 하나가 휘파람으로 프롬프트를 불렀다. 정장 조끼를 차려입은 프롬프트가 빠르게 다가오자 다른 청년이 말했다.

"갑자기 왜 이렇게 어둡지? 아아, 루쿠스 아 논 루켄도 lucus a non lucendo(숲은 빛으로부터 온 것이 아니다)."

"노노, 카니스 아 논 카넨도 canis a non canendo(아니지, 멍멍이 개는 노래 부르는 데서 온 것이 아니지)."

그들은 갑자기 라틴어를 쓰더니 개 짖는 소리를 내며 웃었다. 무슨 소린지 몰라 긴장하고 있던 프롬프트도 이들이 웃는 걸 보고 따라 웃었다. 함께 웃던 루시가 프롬프트 어깨에 팔을 올리며 귀에 대고 무어라 지시했다.

"야. 다크다에서 제일로 크신 너희 여사님이 완전 뒤집어질 텐데?"

"열받아서 쪼그라들어 버리라지."

"작은 새야 작은 새야. 사랑을 노래하는 작은 새야. 희망을 전하는 작은 새야. 노래를 불러다오. 내가 잠들 때까지."

그들은 즐거워 보였다. 잠시 후 프롬프트가 무대에서 노래했던 길동 소녀를 데려왔다. 브라스는 절정을 향하고 있었다. 트럼펫과 색소폰의 경쟁적인 리드에 맞춰 루시들이 몸을 흔들었다. 루시 청년들이 함성을 지르며 자리에서 일어나 길동 소녀를 구름처럼 둘러쌌다. 길동 소녀의 모습은 곧 그들에 가려 사라졌다.

나는 뒤돌아 꽃자리를 빠져나갔다. 그들로부터 빠르게 멀어졌다.

연회장을 빠져나와 한적한 곳으로 갔다. 진동과 함성으로 머리가 울렸다.

빛이 잠잠한 어스름 연못가에 앉아 발을 옥죄고 있던 유리 구두를 벗어 옆에 놓았다. 덩그러니 곁을 지키고 있는 구두가 문득 꼴사납게 느껴져 뒤축을 낚아채 웅덩이 한가운데로 던져버렸다. 무성한 연잎 사이로 퐁당 구두가 사라졌다. 색색의 잉어가 물가 쪽으로 빠르게 퍼졌다.

넋을 놓고 웅덩이를 바라보는데, 지진이 나는 것처럼 연밭이 일렁이더니 잠잠해지고 다시 일렁거리더니 또 잠잠해졌다. 밑에서 뽀글뽀글 거품이 올라왔다. 아무래도 이상해서 가까이 다가가 고개를 떨구고 물속을 들여다봤다. 자꾸만 물방울이 피어올랐다.

그런데 흙탕물 속에서 뾰족한 두 짝의 구두코가 솟아오르는 것이 아닌가. 입을 헤 벌리고 점점 모습을 드러내는 구두를 쳐다보는데, 연잎을 뚫고 진흙 괴물 같은 것이 솟구쳤다. 나는 괴성을 내지르며 발라당 뒤로 엎어졌다.

머리에 연잎을 뒤집어쓰고 얼굴을 내민 그 진흙 괴물은 구두를 쥔 손목으로 슥슥 얼굴을 닦더니 검은 눈동자를 반짝이며 날 쳐다봤다. "미안." 나는 그 개구리 머구리 같은 몹쓸 녀석을 보고 울음을 터뜨렸다. 그 애는 흙 묻은 구두를 갖고 올라와 옅은 물로 휘휘 헹구고 내 옆에 가지런히 뒀다. 곤란한 얼굴로 내 앞에 무릎을 쪼그리고 앉았다.

나는 계속 울었다. 집으로 돌아가곤 싶었는데 파티장에 돌아가긴 싫었고 지금 주를 보고 싶지도 않았다. 한참 동안 울었는데 그 애는 울음이 그칠 때까지 기다려 줬다. 아무 말도 하지 않고. 몹시 미안한 표정을 하고 침통하게 있었는데 한 번씩 하품을 삼키며 난감한 표정을 짓기도 했다. 눈치를 보는 모습이 웃겨서 기분이 조금 나아졌다. 그건 괜찮은 일이었다. 울 때는 누군가 곁에 있어줘야 한다. 그것만으로도 울음을 그칠 수 있게 된다.

그때 우리 곁은 온통 연꽃이었다. 물을 뒤덮은 그 빡빡한 잎들, 아기 머리통만 한 꽃들, 짙은 체취를 내뿜는 꽃술, 그 미치도록 단내가 나는 황홀한 꽃송이들. 진흙이 흘러내려 아이의 발아래 흙 웅덩이가 생겼다. 진흙에 파묻힌 맨발을 바라봤다.

"뭐 한 거야?"

"청소했지." 그 애는 끄응 기지개를 켜며 비로소 몸을 일으키고는 쓰레기를 실은 지게를 어깨에 짊어졌다. 고개를 젖히고 멀리 솟아 있는 시계탑을 보더니 폴짝 뛰며 말했다.

"이런! 늦었잖아. 빨리 가자."

"늦어? 뭐가 늦었는데."

그 애가 했던 말들을 모두 기억한다. 그 말들은 모두 살아있다.

그 애는 아무 대꾸도 하지 않고 앞장서서 바쁘게 걸어간다. 단숨에 훌쩍 가버린 녀석이 '세상에 저런 굼벵이가 있나!' 하는 표정으로 답답하다는 듯 손을 휘휘 저으며 재촉한다. 나는 유리 구두를 고쳐 신고 그 뒤를 따라간다. 그 애는 입을 삐죽거리면서도 묵묵히 기다린다. 우리는 곧 나란히 걸었다. 그것은 아주 자연스러웠다. 제자리를 찾아가듯이, 이미 존재한 시간으로 돌아가는 기분이었다. 오래전부터 함께 걸어가기를 기다린 듯이.

따뜻한 비가 내리는 돌길은 걸을 때마다 달그락달그락 소리가 났다. 우리는 우리보다 한 뼘은 더 크게 자란, 노오란 광채를 휘날리는 해바라기 숲을 지나고 덤불 속 조그만 터널 구멍을 통과해 빛이 뿜어져 나오는 아케이드 속으로 걸어 들어갔다.

붉은 벽돌로 쌓아 올린 아치형 천장에는 커다란 실링 팬들이 빙글빙글 돌아가고 있었다. 르들이 먹고 마시고 물건을 고르고 도박을 하고 춤을 추고 웃고 떠들고 있는 소란한 노점과 좌판들 사이로 흥겨운 가락이 울려 퍼졌다. 르의 흥을 돋우고 밥을 빌어먹으며 사는 삐리들이 아케이드 입구에 일렬로 늘어서서 아코디언과 만돌린, 마라카스와 봉고를 튕기며 〈오, 이 춤을 다시〉를 부르고 있었다.

오, 아름다운 것은 모두 과거에 있어. 그 길을 찾고 있네.
오, 떠나버린 것은 돌아오고 있어. 그들을 만나러 가.
태양이 없는 곳에서 우리는 춤을 췄어.
서로의 발을 밟아.
따뜻한 빛 속에선 서로를 몰라봐도
어둠이 지면 우리 다시 만나.
이 춤을 다시 시작해.

삐리들은 하모니카를 불고 발을 구르며 다 함께 노래했

다. 그들은 온화한 날씨에 걸맞은 에스파드리유를 신었다. 고래 뱃속 같은 아케이드 깊은 곳으로부터, 긴 한숨 같은 기타 소리가 흘러나왔다.

그 애가 내 손목을 잡아끌었다. 우리는 음악이 들리는 곳을 향해 홀린 듯이 뛰었다. 나는 유리 구두를 벗어 들고 뛰었다. 발끝에 온기가 전해졌다. 그때 나는 비로소 지상에 발을 내디딘 것 같은 따뜻함을 느꼈다.

아케이드 끝에 모인 11명의 삐리들이 블루스를 연주했다. 그 중심에서 노래하는 여자 삐리가 흙 향 가득한 쫀득한 목소리로 르들의 리듬을 쥐었다가 폈다. 조화로운 울림을 남기고 보컬이 뒤로 물러섰다. 한순간 모든 소리가 사라지고, 드럼의 심벌즈만이 수줍게 떨렸다.

긴장된 공기 속에 무심코 소년과 눈이 마주쳤다. 그가 속삭였다.

"지금이야."

정적 속에서 기타 솔로의 첫 음은 한숨인 듯 중얼거림인 듯 읊조리며 낮게 시작된다. 저음을 맴도는 기타 선율 아래로 베이스가 들어오고 드럼이 들어오고 키보드가 들어오고 브라스가 들어와 기타를 떠받친다. 이들의 진동이 커질수록 이 세상 전체가 들어 올려지고 있다는 느낌을 받는다. 태초부터 존재한 소리인 듯 바람처럼 움직이던 기타 리프는 어느새 아케이드를 벗어나 대기 밖으로 뻗어 나갈 듯 무한한 중력을 거스르며 밤하늘 높이, 저 끝까지 날아올랐다! 르들이 주문에 걸린 것처럼 팔을 들어 올렸다.

그 감정을 무어라 표현할 수 있을까. 정말이야, 살라야. 네게 그 음악을 한 번만 들려줄 수 있다면, 내 생명을 다 바쳐도 아깝지 않을 텐데. 음악은 우주의 기쁨이야. 진동이 만들어내는 아름다운 패턴이야.

그때 나는 세계의 울림 속에서 어떤 풍경을 보고 있었다. 소리가 날아오른 순간, 철교를 밀어젖히는 요란한 쇳소리가 점점 크게 다가왔다. 내 눈앞에는 전혀 다른 풍경이 펼쳐지고 있었는데.

우리는 통으로 이어진 어느 열차 의자에 나란히 앉아 있다. 철도는 도시를 관통하는 강줄기를 따라 흐른다. 열차는 눈부신 태양 빛에 달구어진 뜨거운 철교를 짓누르고 있다. 엄청난 굉음을 내뿜으며 철교 위를 미끄러진다. 창에는 우리의 모습이 비친다.

우리는 약간 분위기가 다르다. 유리창에 비치는 내 머리는 보라색이다. 짧고 숱이 가볍게 쳐져 있다. 반짝거리는 재질에 노란 민소매 티를 입었고 팔찌를 많이 달고 있어서 움직일 때마다 달그락거리는 소리가 난다.

소년은 캡이 달린 둥근 모자를 푹 눌러쓰고 이어폰을 끼고 있다. 그의 어깨를 보기 좋게 만드는 큼직한 반팔 티셔츠를 입고 있다. 옷에서는 단정하고 좋은 냄새가 난다. 그의 몸이 단단하다는 걸 알 수 있다. 그가 들고 있는 조그만 기계에서는 음악이 흘러나오고 있다.

　우리는 이어폰을 한쪽씩 나눠 끼고 음악을 듣는다. 소년은 현기증이 나는 듯이 아찔한 표정을 지으며 내 팔을 강하게 붙잡는다. 손이 떨린다. 환한 눈을 크게 뜨고, 날 바라보며 말한다. 이거 정말 좋다. 〈미드나잇 인 할렘〉 원한다면 끝없이 반복해 들을 수도 있다. 언제까지라도. 한 번 더 들을까? 그는, 대답 대신 내 머리를 흐트러뜨린다. 소년의 뒤로 강이 지나가고 도시가 보인다. 태양 빛을 흠뻑 발라놓은 듯 황금색으로 빛나는 수직 빌딩과 둥글고 파란 지붕을 얹은 이상한 건물들. 음계들처럼 하늘 높이 솟은 스카이라인. 나는 제각각의 모양을 가진 그 이상한 도시를 보며 아름답다고 생각한다. 내가 본 적 없는 도시. 안내 방송이 흘러나온다. 이번 역은⋯ 이번 역은⋯ 내리실 분은⋯. 그 아름다운 도시 속에 발을 디딘 우리는 군중 틈에 섞여 밤하늘을 본다. 손을 흔드는 사람들. 같은 문양의 팔찌, 손가락 사이로 흩어지는 빗방울. 우리의 손가락이 포개진다. 그곳은 어디일까. 우리는 거기서 뭘 하고 있었던 걸까. 어디로 가려던 걸까. 얼마나 많은 시간이 지나야 만날 수 있을까.

　삐리의 연주가 끝나고, 이해할 수 없는 그리움이 차올라 어쩌지도 못하고 그 자리에 주저앉아 울어버렸네. 소년은 날 보더니 이거 정말 꼴통이었구나, 하는 표정으로 크게 한숨을 쉬었다.

"너 아주 울보구나. 자꾸 울면 눈물처럼 산다던데." 그는 구박하며 바닥을 청소하듯 내 얼굴을 벅벅 닦아줬다.

이 기차를 놓치는 건 정말 싫어. 내가 찾던 건 오직 너 같은 사람인걸. 모두가 축축한 꿈을 꾸지. 모두가 햇살을 느껴. 모두가 좋은 시절을 보내. 무당벌레라는 이름의 남자 4인조 삐리가 들어와 로큰롤을 연주하자, 먹고 마시던 르들 모두 일어나 서로서로 손을 맞잡고 같은 스텝을 튕기며 빙글빙글 돌기 시작했다. 나도 손을 맞잡고 발을 구르고 처음 듣는 노래를 목이 쉬도록 따라 불렀다.

살라야, 기억하렴. 어떤 음악은 스스로 살아 숨 쉬는 완벽한 하나의 생명체 같지. 행여나 그것과 마주치게 된다면, 아주 기쁘게 춤을 춰. 그리고 그 감정을 기억해. 그런 친구는 자주 만날 수 있는 게 아니란다.

소년은 노점에서 구리 잔에 든 음료를 한 잔 받아 왔다. 새하얗길래 매일 먹던 우유인 줄 알고 거리낌 없이 벌컥벌컥 마셨는데, 너무도 시고 떫고 끈적한 게 목구멍을 확 태워서 한참 동안 기침을 했다. 처음 먹어봤는데도 아주 오래 삭힌 술이란걸 단박에 알겠더라. 그 애는 내 뜨악한 표정을 쳐다보며 한참을 웃었다. 그를 웃게 한 건 그게 마지막이었을까. 아직도 그 맛을 떠올리면 입에 침이 고인다.

"너는 도대체 뭐야 이름이." 나는 딸꾹질하며 다 타버린 목소리로 물었다.

"르!" 소년이 외쳤다. 취기가 잔뜩 오른 나는 그의 머리 꼭지를 손끝으로 두드리며 제왕처럼 말했다.

"아니야 아니야 그런 게. 내가 너 이름을 알려줄게. 아난. 잘 들어 아난. 너는 아난이야. 알겠어? 아난은 기쁨이란 뜻이야."

아케이드는 순식간에 한산해졌다.

우리는 컵을 깨끗이 비운 뒤 터널을 빠져나와 해바라기가 끝없이 펼쳐진 숲길을 돌았다. 나는 약간 비틀거렸다.

"너 정말 술이 약하구나." 아난이 놀렸다.

"아니야. 춤을 많이 춰서 그래." 나는 자존심을 세우며 신발을 신었다가 거추장스러워 다시 벗어던지고는 맨발로 걸었다.

서늘한 새벽 공기가 내려앉은 동그란 자갈길 위로 소년과 소녀, 두 사람의 발소리가 토닥토닥 울릴 때마다 멀리 진동하는 빛의 향연이 한 걸음씩 다가왔다. 찬란하게 빛나는 돔이 캄캄한 지상 한구석에서 들어 올려지고 있는 것 같았다.

양 갈래로 나뉜 오솔길 안쪽 숲 깊은 곳에서는 흔들리는 빛이 있었다. 하나하나의 작은 빛은 반딧불이처럼 흩어지다 모이기를 반복했다. 숲속 깊은 곳을 청소하는 르들이 머리에 차고 다니는 램프 빛이었다. 그 빛을 피해 왼쪽 길로 접어든 순간 하늘이 붉게 타올랐다. 우리는 동시에 하늘을 봤다. 지구를 향해 달려들며 격렬하게 타오르는 유성의 꼬리가 선명하게 하늘을 반으로 갈랐다. 별빛은 해바라기와 함께 자라나듯 더욱 또렷해졌다. 현기증이 나 머리가 아찔해졌다.

나도 사랑이 하고 싶네.
사랑이 뭐야.
사랑이란 엄마란 뜻이야. 내 모든 걸 준다는 뜻이야.
엄마는 뭐야.
캄캄한 구름 속에 빛을 내주는 사람. 내 희망과 절망을 모두 나눌 수 있는 사람.
나도 엄마 갖고 싶네.
내가 엄마 해줄까.
뭐야 그게.

우리는, 돌이켜 보면 부끄럽기만 한 얘기들을 끝도 없이 나눴네. 음악과 별빛에 취해.

열네 살, 아무것도 모른다는 걸 모르는 나이. 사랑에 빠진 줄도 모르는 나이. 무엇이라도 붙잡아 보고 싶은 나이. 가장 예쁘고 한없이 초라해지는 나이. 하루에도 수십 번 날아오르고 추락하는 나이. 그때 나는 심장이 뛰기 위해 존재한다는 걸 처음 알았지.

그날 우리는 걸었네. 그날 우리는 밤새 걸었지.

행복했냐고? 누가 먼저 걷자고 했냐고?

내가 걷자고 했지. 그 애는 점점 불안해했고, 이제 돌아가자고 했어. 머리를 긁적이고 투덜거리고 낮은 목소리로 한숨을 쉬며 너는 정말 말을 안 듣는구나, 널 어쩌면 좋냐며 투덜거렸지. 나는 멈출 수가 없었어. 너무 갈증이 나서, 여기서 걸음을 멈추는 순간 말라 죽어버릴 거라 생각했어. 나중에는 자포자기해서 툴툴거리고 꼴통이라고 부르기도 했지만, 그 애는 떠나지 않고 있어줬어. 내 곁에 있어줬어.

그날은 내 유년기의 끝. 아무것도 모르던 아이, 그토록 탐스럽던 별빛이 가시가 될 줄 몰랐네. 그토록 추운 겨울이 올 줄 몰랐네. 살라야, 사랑을 얻는 것은 온 우주를 가지는 일. 때때로 우리는 모두에게 운명의 실로 연결된 짝이 있다고 믿고 싶어 하지만, 그런 일은 정말 드물게 일어난다. 그것은 살아만 있다면 언젠가 주어지는 밥 같은 것이 아니란다. 이 세계를 지배했다고 자부하는 상위 1퍼센트의 비율보다 희박한 것이다. 사랑을 이루기란 그렇게나 어렵더라. 사랑 노벨상이 있다면 그 자리는 매년 공석일 거야.

엄마. 나는 사랑노벨상 받을 수 있어요. 나는 엄마 사랑해요. 살라는 웃는다. 그 애를 닮은 둥글고 환한 눈매로, 소리 없이 웃는다. 그래, 그 말이 맞지. 그럴 거야. 왜 꿈 같은 일은 늘 꿈으로 끝나버릴까. 나는 아직도 네가 돌아오는 모습을 꿈꾸고 있는데.

불빛이 가까이 다가왔다. 르들이 빼곡히 들어찬 전동수레가 달달 소리를 내면서 힘겹게 샛길을 따라 올라오고 있었다.

"르! 너 거기서 뭘 하는 거야. 너 말이야! 너!"

"난 죽었다. 얼른 가자."

우리는 카트 위로 올라가 르들 사이로 몸을 밀어 넣었다.

숲 너머 연회장 불빛이 하늘을 가로지르며 일렁였다. 전동차가 다시 달달 소리를 내면서 힘겹게 공관을 향해 올라갔다. 우리는 귀가 따가울 만치 잔소리를 들었다.

연회장에 도착했을 때 자정을 알리는 종이 댕댕 울렸다. 중앙 트리에 불이 들어왔다. 루시들이 환호했다. 우리는 하늘 끝에 닿을 듯 높이 솟은 삼나무 트리를 바라봤다. 왈츠로 편곡된 캐럴이 울려 퍼졌다.

"태양절을 축하해!"

태양의 탄생을 축하해!

루시들이 외쳤다. 아난의 속눈썹 아래 짙은 눈동자에 별 장식이 비쳤다. 나는 그 작은 우주에 담긴 트리를 바라봤다. 불꽃이 터지며 돔 하늘이 환해졌다.

그때 아난이, 하늘을 올려다본 내 머리칼을 재빨리 헝클어뜨리고는 뒤돌아 저 멀리 뛰어가 버렸다. 카나리아처럼 빠르게.

***

폭죽 소리에 놀라 막 잠에서 깬 주 선생이 술이 덜 깬 듯 자리를 박차고 일어섰다 풀썩 소파에 누웠다. 날 보고는 안도의 숨을 내쉬었다.

"쉬야하고 왔니? 잘했다. 얼른 가서 쉬자."

그는 길게 휘파람을 불었다. 우리는 프롬프트의 안내를 받아 지하로 연결된 하이퍼루프를 타고 손님에게 준비된 빌라로 갔다. 가는 내내 주 선생은 내 손을 지팡이처럼 꼭 붙들고 눈을 감고 있었다. 아파서 짜증이 났다. 그는 굴에 몰린 토끼처럼 안절부절못하고 초조해했다.

우리가 탈 때까지 승강기 문을 열고 기다린 프롬프트가 문이 닫히기 전 몸을 굽히며 단정히 인사했다.

"부디 새로운 해 맞으시길."

나무 승강기는 움직이는 동안 드르륵 드르륵하며 크게 울었다. 우리는 나란히 얼어붙었다. 승강기가 천천히 위로 움직였다. 쇠줄이 끌리는 소리가 났다. 드르르륵. 드르르륵. 냄새가 났다. 숲. 나무. 흙. 비린, 끈적한 나무 진액. 송진. 흘러내리는 나무의 체액. 승강기 안에서 주가 궁시렁거렸다.

"역시 그건 악몽이었을 거야. 헛것을 봤던가. 너무 피곤했으니까. 어제 말이야, 진찰을 갔는데…." 문이 열렸다. 그의 입이 쩍 벌어졌다. 우리는 빌라 거실로 곧장 올라섰다.

"이 책들을 봐! 굉장하구나. 오늘 밤 안에 다 볼 수 있을까." 사방이 책장으로 둘러싸인 원형 빌라는 고무나무와 오래된 종이의 냄새로 가득했다. 화강암을 깎아 만든 내부 벽감 하나하나는 부조로 빼곡히 장식돼 있었고 그 안에는 옛 신들의 이야기가 가득했다. 건물 정중앙, 높이 솟은 궁륭 꼭대기엔 하늘과 통하는 숨길이 나 있었다. 그 구멍 한가운데서 별 사드르가 빛났다.

그는 말하던 것도 잊고 책 속에 파묻혔다. 이미 책을 자기 키보다 높이 쌓아 병풍처럼 두르고 침대에 몸을 기댔다. 취침 등을 밝힌 주는 자신의 손바닥보다 작은 고서를 엄지와 검지로 꼭 움켜쥐고 한 장 한 장 세심하게 훑기 시작했다.

"세상에, 이건 서기 2025년 초판본이야. 『몸으로 덮인 세계를 본 적 있는가』! 호모종 걸작이지. 믿을 수가 없군." 조그마한 돋보기 렌즈를 코에 걸친 그는 책에서 눈을 떼지 않은 채, 곁에 놓인 구름 소파를 톡톡 손으로 두들겼다. "이리 온. 아가. 내 곁에 있어." 벽난로에서 장작불이 거세게 타올랐다. 일렁이는 그림자가 그의 얼굴을 일그러뜨리다 부드럽게 만들기를 반복했다. 책에 둘린 공간에서 그는 완전히 안정을 찾은 듯 보였다.

나는 양칫물로 입을 헹군 뒤 더러워진 드레스를 벗어 던지고 준비된 잠옷으로 갈아입었다. 몸에 딱 맞았다. 거위 가슴 털로 속을 꽉 채우고 비단을 두른 두툼한 구름 소파에 몸을 누이자 온몸이 폭 파묻혔다. 뜨거운 불길이 공기를 달궈서 몸이 녹았다. 곧장 졸음이 쏟아졌다.

"우리도 여기서 살까? 그럴까. 나도 슬슬 적응한 것 같아. 여기 있으니까 다 좋아질 것만 같아. 내일은 아주 멋진 퍼레이드가 펼쳐질 거야. 내가 여기 있는 걸 보면 그이도 무척 놀라겠지. 달라진 내 모습을 보면 그이도 마음이 바뀔 거야. 그래, 분명히 그렇겠지."

빛이 줄었다. 그는 작은 등 하나만을 켜놓은 채 어둠 속에서 책을 읽고 있었다. 나는 깊은 잠 속으로 빨려 들어갔다. 간간이 주의 중얼거리는 음성이 느껴졌다. 그의 목소리는 잠결을 따라 쓸려가고 밀려오기를 반복하며 수면처럼 일렁였다.

자니. 자니. 아직 자면 안 돼. 내 얘기를 좀 들어봐. 비밀을 알려줄게. 네게만 얘기하는 거야. 어제 일을 말해줄게…. 그래서 아주 힘들었어. 오후에는 한 건의 제왕절개와 세 건의 자연분만이 있었는데 모두 건강한 유전자를 이어받은 평범한 아기들이었지. 일을 마무리하고 퇴근 준비를 할 때 보니 어느 보호자에게서 100건 가까이 호출이 와 있었어. 집으로 와달라는 연락이었어. 내 말 듣고 있니?

드르륵드르륵 나무 가는 소리가 울렸다. 꿈속에서 나는

톱질을 했다. 르들이 모두 숲에 모여 하늘 끝까지 솟은 나무 둥치에 빈틈없이 밧줄을 묶었다. 줄이 팽팽히 당겨졌다. 르들이 힘을 합해 나무를 끌어당겼다. 우드득우드득 밧줄을 타고 신음이 흘렀다. 발아래 톱밥이 떨어졌다. 그 가루들은 무척이나 차가웠다.

이제 막 임신 3개월로 접어든 환자의 남편이었어. 그들 부부는 사실 그이의 절친인데, 침울하고 낮은 목소리로 잠깐이라도 좋으니 와달라고 집요하게 강요했어. 자신들은 여기서 움직일 수 없고 무슨 문제인지 말할 수도 없다면서. 묘하게 불쾌감을 주는 목소리였어. 그 환자는 예전 몇 번인가 자살을 시도했었다고 그이한테 들은 적이 있어. 나는 피곤하고 지친 상태로 그들 집에 갔어. 순전히 그이를 생각해서. 헤어졌다고 쪼잔하게 군다는 험담 따위 듣게 하기 싫어서. 전화한 남편이 날 맞이했어. 남자는 한동안 날 현관에 세워둔 채 빤히 쳐다봤어. 왜 의사가 여기 왔는지 모르겠다는 맹한 표정으로. 아, 아내는 침실에 있어요! 낮잠이라도 자다 나온 듯한 남자의 얼빠진 분위기에 나는 완전히 열이 올랐어. 마침, 침실에서는 그이가 태교 음악으로 그들에게 선물한 1시간 40분짜리 아리아 〈오 신이여 우리를 돌아보소서〉가 진공관 앰프를 타고 흘러나오기 시작했어. 소프라노의 긴 한숨 같은 떨림이 아름다웠지. 고개를 저으며 터벅터벅 그들의 침실에 들어섰을 때 허공에 떠 있는 아기의 몸을 봤어.

두드둑 두드둑, 나는 톱질했다. 나무둥치에 금이 갔다. 톱을 집어던지고, 혀를 내밀어 틈새로 흘러나오는 진홍빛 수액을 핥아 먹었다. 입술을 대고 벌어진 속살을 허겁지겁 빨았다. 너무도 달콤한 레몬 젤리 맛이 났다.

아기가 떠 있었어. 빨갛고 푸르딩딩한 보라색 몸이 허공에서 꿀렁대고 있었어. 여자의 허벅지 사이로 삐져나온 탯줄이 튼실한 줄기처럼 아기를 떠받치고 있었기 때문에, 아기는 흡사 여자의 몸에서 자라난 탐스러운 과실 같아 보였지. 그래, 그 둘은 탯줄로 연결돼 있었어. 아기의 몸길이는 1미터, 성기의 윤곽을 보니 남자애였어. 이미 머리와 몸과 손발의 구분이 생겨 3등신의 체격을 갖추고 있었고, 코와 얼굴 윤곽이 생겨 있었지. 손끝에는 부드러운 손발톱이 있었고, 피부는 투명해서 배 안쪽의 내장이 굼실거리는 게 보였어. 더할 나위 없이 완벽한 태아 교본이었어! 막 생겨난 심장이 출렁거릴 때마다 아기 몸에서 울리는 박동 소리가 먼 북소리처럼 아리아에 맞춰 천천히 춤을 췄어. 갓 만들어진 옅은 눈꺼풀이 아직은 완성되지 않은 눈동자를 덮고 있었지. 그건 정말이지 꿈을 꾸는 식물 같았어. 아기와 엄마의 바이털은 지극히 정상이었고, 내가 할 수 있는 일은 더 없었어. 아기의 몸은 실시간으로 점점 커져서 나중에는 방이 좁게 느껴졌지. 산모가 문을 모두 열어달라고 했어. 아기의 여린 몸이 벽에 부딪히지 않도록. 우리는 창문과 테라스를 모두 열어젖히고, 자궁 환경과 유사하게끔 돔의 온도와 습도를 높였어. 한 곡의 아리아가 끝나는 그 1시간 40분 동안 나는 가위에 눌린 것처럼 꼼짝없이 그곳에 앉아 있었어. 아리아는 끝이 났지. 나는 차마 인사도 건네지 못하고 땀에 흠뻑 젖은 채 그곳을 떠났어. 다행히 그들로부터 연락은 오지 않았고. 아무리 생각해도 그이가 떠나고 제대로 잠들지 못했던 탓에 끔찍한 피로감에 짓눌려서 악몽을 꾼 게 틀림없다는 확신이 들어. 내일 그이를 만나면 자기 친구들이 나오는 정말 이상한 꿈을 꿨다고, 크게 소리 내 웃으며 말하고 싶어. 그럴 수 있겠지.

입을 벌리고 나무 구멍을 핥아 먹었다. 뚝, 뚝, 뚝, 나뭇결이 끊어지는 선명한 소리가 고막을 울렸다. 메아리가 허공을 친 순간 잎사귀들이 일제히 날아올랐다. 그 차가운 속살로 혀를 집어넣었다. 숲이 진동했다.

하지만 꿈이 아니었다면? 모든 유기체는 과반 이상의 세포가 움에 변이되면 소멸하지. 그래, 우리를 제외하고. 그것을 목격한 순간부터 그 반대의 가능성이 머리를 떠나지 않아. 우리가 간과해 온, 어쩌면 간과하고 싶었던 부분이. 수 세기 동안의 경쟁적인 시술로 성장 세포가 루쿨렌투스 인체의 40퍼센트를 넘어섰다는 보고가 있지. 대단찮은 논문이었지만, 그걸 본 이후 어느 생각이 떠나지 않아. 누가 알겠어. 우리는 빛의 연금술사인 듯 살아왔지만, 이 미지의 세계가 날 두렵게 해. 우린 아직 어둠 속에 있었던 걸까? 어쩌면, 키아네에 너무 노출된 탓일 수도 있어. 우린 측정되지 않는 키아네의 영향력을 무시해 왔어. 계산되지 않는 게 없다는 뜻은 아니니까. 바보 같다 생각해? 하지만 들어봐. 우린 증발하고 싶지 않았어. 소멸하고 싶지 않았을 뿐이라고. 누구라도 할 수만 있다면 우리와 같은 선택을 했을 거야. 너희 종족은 더한 짓도 하고 살았잖아! 누가 우릴 비난할 수 있겠어? 알아? 지구의 자전 속도는 시속 1,600킬로미터, 공전 속도는 시속 10만 7,000킬로미터. 어떤 존재가 밖에서 지구를 본다면 지구는 시속 800킬로미터로 달리는 보드보다 두 배 빠르게 자전하면서, 그 어떤 보드보다 백서른네 배 빨리 태양 주위를 공전하지. 우리는 그것을 느낄 수 있나? 아무도 모르지. 지금 우리에게 무슨 일이 일어나고 있는지 아무도 알지 못하지. 롤러코스터는 지금 뒤집어지고 있어. 레일 꼭대기를 향해 기어오르고 있어. 목이 끌어당기는 머리로 피가 몰려 얼굴이 누렇게 뜬 채, 나는 산발이 된 머리를 하고 허공에 대롱대롱 매달려 뒤집어진 세계를 보고 있는 거야. 내가 경험하는 이 시간은 다른 운동체에서 우리를 보는 외부자의 시선에선 찰나에 가깝겠지만, 이 염병할 탑승객의 시각에선 영원에 가까운 거야. 누가 나를 이따위 놀이기구에 태웠을까? 언젠가 기구가 제자리로 돌아간다면 사람들은 마구 토하기 시작할 거야. 뒤집어진 것에 익숙해져 버렸으니까. 그럼 사람들은 다시 한번 세상을 뒤집어 놓을 거야. 세계가 끝나도 롤러코스터는 멈추지 않으니까.

드르르르 드르르르 숲이 진동했다. 발밑이 따끔따끔해 내려다보니 어느새 내 발가락만치 줄어든 난쟁이 르들이 내 발목을 밧줄로 칭칭 감아 당기고 있었다. 그때 그들 중 하나가, 도끼로, 내 발뒤꿈치를 사정없이 후려쳤다. 몸이 휘는 순간, 비명과 함께 눈이 번쩍 뜨이며 수면을 깨고 의식이 튀어 올랐다.

천장 위로 주가 자라나고 있었다. 부풀어 오르는 그의 머리가 궁륭 가득 차올랐다. 흰 안경테를 코끝에 겨우 걸치고 태아 같은 자세로 몸을 한껏 웅크린 채, 겁먹은 토끼 같은 눈을 부릅뜨고 눈동자를 희번덕거리면서, 여전히 책에서 눈을 떼지 못한 채 과거의 책들을 바라보고 있었다.

그의 손톱만큼이나 작아진 책들을 읽기 위해 주는 세밀화가처럼 돋보기 앞에 활자를 들이대고 눈을 더 치켜떴다. 돋보기보다 눈동자가 훨씬 컸다! 책을 보면서도 그는 쉬지 않고 중얼거렸다. 침대는 이미 납작하게 눌렸고, 그의 몸에 밀리고 있는 구름 소파는 벽난로의 거센 불길 속으로 바싹 붙었다. 완전히 얼어버린 나는 소파 사이에 끼어 소리 없는 절규를 내질렀다. 계속해서 등이 굽는 그가 샹들리에에 머리가 찍힌 상태로 갸우뚱 날 내려다봤다.

"아가, 왜 그렇게 겁에 질린 거야? 피곤해서 그래. 자고 일어나면 괜찮아질 거야. 그렇지! 내게는 히에르미가 필요해. 히에르미를 좀 가져다주겠니?"

소파에 불이 붙는 순간 주가 날 들어 올렸다. 거위들의 아름다운 가슴 털은 재로 변했다. 그의 몸에서 드르륵드르륵 힘줄이 팽팽해지는 소리가 났다.

그가 뭉실한 엄지로 내 머리를 쓸어내린 뒤, 나를 맞은편 복도 끝으로 쭉 밀어냈다. 다리에 힘이 풀려 바닥에 엎어졌다. 비트적비트적 네발로 기어 온몸으로 출구를 밀었다. 육중한 청동 문은 꿈쩍도 하지 않았다. 문에 매달려 미친 새처럼 머리를 박았다. 점점 힘이 빠졌다. 그때 넝쿨처럼 긴 그의 몸 줄기가 뻗어 와 청동 문을 부드럽게 두들기며 밖으로 향하는 길을 내줬다. 그 틈으로 빠져나가며, 마지막으로 뒤를 돌아봤다.

선생의 몸은 잘 발효된 빵 반죽처럼 계속해서 부풀었다. 그의 몸이 빌라를 꽉 채웠다. 불이 그의 허벅지로 옮겨붙었다. 천장에 머리가 눌려 고개를 푹 숙인 주는 여전히 태아 같은 자세로 책장 사이에 끼인 채 책을 잡고 있었다. 마지막 순간, 우리의 눈이 마주쳤다. 그가 그 큰 눈동자를 천천히 옆으로 굴리며 날 바라봤다. 그의 하반신을 따라 번진 불길은 책장을 타고 사방 벽면으로 퍼졌다. 책장들이 한꺼번에 부서졌다. 주의 가슴으로 타오르는 수천 권의 책이 쌓였다. 그가 사랑한 책들이 그의 수줍은 몸을 가려주었다. 재가 되어가는 책에 파묻힌 그의 몸에서 연기처럼 긴 한숨이 흘렀다.

밖으로 빠져나온 순간, 들이마신 열기를 토하고 까무러친 것도 잠시, 쏟아지는 물줄기에 소스라쳐 허겁지겁 젖은 파자마를 뒤집어쓰고 얼굴을 가렸다. 스프링클러가 작동을 멈췄다. 뚝뚝 물이 떨어졌다. 불은 모두 꺼졌고 사방이 캄캄했다. 적막이 이어졌다.

검게 그을린 아치형 창과 전소된 벽면의 금을 따라, 천장의 숨길과 갈라진 지붕의 빈틈을 따라, 외벽 밖으로 삐져나온 본연의 모습을 알아볼 수 없는 주의 몸 줄기가 덩굴처럼 고요하게 빌라를 움켜쥐고 있었다. 소리도 움직임도 없었다. 돔을 감싼 투명한 막 위를 흐르는 밤하늘 별빛과 은하수만이 나를 굽어보고 있었다.

나는 숨을 헐떡였다. 아주 크게 헐떡였다. 숨통을 움켜잡았다. 그때, 나는 곁에 있어달라고 한 선생의 마음을 이해했다. 나무는 있지만 새는 없고, 꽃은 있지만 벌레는 없고, 별빛은 있지만 바람은 없는 완벽한 조형의 세계. 이곳은 무덤이었다. 질식할 것 같은 정적에 심장이 얼었다.

어디로 가야 할까. 누구에게 도움을 청해야 할까. 주를 잃은 나는 이제 어떻게 되는 걸까. 젖은 맨다리가 시렸다. 쌀쌀한 늦가을의 냄새가 났다. 빌라를 감싸며 빙 둘러선 단풍나무들은 타오르는 검붉은 색을 서늘한 밤하늘 위로 흩뿌리고 있었다. 아주 멀리, 7킬로미터 떨어진 지점에서 불꽃이 터졌다. 그날은 1년 중 해는 가장 짧고 밤은 가장 긴 날, 동지였다. 나는 이 어둠이 걷히길 기도하며 깊은 밤을 달렸다.

태양의 탄생을 기다리는 다크다 중심지는 여전히 축제 분위기였다. 파티는 일출을 보며 끝난다. 미치광이들이나 해 뜨기를 기다리지. 안 그래? 주 선생의 투덜거리는 목소리가 들리는 것 같았다. 빛이 밝아질수록 시간이 옳게 되돌아가는 기분이 들었다. 저기 술 취한 선생이 잠들어 있고 나는 얌전히 화장실만 갔다 제자리로 돌아가는 거다. 그럼 우리는 아무 이상한 일도 벌어지지 않은 평범한 세계로 되돌아갈 수 있다. 나는 개구리 왕자를 만난 적도 없고 이름을 붙여준 적도 없으며 함께 걸은 적도 없다. 그 모든 건 꿈이었을까? 나는 정말 그런 생각이 들어 파티장 이곳저곳을 살펴보기까지 했다. 그리고 이 시도가 소용없다는 걸 빠르게 인정했다.

무대에서는 록과 비밥이 뒤섞인 사이키델릭한 쿼텟 연주가 이어지고 있었다. 루시들은 하늘을 향해 고개를 쳐든 채 고장 난 자동인형처럼 베이스의 피치카토에 맞춰 몸을 튕기거나, 전위적인 드럼 리프에 맞춰 몸을 흐느적댔다.

누구에게 무슨 말을 전해야 할까. 내 말을 알아듣기나 할까. 선생은 늘 말했었지. 아가, 주인 없는 길동은 키아네로 돌아가. 너는 영원히 내 곁에 있어. 내가 지켜줄게. 주가 없으면 나는 아무것도 아니다. 입장할 때 받은 은목걸이를 손에 쥐고 만지작거렸다. 보호자가 있다는 표식.

그때, 무대에서 카나리아처럼 노래하던 초록 드레스를 입은 소녀가 공관을 빠져나와 덤불숲을 향해 뛰어가는 걸 발견했다. 나는 기뻐서 거의 소리 지를 뻔했다. 용기를 내서 소녀에게 도움을 청하기로 결심했다. 무엇이든 붙잡아야 했다. 예지를 가진 소녀, 먼 과거와 미래를 보는 소녀, 루시보다도 많은 언어를 할 줄 알고 그들의 사랑을 받는 신비로운 뮤즈. 루시들이 열광하며 둘러싸던 소녀, 그들의 지친 영혼을 치유하고 위로하는 소녀, 저 특별한 소녀라면 분명 내가 어찌해야 할지 가르쳐 줄 수 있을 거다.

나는 소녀의 뒤를 쫓았다. 미로로 된 덤불길 모퉁이에서 사라지는 소녀를 향해 팔을 뻗으며 소리쳤다. "잠깐만." 소녀의 긴 머리가 흔들거렸다. 드레스 자락이 휘날렸다. "잠깐만." 소녀는 자꾸만 모퉁이 너머로 사라졌다. "잠깐만!"

소녀가 순간 멈칫하며 걸음을 멈췄다. 모퉁이 앞에 멈춰 선 소녀가 고개를 돌렸다. 소녀의 얼굴이 날 향했다. 멍한 소녀의 얼굴. 소녀의 얼굴을 보자마자 끔찍한 실수를 저질렀다는 생각이 바로 들었다. 소녀의 얼굴에는 입이 없었다.

파티장의 연주는 점점 더 실험적인 형태로 나아갔다. 선율과 비트의 어긋남에서 오는 긴장감은 불협화음으로, 종국에는 소음으로 변했다. 괴기하고 흉측하고 우스꽝스러운, 악몽 같은 타악이 이어졌다.

"미안. 미안해. 나는." 뒷걸음질 치다 뒤로 엎어졌다. 그

악몽 같은 얼굴로부터 도망치고 싶었다. "미안해. 나는." 소녀가 웃었다. 소녀가 고개를 젖히고 하늘을 보며 웃었다.

그르르 그르르…. 공기가 떨렸다. 그때, 음악이 뚝 끊기고 기분 나쁜 정적이 저택을 휘감았다. 소녀가 나를 향해 달려왔다. 나는 머리를 감싸며 몸을 웅크렸다. 소녀가 내 어깨를 감쌌다. 그때, 엄마 냄새가 났다. 고개를 들어 소녀를 바라봤다. 우리의 눈이 마주쳤다.

입이 지워진 소녀는 일그러진 얼굴로 내게 무슨 말인가를 하려 했는데, 그 눈이 지독하게 슬퍼 보였다. 소녀는 웃고 있지 않았다. 그 순간 나는 향기로운 음식에 취해 무심코 지나쳐 온 순간들이 심장에 박혔는데 가슴이 무너지며 그간에 먹은 찌꺼기들이 한꺼번에 쏟아져 나왔는데 폭포처럼 발등을 타고 흘렀는데….

그르르르쿠쿠쿵쿵, 우리는 동시에 고개를 들었다. 파티장을 감싼 공관들 지붕 너머 얼굴들이 달처럼 떠오르고 있었다. 그들의 무심한 눈동자는 우리를 스친 후 허공을 향해 미끄러졌다. 옥수숫대처럼 자라나는 몸이 건물 벽을 밀치고 하늘을 향해 뻗쳤다. 나는 소녀를 부둥켜안았다. 웃자라는 그들의 몸이 출렁거렸다. 폭풍에 흔들리는 우듬지 같았다.

건물 사이로 작은 르들이 큰물처럼 쏟아져 나와 서로를 밟으며 뛰어다녔다. 이들은 쓰러지고 깔리고 또다시 깔렸다. 어딘가에 부딪혀 대부분이 피를 흘리고 있었다. 등이나 어깨에 커다란 유리가 박혔거나, 팔이 꺾여 뼈가 드러난 르도 있었다. 눈이 뒤집힌 이들은 회칼을 양손에 움켜쥐고 닥치는 대로 사방을 향해 마구 휘두르며 뛰었다. 출구가 그들의 시체로 막혔다.

소녀가 내 팔을 잡아끌었다. 우리는 숲으로 들어갔다. 미로와 연결된 새하얀 자작나무 숲에는 어린 길동들을 수납하는 유리로 된 집이 있었다. 투명한 건물은 우듬지에 매달린 채 새장처럼 떠 있었다. 승강장이 있었지만, 우리는 쓸 수 없었다. 줄기를 따라 난 나선형 공중 계단을 오르는 사이 웃자란 루시들이 공관을 완전히 밀어버렸다. 연주는 끝이 났지만, 그들에게만 들리는 음악이 있는 것처럼 흥겹게 하늘로 고개를 치켜들고 좌우로 몸을 흔들며 숲을 향해 오고 있었다. 마지막 계단을 밟고서 문을 열자, 각자의 요람에 파묻힌 20명의 아이가 보였다. 팔다리가 짧고 눈이 커다란 아이들이 일제히 우리를 쳐다봤다.

아이들은 잠이 채 가시지 않은 눈을 껌벅였다. 그때, 거대한 몸 줄기가 유리 벽을 스치고 지나갔다. 몸들이 투명한 사방의 벽을 감쌌다. 문이 꽝 닫혔다. 일렁이는 그림자들이 연속적인 음영을 만들었다. 아이들의 입이 벌어졌다. 바닥이 뒤틀리기 시작했다. 아이들이 엎어졌다. 진동을 흡수한 몸은 이로 딱딱딱 소리 내며 떨었다. 아래로부터 바닥을 밀고 올라오는 떨림이 느껴졌다. 쩍, 벽에 금이 갔다. 닫힌 문을 밀어

내려던 소녀는 담요를 뒤집어쓰고 유리 벽의 금을 향해 돌진했다. 팔꿈치를 박아 넣자 창이 쪼개지며 건물 한편이 무너져 내렸다. 허공으로 흩어지는 파편들 사이로 버드나무 가지처럼 가늘고 긴 루시의 몸 줄기가 폭포처럼 흩날렸다.

바닥 끝에 선 소녀가 담요를 챙기고 아이들을 향해 팔을 뻗었다. 소녀의 팔 아래로 피가 흘렀다. 아이들은 애착 담요를 고집스럽게 움켜쥔 채 각자의 요람에 파묻혀 꿈쩍도 하지 않았다. 꿈속에 있는 얼굴이었다. 악몽에서 깨어나기를 기다리는 표정이었다. 바닥이 울렁거렸다. 더는 기다릴 수 없었다. 소녀가 웅얼거렸다. 나는 손에 잡히는 대로 애들을 움켜잡고 요람에서 밀어냈다. 한 아이가 숨을 헐떡이기 시작했다. 그 옆의 아이가 울음을 터뜨렸다. 꿈이 아닌 걸 알아챈 울음이었다.

반대편에 있던 아이가 기울어지는 요람을 빠져나오려다 엎어지고 금 간 유리 바닥에 얼굴을 박았다. 아이는 몸을 일으키려고 버둥거렸다. 아이의 얼굴에서 코피가 흘렀다. 바닥이 더더욱 기울었다.

몸이 끝으로 밀리는 순간, 소녀가 담요로 날 끌어안았다. 그 부드러운 냄새에 코를 묻었다. 내 생애 가장 따뜻한 축복이었던 그 냄새를 맡았다. 다시 맡을 수 없는 그 온기를. 주 선생의 말이 옳았다. 외부에서 볼 때 그것은 순간이겠지만, 내게는 영원에 가까운 냄새였다. 영원히 나와 함께할 냄새.

A.L. 450 깊은 밤을 날아 너에게

내 영혼에 스며든 냄새. 누가 나를 이따위 롤러코스터에 태웠을까.

건물이 기울어지며 우리는 굴러떨어졌다. 소녀가 내 몸을 붙들었다. 나도 함께 붙들었는데, 품에서 온기가 쑥 빠져나가며 소녀의 몸이 공중에 떠올랐다. 루시의 팔에 걸린 소녀가 휘릭 허공을 날았다.

좌우로 몸을 흔드는 루시가 하늘 높이 팔을 뻗었다. 소녀의 몸도 덩달아 뒤집히며 하늘 높이 붕 떴다. 소녀의 발아래 은하수가 빛났다. 천구가 가까워졌다. 루시가 한 번 더 팔을 휘젓자 새처럼 날아올랐던 소녀는 60미터 높이에서 호를 그리며 아래로 추락했다. 루시는 그들 발자국으로 폐허가 된 땅을 밟으며 다시 천천히 걸어 나갔다.

돔을 가득 채운 루시들이 하늘을 향해 팔을 뻗었다. 그들의 손끝이 돔 천장에 닿았다. 손바닥을 펼쳤다. 나는 소녀가 날아간 하늘을 쫓으며 흐려지는 의식 속에서 눈을 감았다가 떴다.

자라나는 그들의 손이 천구를 가렸다. 혜성을 가렸다. 성단과 성운을 가렸다. 1등급 항성을 가렸다. 돔을 감싼 얇은 막을 들어 올렸다. 암니온, 옅은 보호막에 그들의 손자국이 찍혔다. 새로이 탄생하는 생물처럼, 백조의 심장이 쩍 소리를 내며 갈라졌다. 천구를 관통하던 은하수가 반으로 쪼개졌다. 천구의 불이 나갔다. 싸늘한 바람과 함께 암흑이 찾아왔다.

균열 새로 스며드는 공기의 회전이 불길한 음계를 높였다. 비명을 내뿜으며 돔을 휘감았다. 공습경보처럼 어두운 하늘을 울렸다. 어느 순간 소리가 뚝 끊겼다. 압력이 변했다. 냄새와 온도와 습도, 우리를 감싸고 있던 그날의 공기와 감촉과 밀도, 모든 게 달라졌다.

한없이 가볍고 달콤하던 초여름의 향기는 꿈처럼 날아가고, 짙은 대기가 온몸을 짓눌렀다. 눈을 떴다. 하늘이 찢어졌다. 천구가 무너져 내렸다. 산산이 부서진 별빛이 폭풍이 되어 쏟아졌다. 우리의 별빛이 되어주던 유리가 가시가 되어 눈에 박혔다. 나는 먼지 폭풍에 떠밀려 풀숲에 처박혔다.

그날 우리는 태어나 처음으로 진짜 하늘을 봤다. 녹황색 구름이 깊이를 알 수 없는 늪처럼 무겁게 하늘을 덮고 있었다. 파헤쳐진 수풀 저편에 공관이 보였다. 깨진 창틀에 머리가 끼인 채 빠져나오지 못한 루시들의 팔다리가 무너진 벽을 감싸며 고요히 자라나고 있었다.

죄어 오는 숨을 내뱉으며 덤불을 밟고 일어서자, 저 멀리 웃자란 상체를 출렁이며 지평선 동녘 가장자리를 향해 밀려가고 있는 루시의 물결이 보였다. 한 줄기 빛도 보이지 않는 속을 알 수 없는 밤하늘이었다. 끔찍한 추위가 밀려왔다. 뼈가 얼었다. 감각이 사라졌다. 담요를 끌어안았다. 자꾸만 눈물이 흘러 진득해지는 속눈썹을 담요 자락으로 문질렀다. 눈앞이 흐려졌다.

무너진 트리에 감긴 구슬 전구가 깜박였다. 그 위로 반짝이는 먼지가 하나둘 날렸다. 조명이 점점이 주위를 밝힐 때마다 한 걸음씩 달려오는 흰 먼지가 손등에 닿았다. 그 차가운 알갱이는 소리 없이 사라졌다. 명멸하는 빛에 의지해 깨진 식탁 더미를 헤치며 조심스레 앞을 더듬어 나아갔다.

나는 소녀를 알아봤다. 여름날의 풀잎 같던 싱그러운 초록 드레스, 가슴 중앙부터 피가 번졌다. 몸이 양귀비처럼 붉었다. 나는 몸을 구부리고 소녀가 내게 했듯, 소녀의 작은 어깨를 두 손에 감싸 쥐었다. 진짜 하늘로부터 날아오는 흰 알갱이가 우리 위로 쌓였다. 나는 소녀의 몸 위로 쓰러졌다. 우리의 몸이 포개졌다.

그날 밤 네게 무슨 일이 있었던 건지, 너의 입이 지워진 이유를 묻고 싶었는데. 소녀에게는 입술이 없네. 그의 몸은 죽은 나비처럼 젖어 있네.

그때부터 소녀가 품어온 기억이 내게로 흘러 들어왔다. 세상 가장 밑바닥 깊은 곳, 죽은 나비들이 우물 속을 날아오르는 풍경과 함께, 시간을 거스른 기억이 내게로 날아온다. 들려주오 소녀여, 너의 이야기들을. 네가 숨겨온 너의 말들을. 내가 너의 입이 돼줄게.

서서히 번지는 소녀의 핏자국처럼 젖어드는 눈송이처럼

점점 불어나는 눈발처럼 시린 기억이 하나둘 쌓여갔다. 시린 기억들로 가슴이 아렸다. 그저 예쁨받는 게 세상 가장 큰 기쁨이었던 나는, 그날 이후 완전히 다른 눈을 갖게 됐다.

6장

A.L. 451

입속의 꽃

아이들은 손이 너무 작아서 자꾸만 미끄러지고 빠져나갔다. 아이들의 손이 지는 꽃부리처럼 우리의 손아귀를 벗어나 하늘 가장자리로 날아갔다. 흔들리는 이파리들처럼, 바람에 휘날리는 이파리들처럼, 부서지는 마른 이파리들처럼, 휘모는 겨울바람에 루시들이 몸을 흔들었다. 온 세상이 음악으로 차오르는 듯이, 겨울을 축복하는 차가운 철새들처럼.

인간으로 이루어진 숲을 본 적이 있는가. 몸으로 덮인 세계를 본 적이 있는가. 그때 우리는 그것을 보았네. 그 어두운 숲에 멈춰 섰네. 그날, 죽은 나비들의 기억이 나에게 스며들었다. 그것은 정해지지 않은 어느 날 뜻밖에 피어난 무지개처럼 드리웠다.

기억 속 첫 번째 풍경은 빛이다. 창백한 대기에 잠겨 물결

치는 바다, 적당한 물의 온도. 온몸을 감싸는 포슬포슬한 포말을 뚫고 쏟아지는 빛무리.

두 번째 기억은 하늘이다. 햇살 아래 일산처럼 드리워진 투명한 존재들. 그들은 하나의 물결이 되어 하늘 가득 일렁였다. 나비와 고래, 나무와 꽃과 벌, 자잘한 물고기 떼까지, 머리 위에는 온갖 것들이 헤엄치고 있었다. 바다. 바다. 소녀는 따뜻한 누군가의 등허리에 볼을 붙이고 하늘을 가리키며 옹알이했다.

세 번째 기억은 얼굴이다. 몸이 찢기는 통증으로 열이 오른 소녀의 몸을 붙들고 있는, 퉁퉁 부르튼 여자의 얼굴. 그 여자는 불덩이 같은 소녀의 몸을 끌어안고는 이를 갈며 애원하고 속삭이고 달래고 끊임없이 소녀의 볼을 어루만졌다. 여자의 갈라진 입술 사이로 핏방울이 맺혔다. 나는 그 여자가 아주 오랜 시간 소녀를 품에 안고 울기도 하고 웃기도 했다는 걸 기억했다.

그리고 상어의 긴 한숨에서부터 시작된 어떤 기억이 꼬리를 물고 이어졌다.

나는 눈보라 속에 파묻혀 있다. 눈을 감았다 뜨면 눈보라가 보인다. 눈송이는 바람길을 따라 소용돌이치고 하늘 높이 날아오른다. 누군가 날 끌어 담요로 감싼다. 몸을 일으키고 싶지만 자꾸만 눈이 감긴다.

길은 춥고 사납다. 내 몸은 두꺼운 담요와 비닐로 둘둘 싸여 있다. 숨 쉬기는 힘들지만, 보호받고 있다는 느낌이다. 환각 속에서도 외부에서 온 감각이 느껴진다. 드물지만, 차츰차츰, 선명하게. 이따금 루시들이 지나간다. 그들은 리듬에 맞춰 몸을 흔들며 걷는다.

가끔은 엄마가 보인다. 엄마의 뒷모습은 보일 때마다 내게서 등을 돌리고 있다. 비닐을 뒤집어쓴 엄마는 눈보라 속에서 힘겹게 수레를 끌고 있다. 엄마를 부르려 애쓸 때마다, 엄마에게 팔을 뻗으려 할 때마다, 꿈이라 부르기에는 너무 생생한 누군가의 삶을 다 살아버린 것 같은 여러 갈래의 기억들이 날 이끈다. 나는 맥없이 환각 속으로 끌려 들어간다.

누군가의 인생 속에서도 나는 끊임없이 엄마를 부르고 있었는데 소리는 자꾸만 힘없이 혀끝에 고였다. 한번은 겨우 소리를 모아 입 밖으로 내뱉었다. 다시 의식을 잃기 전에 온 힘을 모아 소리를 냈다. 엄마가 고개를 내 쪽으로 돌렸다. 가까이 다가와 비닐을 젖혔다. 목소리가 들리자 정신이 아득해졌다. 목소리의 주인은 내가 아난이라 부르던 아이였다. 끝없이 춤추던 환각에서 시린 현실로 뚝 떨어졌다. 아난이 끄는 수레 속에서 눈을 떴을 때는 새로운 해로부터 사흘이 지나 있었다.

돔 지하 시설은 밀려드는 사가르로 인해 질식 상태로 밀집됐고 지상은 약탈과 방화가 이어졌다. 루쿨렌투스의 폭풍

성장으로 인한 주요기반시설의 붕괴는 세계를 무정부 상태로 만들었다. 사가르 간의 분쟁으로 상황은 악화했다. 살아남은 작은 인류는 얼결에 도시를 상속받았지만, 힘의 균형이 무너진 세계에서 살아남기 위한 선택을 해야 했다. 유산 투쟁에서 이기거나, 이긴 자의 노예가 되거나, 도망치거나. 뒤집힌 세계를 딛고 거꾸로 일어서려는 광인의 무리가 세를 불리며 도시를 점령했고 광기는 칼날처럼 폐허 곳곳을 파고들었다. 우리는 전운이 감도는 다크다를 빠르게 벗어났다.

대지로 나간 지 나흘째, 얼어붙은 아난의 왼발에서 발가락 네 개가 떨어져 나갔다. 나는 아난을 수레 이부자리에 눕힌 뒤 천으로 그의 발을 싸고 테이프로 고정했다. 발을 가슴보다 높이도록 수레 손잡이에 매다는 사이 아난은 50도짜리 술 한 병을 입에 털어 넣고 기절했다.

수레에 샤워 커튼을 둘러 텐트를 치고 빈 깡통 속에 작은 기름 초를 띄운 뒤 밤새 주위를 살폈다. 돌풍이 곡소리처럼 광야를 울렸다. 귀신이 와도 놀라지 않을 것 같은 밤이었다.

루쿨렌투스는 자신들이 이룩한 지상 최대 규모의 건축물들을 조금씩 침식시켜 나가며 시곗바늘처럼 좌에서 우로, 우에서 좌로 태양의 움직임을 따라 원을 그리며 이동했다. 아무리 보폭이 커도 지구 자전 속도를 따라잡을 수는 없기에, 그들은 지구의 둘레를 빙 도는 대신 조력에 이끌리는 해수처럼 엇비슷한 경로를 반복적으로 맴돌았다. 공전에 따른 태양 고도의 변화에 맞춰 위도상의 경로는 조금씩 변화했다.

먹거나 자거나 뛰어다니며 다른 무언가를 공격하지는 않았다. 그들은 단지 움이 짓누르는 무거운 대기를 온몸으로 감싸듯 자라나는 팔을 치켜들고서 나날이 쇠퇴하는 인류 문명의 잔해 위에 두 발을 내리고 대지의 기운을 흡족하게 빨아들이다가, 어떤 자력에 이끌리듯 다시 묵직한 걸음을 내딛기를 반복했다. 그들의 피부는 투명한 돌기로 뒤덮였다.

동물의 욕구가 소거된 듯, 어쩌면 욕구에서 해방된 듯 보이기도 하는 그들의 단순하고도 자유로운 생태는 종의 퇴행이자 최상의 진보이기도 했다. 우리의 낮은 시선으로 그들을 판단하기에는 사이에 너무 큰 격차가 있었다.

지상에 첫발을 내민 그들의 걸음은 희열에 차 있다. 새하얀 그들의 몸은 태양을 바라볼 때 눈부시게 빛난다. 하늘을 향해 갈라지며 지그재그로 뻗은 그들의 팔은 중력에 의해 흘러내렸다가 또다시 솟구친다. 피부의 돌기가 자라날수록, 그들의 움직임은 눈에 띄게 느긋해진다.

해를 맞이할 때는 동남쪽으로, 해가 기울면 남서쪽으로, 광야가 어둠에 잠길 땐 북서쪽으로, 빛이 감춰진 깊은 밤에는 북동쪽으로. 새벽에 루쿨렌투스는 구름처럼 아주 느리게 움직인다. 걸음 소리는 바람에 묻힌다.

나는 불 앞에서 몸을 말리며 바닥에 대고 낙서를 하다, 우리 위치를 중심에 놓고 루쿨렌투스의 이동 경로를 따라 그리기 시작했다. 바닥에는 타원형으로 회전하는 동그라미들이 겹겹이 이어졌다. 지도를 그리다 문득 깨달았다. 그들은 소용돌이치는 나선을 그리며 서서히 동남쪽을 향해 흘러가고 있었다. 이들은 어디로 가고 있는가?

동이 트고 있었다. 쿵쿵 땅이 울리는 소리가 하룻밤 사이 부쩍 가까워졌다. 이불 속 아난을 흔들어 깨웠다. 루시들이 밀려들고 있었다. 간단히 죽을 데워 삼키고 그들이 지나간 길을 따라 걸었다. 세계가 뒤집힌 지 두 달이 지났다.

우리는 자연스럽게 루시 이동 주기와 리듬을 익혀 무리하지 않고 조금씩, 동남쪽을 향해 이동했다. 타원형을 그리며 회전하는 그들의 경로 반경 중심에 있는 게 가장 안전하다는 걸 체득했기 때문이다. 루시에 휩쓸릴 일도, 낯선 사가르와 마주칠 가능성도 가장 낮은 지점이다. 이곳은 태풍의 눈처럼 고요하다. 무엇보다, 이 대형 인류의 호흡만으로도 대기 움 밀도가 어느 정도 낮아지리란 걸 예측할 수 있었다. 이들은 의도치 않게 우리를 움으로부터 보호하는 방벽이 되고 있었다.

쉴 새 없이 몰아친 폭설로 대지는 얼음장처럼 빛났고 커다란 발자국으로 다져진 지반은 벨벳처럼 반들반들했다. 눈구름이 시드는 바삭한 대기 위로 청색 오로라에 휩싸인 차가운 항성이 떠올라 대지에 들러붙어 있던 마지막 습기를 몰아냈다. 한결 청명해진 공기 속에, 흐릿하지만 분명히 돋아나는 태양의 뿌리가 보였다. 그때에 푸른 베일이 젖혀지며 우리의 뺨 위로 선뜻 빛이 퍼졌다.

우리는 헐렁한 방수 오븐 장갑을 양손에 끼고 힘을 합쳐 수레를 끌었다. 나는 앞에서, 아난은 수레에 몸을 의지하며 뒤에서 밀었다. 짐칸에는 옷가지와 이불과 샤워 커튼, 가공육과 생수와 술, 비닐과 테이프와 잡다한 식기가 쌓여 있었다. 버려진 돔을 뒤져 매일 조금씩 채워 모은 것들이었다.

딱딱하게 얼어붙은 눈길 위로 바퀴는 버석대며 굴렀고, 얇은 가죽신에 여러 겹의 방수천을 덧댄 우리 발은 솜 인형처럼 뭉툭했다. 바퀴에 눈밭이 갈리며 부숭부숭하게 얼음이 일었다.

해가 정수리에 이르자, 녹아드는 눈 속에 숨어서 척박한 땅을 딛던 난쟁이 가시덤불이 흰 담요를 덮어쓴 유령처럼 땅 밑으로 폭폭 꺼졌다. 그들은 증발했다. 눈물을 떨구고 대기로 흩어졌다. 걸음을 딛는 땅이 질퍽해졌다.

다크다를 중심으로 수 킬로미터 간격으로 흩어진 소형 위성 돔들은, 내부로부터 삐져나온 루시의 몸에 휘감긴 채 공중 섬처럼 떠 있거나 깨진 알처럼 지상에 꽂혔다. 일부 돔들은 무리 지어 이동하던 루시의 걸음에 밀려 회전을 일으키다 서로 충돌하고 부서졌다.

지축을 흔드는 폭발 소리와 함께, 멀리서 돔 바닥이 주저 앉았다. 눈 지붕을 이고 있던 돔이 천장부터 쪼개지며 눈보라가 피었다. 우리는 시린 코를 담요 자락에 묻었다.

주저앉은 돔으로 향하는 사이 해가 저물었다. 별이 모두 사라진 밤하늘 위 잿빛 베일에 가려진 만월이 검붉은 색을 띠며 느리고 희미하게 움직였다.

돔 안에서 생장해 온 꽃들이 눈꽃을 뒤집어쓴 채 하나둘 모습을 감추기 시작했다. 우리는 꽃들이 다 증발해 버리기 전에 그 사랑스러운 꽃잎을 모두 잡아 뜯었다. 발아래 흙 속에는 반짝이는 조각품들이 패잔병처럼 파묻혀 있었다. 우리는 그들을 마구 밟고 다녔다.

꽃을 쫓던 우리는 별채에 머리와 몸통이 끼인 채 신체 일부가 하나의 탄탄한 줄기처럼 뻗어 자라고 있는 루시 남자를 발견했다. 그의 거대한 몸 줄기가 갈라진 땅 위로 드리워져 있었다. 그 줄기를 따라가자 엉성하게 기울어진 2층짜리 맨션이 나타났다. 맨션을 파고든 루시 남자의 몸이 떨어져 나간 크리스털 기둥 대신 건물을 지탱했고 발코니를 덩쿨처럼 감아 들어 올리고 있었다. 우리는 그의 몸을 붙들고 2층으로 기어 올라갔다.

맨션에는 그림이 아주 많았다. 유화가 발린 캔버스들을 발코니에 쌓고 시너를 들이부어 불을 피웠다. 발코니 밖으로 샤워 커튼을 둘러 바람을 막은 우리는 누가 먼저랄 것 없이 빠르게 젖은 신발과 젖은 장갑과 젖은 옷가지를 벗어 던지고 알몸으로 불 앞에 누워 몸을 말렸다.

식수 펌프에서는 물이 나오지 않았다. 다행히 물병이 저장고에 가득했다. 우리는 물병을 있는 대로 쌓아놓고 물고기처럼 뱃속이 첨벙거릴 때까지 물을 마시고 얼굴에 들이붓고 천에 적셔 몸을 닦았다.

아난은 생선 통조림에 말린 꽃잎을 한가득 쌓아 올리고 물을 낙낙히 부어 불 위에 얹었다. 국물이 끓는 동안 우리는 100그램짜리 가공육을 두 개 뜯었다. 불길 위로 휘휘 저어 겉을 까맣게 그을린 뒤, 속은 익지도 않은 물컹한 것을 게걸스럽게 씹어 삼켰다. 우리는 동시에 트림했다. 배가 찬 우리는 뜨거운 깡통에 입김을 불어 시린 손과 볼을 데워가며 짙은 꽃 향이 밴 수프를 천천히 마셨다. 아래층 침실 벽면에 끼어 누운 채로 질식사한 루시 여자는 유난히 배가 불룩했는데, 그 때문에 2층의 안쪽 바닥은 대부분이 무너져 있었다.

아난이 불 위로 그림을 하나 더 얹었다. 검은 연기가 날렸다. 그의 발이 주홍빛으로 물들었다. 우리는 불 속을 응시했다. 아난은 깡통을 잠시 불에 올려 데운 뒤 흔들어 한 모금 삼키고 내 손에 쥐여줬다. 나는 아난이 쥐여준 캔을 양손으로 문질렀다.

불길 속에서 무겁게 가라앉고 있는 그의 낯빛이 보였다. 그의 어둠을 잠시나마 걷어주고 싶었다. 그런데도 나는 그가 뭘 두려워하는지 물어본 적이 없었다. 문득 아난의 얼굴에서, 눈동자를 옆으로 돌리며 날 바라보던 주의 마지막이 떠올랐다.

"주는 혼자 있는 걸 극도로 무서워했어. 내가 잠깐이라도 곁에 없으면 굴에 숨은 토끼처럼 몸을 떨었어."

"루시랑 같이 살지, 왜 그랬대. 르를 잔뜩 부려도 될 것을."

"바보야. 혼자 있는 것만큼 서로를 알지 못하는 사람들 속에 있는 것도 고통인 거야. 선생에게는 혼자인 것도, 함께인 것도 공포였겠지. 자기 머리로는 이해하기 힘든 세상 속에 있다는 게 사실은 가장 무서웠을 거야. 그래서 언제나 책을 보고 있었던 거지. 책은 이해하기 위해 쓰인 문장들로 만들어진 존재니까, 선생에겐 가장 편한 소통의 시간이었을 거야. 사람도 각자 해설서가 딸려 있으면 좋을 텐데. 그럼 훨씬 서로를 이해하기가 쉬울 거야. 그 사람이 이해가 안 될 때는 책을 찾아보면 되잖아. 아, 얘는 이때 이걸 이렇게나 잘못 배웠구나! 그래서 이렇게 떨빵한 짓을 하는구나, 하고." 나는 아난의 볼을 세게 꼬집었다.

"어휴." 아난이 내 손을 가볍게 쳐냈다. "너는 설명서가 필요 없겠네. 다 보이니까."

"빛이 있다고 늘 무지개를 볼 수 있는 건 아니잖아. 나야말로 아주 절실히 필요해, 설명서가." 나는 아난을 바라봤다.

펄럭이는 샤워 커튼 너머 초승달 모양으로 드넓게 펼쳐

진 인공 연못을 따라 우리가 밟고 온 조각품들이 보였다. 깨진 원석들이었다. 그들은 장미꽃잎이 모두 사그라든 텅 빈 꽃밭의 맨 밑바닥 어둠 속에서 소곤소곤 빛을 내고 있었다. 아난이 취한 것처럼 고개를 흔들었다.

"이들은 왜 어디로도 가지 못하고 각자의 방에 껴서 서로의 방문을 두들기고만 있을까. 왜 다른 루시처럼 자유롭게 돌아다니지 않고 이곳에 처박혀서 시들어 가고 있을까. 이런 곳에서 먹을 걱정 없이 살았으니 행복했겠지? 너무 좋아서 벗어나기 싫었던 걸까." 아난이 답이 없는 질문을 혼자 중얼거렸다.

"정말 그렇게 생각해?"

"응. 왜 아니겠어?"

수프가 담긴 깡통을 건네받아 뜨거운 국물을 삼킨 아난의 볼이 달아올랐다. 아난은 건더기를 씹는 척한다. 그는 늘 그런다. 나는 진짜 고기를 찍어 아난의 입에 넣어주면서 이야기를 들려준다.

"그러진 않았을 거야."

"왜."

"궁금해?"

"응."

"듣고 싶어?"

"응."

"나도 몰라." 나는 입을 다물었다. 아난이 내 볼을 꼬집으며 어깨를 내 쪽으로 기울였다.

"카, 이 조그만 꼬마 마녀야. 얘기를 해줘. 네 목소리를 들으면 잠이 올 것 같아." 그가 날 부드럽게 끌어당겼다. 그의 표정이 처음 만난 날의 아이처럼 부드러워졌다. 그의 입에서 장미 냄새가 났다. 그의 손에 이끌려 팔을 베고 옆으로 돌아누웠다. 누군가의 얼굴이 칠해진 초상화가 한순간 일그러졌다. 바람벽을 타고 천장을 따라 불그림자가 일렁였다.

남자의 전시회가 있던 날, 둘은 처음 마주쳤어. 저기, 아래 쪽 정원이었지. 남자는 원석을 깎는 사람이었고, 여자는 캔버스에 빛을 더하는 사람이었어. 그날, 남자와 여자는 밤새도록 서로가 좋아하는 것들에 대해 말했어. 남자는 여자를 생각해. 참 나와 같은 사람이라고. 여자는 남자를 생각해. 참 나와 닮은 사람이라고. 반년 뒤 두 사람은 이곳에서 함께 살기 시작했어. 여자는 남자의 섬세함이 지나친 감상주의에서 자기 연민으로, 자기 연민에서 신경증으로 변해가는 걸 참으며 그를 지켜봤어. 남자는 여자의 특별함이 지나친 비평에서 오만함으로, 오만함에서 독단적인 이기심으로 변해가는 것에 환멸을 느꼈어. 마주 볼 때는 익숙해 보이던 서로의 얼굴이 나란히 걷기 시작하면 낯설어지는 이유가 뭘까? 서로가 가고 싶은 길이 달라지기 때문일까? 여자는 앞에서 볼 때는 몰랐던 남자의 옆모습을 보면서 깜짝깜짝 놀라. 그늘 속에 숨겨졌던 차갑고 우둘투둘한 달의 옆면을 핥는 기분을 느끼고 발끝까지 얼어붙어 버리지. 남자는 여자와 함께 있으면 서늘하고 위험한 미지의 공간을 헤매는 기분이 들어. 완전히 지쳐서 잠들어 버려. 처음 만날 때는 좋아하는 것들의 공통점을 보고, 함께 살면 싫어하는 것들의 차이점을 보게 된다지. 좋아하는 것들에 대해 말하던 두 사람은 이제 싫어하는 것과 서로를 진저리 나고 미치게 만드는 것들에 대해서만 말해. 끝없이 늘어나기만 하는 그 싫은 것들의 목록 속에는 종국엔 서로의 존재 자체도 포함돼. 여자는 피를 흘리며 울지만 남자는 돌아보지 않아. 남자 역시 그랬으니까. 둘은 앞모습이 똑같으니까. 남자와 여자는 같은 앞모습을 보며 화해하고 낯선 옆모습을 보며 증오하기를 반복해. 남자는 소리를 질러. 결혼이란 때로 괴물로 자라나 우리를 쥐고 흔들어. 우리는 괴물을 키우고 있었던 거야. 이제 진짜 끝내자고, 떠나겠다고 말하는 남자의 목소리를 들으면서 여자는 생각해. 우리가 처음 데이트하던 날, 서로가 싫어하는 것에 대해 말했다면 우리는 지금 헤어지지 않을 수 있었을까. 그랬다면 끝이 달라졌을까. 어떤 작품을 좋아하는지, 어떤 음식을 선호하는지, 어떤 풍경을, 어떤 기억을, 어떤 색채를, 어떤 냄새를… 그런 의례적인 말들로 상대에 대해 알 수 있는 건 단 한 개도 없다는 걸 여자는 이제야 알았어. 그때 우리가 싫어하는 것에 대해 말했다면, 그랬다면 많은 게 달라질 수 있었을까. 하지만 그날 두 사람은 좋아하는 것들에 대해서만 말했고, 그때 두 사람은 똑같이 생각했어. 참 똑같다고, 참 나 같은 사람이라고. 아직 세상에 싫은 것보다 좋은 게 많은 나이였으니까. 여자는 둘이 처음 만난 날을 떠올려. 남자는 그 뒤로도 떠나지 않았고, 두 사람은 화해와 증오를 반복해.

맨션 건너 별채 작업실에 갇혀 있던 루시 남자의 몸 줄기는 400미터 거리의 정원을 가로질러 발코니와 벽을 타고 넘으며 내실 가까이 다가서고 있었다. 그의 몸은 여자의 작업대와 천장 위로 솟아오른 여자의 부푼 배를, 두들기듯 부드럽게 감쌌다. 아난이 빨아 작대기 끝에 널어 핏물이 빠진 흰 천이 불기를 따라 살랑거렸다. 낮 동안 그의 발을 감싸주던 것들이었다. 몸을 돌렸다. 그의 손이 내 귓불에 닿았다. 머리카락이 그의 어깨 위로 흩어졌다. 발코니 안쪽 방 천장에 아기용 모빌이 달려 있었다. 모빌은 뜨거운 불기와 찬 바람을 번갈아 맞으며 뱅글거렸다. 바람이 일자 천장 위에서 몸을 굽히고 우릴 내려다보고 있는 아난의 그림자가 크게 일렁였다. 네 그림자가 우릴 보고 있어. 아난에게로 팔을 뻗으며 속삭였다. 불을 쬐고 있는 우리 두 사람의 뒤로 여자의 부푼 뱃가죽을 뚫고 튀어나온 아기의, 전혀 앙증맞지 않은 열 개의 손가락이 화단의 꽃처럼 자라나고 있었다.

***

　수레 한쪽 바퀴가 떨어져 나간 날, 얼마 남지 않은 식량을 자루에 욱여넣고 짐보따리를 각자의 지게에 지고 걸었다. 기온이 오르며 건기가 이어졌다. 대형 인류는 몸을 불릴수록 느려졌지만, 그들의 보폭이 넓어질수록 우리의 이동 시간은 늘어났다. 아난은 티 내지 않으려 애썼지만, 자꾸만 오른쪽으로 걸음이 기울었다. 우리는 손을 맞잡고 걸었다.

　날이 지날수록 위성 돔은 드물어졌다. 우리는 물 한 병을 일주일 동안 나눠 먹었다. 눈이 뒤집힌 나는 뭔가 땅에 돋아난 것이 있으면 쪽쪽 빨아 먹고, 아난이 말리기 전에 입에 쑤셔 넣고, 웅덩이를 보면 볼일을 보겠다는 핑계로 아난을 휘휘 내물린 뒤에 몰래 꿀꺽하고, 증발하고 싶어 환장한 사람처럼 아무 물이나 핥아대다 덜미가 잡혀 결국 아난에게 잡아먹힐 듯 혼이 났다. 아난은 언제까지나 루시를 쫓아다니는 건 미친 짓이라고 초조하게 중얼거리기 시작했다. 우리는 마지막 캔을 따 먹고 남은 물 한 방울로 혀를 축였다. 식량이 떨어지고 사흘째에 먼 곳에서 빛나는 외따로 떨어진 초소형 돔을 하나 발견했다.

　그곳은 묘하게 음습하고 서늘한 기운이 가득했다. 나는 아난을 말렸다. 아난은 금방 둘러보고 오겠다며 기다리라고 고집을 부렸다. 절뚝이며 힘겹게 멀어지는 아난을 두고 볼 수 없었던 나는 결국 그의 뒤를 쫓아갔다.

부력을 잃고 폭삭 주저앉은 돔은 가장자리가 약간 깨졌지만 형태는 온건했고 안에는 1.7헥타르에 걸쳐 해자의 형태로 깊게 파인 수영장이 새하얀 대리석 저택을 멀리 둘러싸고 있었다. 우리는 깨진 가장자리 구멍을 통해 조심스럽게 돔 안으로 들어갔다.

돛 모양으로 구부러진 둥근 지붕은 빛을 반사하며 날아갈 듯 사선으로 기울어 있었다. 차양을 두른 지붕과 같은 모양의 선베드가 장기판 기물처럼 가로 늘어서서 물기 한 줌 없이 말라붙은 수영장 바닥을 물끄러미 굽어보고 있었다. 오리, 물고기, 열대 과일 모양을 본뜬 물놀이용 고무 튜브는 쪼그라든 상태로 야외 부스에 처박혀 있었다.

수영장 바닥에는 껍질이 말라비틀어진 도토리들이 펼쳐져 있었다. 해자 다리를 건너자 창백한 백색 보도 위에 우리 몸집만 한 도끼가 하나 떨어져 있었다. 나는 녹슨 날이 박힌 도낏자루를 양손으로 움켜잡았다.

저택에는 지붕에 막혀 성장이 멈춘 루시 남자가 하나 있었다. 그는 주방과 식당, 응접실 공간 전체에 걸쳐 몸이 끼인 상태로 메말라 있었다. 그의 몸을 더듬었다. 아무런 돌기 없는 신체 말단이 딱딱하게 쪼그라들어 있었다.

그때 토독톡톡 문을 두드리는 소리가 났다. 뒤를 돌아본 아난이 벽이 뒤틀린 탓에 틈이 벌어진 벽장을 향해 다가갔다. 나는 도끼날을 세우고 그의 옆에 붙었다. 아난이 작대기 끝으로 문을 젖히자 도토리가 쏟아졌다. 도토리와 술병이 벽장 가득 쌓여 있었다. 긴장하고 있던 우리는 동시에 웃음을 터뜨렸다. 찢긴 박스 사이로 암갈색 열매가 흘러내렸다.

아난이 벽과 남자의 몸 사이를 비집고 들어가 조리실 선반을 뒤지는 사이 나는 망을 보며 술병을 주워 모았다.

그때 멀리서 흥얼거리는 노랫소리가 울렸다. 취한 듯한, 넋이 나간 듯한, 거리낄 게 없는 사람에게서 나는 기분 나쁜 소리. 소리는 빠르게 선명해졌다. 나는 신호를 주며 아난을 끌어당겼다. 해자 너머로 열댓 명의 검은 머리들이 보였다. 이들은 쇠몽둥이와 해머를 보도 위로 질질 끌며 수영장을 지나 저택을 향해 오고 있었다. 목줄을 찬 벌거벗은 여자들과 아이들이 그 뒤를 따랐다.

나는 도끼를 치켜들고 곧장 루시의 옆구리를 찍어 갈랐다. 살갗 사이로 누런 체액이 흘렀다. 우리는 짐 보따리를 그 안에 쑤시며 만든 틈으로 루시의 몸속에 들어갔다. 잠시 후 주위가 요란해지며 남자들의 목소리가 쩌렁쩌렁 저택을 울렸다. 광인들은 킁킁 냄새를 맡고 주위를 살피며 건물 주위를 여러 바퀴 빙빙 돌았다.

그들은 가구들을 모두 집어던진 뒤 수영장 바닥에 불을 피워놓고 놀았다. 반나절 동안 망치로 건물 벽과 통창을 깨부수고 먹을 걸 마음껏 꺼내 먹었다. 날이 어둑해지자 스러진 터 위 궁륭처럼 봉긋이 솟은 루시의 몸에 술 한 병을 뿌린 그들은 곡식을 그릇에 담아 절을 올렸다. 아이와 여자들도 뒤따라 절을 올렸다.

우리는 루시 거죽을 뒤집어쓰고 손을 맞잡은 채 죽은 듯 누워 있었다. 우리를 둘러싼 해자가 온통 불구덩이였다. 밤새 술을 마시고 웃고 떠드는 소리가 이어졌다. 그들의 술 취한 노랫소리가 쩌렁쩌렁 돔 하늘을 울렸다. 아이와 여자들도 따라 웃었다.

끈적한 체액이 얼굴을 타고 흘러 입술에 뱄다. 우리는 계속해서 침을 뱉었다. 아주 떫고 시큼한 맛이 났다. 사흘을 굶은 우리는 정신이 혼미해진 사이 서로의 얼굴에 묻은 체액을 빨아 먹고 있었다.

깊은 새벽녘 코골이 하는 소리가 울려 퍼지자 아난이 날 흔들었다. 우리는 조용히 루시의 몸에서 기어 나왔다. 모닥불 주위에 천막을 치고 여기저기 널브러진 채 잠든 그들의 팔과 다리가 보였다. 배낭을 끄집어내 둘러메고 천천히 한 걸음 두 걸음 그들 사이를 가로질렀다.

그때 수영장 사다리에 사슬로 묶인 여자들이 보였다. 나는 홀린 듯이 다가가 사슬을 풀어주려고 했다. 그때 아난이 강하게 내 손목을 붙잡았다. 혀가 없는 여자들이, 구멍 같은 입을 벌렸다. 침이 거미줄처럼 엉겨 붙은 입이 벌어졌다. 아난이 날 끌었다. 잠에서 깬 여자들이 우릴 보고 있었다. 두 눈을 동그랗게 뜨고 우릴 쳐다보고 있었다. 아난은 그들이 쫓아오는 것처럼 정신없이 내 손목을 움켜쥐고 뛰었다. 우리는 스스로를 가둔 루시의 무덤으로부터 멀어졌다.

　루쿨렌투스는 높은 인문학적 식견과 통찰을 가졌음에도 타인과 마음을 나누는 부분에 있어서는 지나치게 무능한 종이었다. 그들은 종종 서로의 마음을 오해했고, 외로웠다. 루시 남자는 아내와 아이들이 집을 떠난 뒤 하루 대부분을 누워 지냈다. 그 흔한 르도 곁에 두지 않고 하루 한 번 도토리로 묵을 쑤어 먹고 남은 가루로 술을 담가 마셨다.

　그는 하루의 반을 꿈속에서 보냈고 나머지의 반은 술을 마셨는데, 그 나머지는 도토리를 다듬는 데 썼다. 푹 삶아 며칠을 말린 열매를 조리대 위에 펼쳐 손톱으로 한 알씩 껍질을 깠다. 방문은 모두 닫아두고 조리대 옆에 매트 하나만을 놓고 생활했다.

　그는 몸이 자라기 시작했을 때도 언제나처럼 매트 위에 누워 있었다. 맨 처음 머리칼과 손발톱이 타일 바닥을 파고들기 시작했다. 이윽고 그의 손가락과 발가락이, 팔과 다리가, 어깨와 허벅지가 자라남과 동시에 땅속 깊이 박혔다. 갈비뼈가 활처럼 휘며 가슴이 하늘을 향해 솟구쳤다. 그는 부풀어 오르는 자신의 낯선 몸을 올려다보며 어찌할 생각조차 하지 못한 채 아이들과 아내를 떠올렸다. 그들의 안부를 걱정했고 그제야, 연락할 수 없는 몸이 된 자기 몸을 다시 올려다보며 그제야 연락했어야 했다는 생각, 사랑하고 아끼는 마음이 늘 자기 안에 있었음을 말한 적이 없다는 걸 깨달았다.

그는 선물 상자를 품고 사는 아이였다. 그의 머리맡에는 받지 못한 전화들의 발신처를 기록해 놓은 미수신 전화번호부가 있었다. 노트의 번호들은 지역번호별로 걸려 온 일시순으로 빼곡히 적혀 있었다. 그는 언젠가 그 번호들 전부에 전화를 걸어볼 참이었다. 받지 못한 연락 중 하나쯤에는 그가 간절히 듣고 싶은 목소리가 숨겨져 있을 거라는 희망을 품고 살았다. 그는 고래 껍질처럼 떠밀려 올라가는 낯선 몸을 올려다보며, 아직 뜯지 않은 선물을 듣지 못한 목소리를 떠올렸다.

돌풍이 불어 부옇게 먼지가 날렸다. 지붕에 눌린 그의 부푼 몸집은 해안에 남겨진 고래 뼈대처럼 천천히, 마모되고 있었다.

***

우리는 그 음습한 지대에서 완전히 벗어난 뒤에야 걸음을 늦췄다. 거슬거슬한 돌길을 밟으며 물을 나눠 마셨다. 우리의 별이 지는 경계 아래 붉은 흙모래가 휘날렸다. 루시들이 멀리서 되돌아오는 소리가 울렸다. 아난이 물었다.

"걔들은 왜 절을 해댄 거지? 음식까지 놓고 뭘 한 걸까?"

"루시가 신이라고 생각했나 보지."

"신이 뭔데."

"글쎄…. 이 세상을 한 손에 쥐고 흔들 수 있는 존재, 한 손에 움켜잡을 수 있는 존재? 혹은, 너를 살게 한 존재. 살아가게 하는 존재."

"정말 그런 게 있을 수 있을까?"

"신은 너와 연관이 있을 수도, 없을 수도 있어. 신이 있다 한들 믿지 않는다면 아무 소용이 없고, 신이 없다 한들 믿으면 그만이야. 사랑을 믿지 않는 로미오와 줄리엣은 필요가 없지. 사랑을 믿지 않으면 소용없어지는 연인처럼, 믿어야만 존재하는 것들이 있는 거야. 네 마음에 달린 거지."

지구가 스물아홉 번의 자전을 반복하는 동안 우리는 돔 위성 지대를 완전히 벗어나 오래도록 인적이 닿지 않은 황무지로 접어들었다. 그사이 자라난 만월의 그림자가 다시 우리를 따라왔다. 모든 것이 증발한 세계에서 오로지 멈췄다 걷기를 반복하는 거인들의 모습에 아난은 완전히 압도당한 듯했다. 그들이 지나간 자리는 흙이 갈리며 조금씩 조금씩 침식했다.

완전히 식물화한 듯 보이는 그들의 표피는 머리끝부터 발끝까지 여린 돌기로 덮였고, 그들의 팔은 오돌토돌한 덩이뿌리 모양으로 자랐다. 투명한 돌기 위로는 균뿌리가 돋아 새하얀 곰팡이 실을 뽑아내서, 이들의 몸을 백색으로 휘감았다.

곰팡이의 일종인 균뿌리는 루쿨렌투스 유전자를 빨아들여 움에 저항성을 갖는 대신 루시가 양분을 채집하는 일을 도우며 생존한다. 루시는 균뿌리를 이용해 땅과 대기 양분을 더 쉽게 빨아들이고 바람구멍으로 산소를 배출한다. 이 거대 생물은 대기 산소 비율을 증가시켰다.

생물의 유전자는 질투가 심하지. 더 근사해 보이는 다른 종족 유전자의 특징을 모방한다. 수평적 유전자 이동이라고 하지. 그로 인해 한 세대의 놀라운 진화가 급격히 일어나기도 한다. 일종의 생존 전략이다. 구조가 단순한 생물일수록, 이런 일은 쉽게 일어난다. 때로는 종의 절멸에 해당하는 큰 환경적 변화에 부딪혔을 때, 개체 전체가 놀라운 순발력을 발휘하지. 주 선생은 독버섯의 진화를 예로 들어 설명했었다. 유전자는 고정적이지 않다. 매일 인간의 삶이 변화하는 것처럼 유전자의 모습도 변한다.

루쿨렌투스는 뿌리가 솟구친 채 지상에 거꾸로 박힌 나무들처럼 어두운 하늘을 향해 팔을 뻗었다. 바람이 불 때, 그들의 몸은 물속 해초처럼 살랑거렸다. 베일에 싸인 하늘과 구름 위로 치솟는 뿌리를 올려다볼 때면, 수면 아래 공동의 구역으로 침잠해 들어가고 있는 듯한 느낌을 받는다.

짧은 건기가 지나고 하루가 다르게 대기가 축축해졌다. 대지 위로 증기가 피어올랐다. 구름 속에서 번뜩이는 불꽃과 번개로 하늘이 그늘지다 빛이 타오르기를 반복했다. 멀리 지평선을 삼키고 있는 먹구름의 경계 아래 커튼처럼 일렁이는 폭우의 장막이 보였다.

복사열과 증기는 우리가 선 땅을 순식간에 열섬으로 만들었고, 황무지는 무서운 속도로 달아올랐다. 며칠 사이 하늘과 땅, 온 세상이 구름에 먹혔다. 물안개가 차올라 한 치 앞도 보이지 않았다. 세상은 심해에 잠긴 듯 낮과 밤의 경계가 흐릿해졌다. 우리의 별도 구름에 잠기고 갈 곳 잃은 루시들이 제자리에 멈춰 섰다.

"우리도 루시에게 먹을 걸 달라고 빌어보자. 한 번만 절해보자."

"그만해."

"한 번만 해보자. 손해 볼 거 없잖아. 생각해 봐. 쟤네는 예전에도 늘 우리에게 먹을 걸 던져줬잖아. 널 엄청 예뻐했잖아. 안 그래? 네가 하면 들어줄지도 몰라. 자비심이 아주 많은 것들이라고. 게다가 넌 쟤네하고 마음이 아주 잘 통하니까…."

내가 들은 척도 않자, 아난이 열을 내기 시작했다.

"그거 하나 못 들어줘? 그 정도는 해줄 수도 있잖아!"

"그런 게 아니야. 그런 게 아니라고! 이 빵꾸 멍청아!"

자꾸만 멍청한 소릴 해대는 녀석이 미워서 확 떠밀어 버렸는데, 아난은 힘없이 비틀거리다 균형을 잡지 못하고 너무 쉽게 엎어졌다. 그 애는 초점없는 눈빛으로 한동안 멍하니 하늘을 보고 있었는데, 먹을 게 생기면 내게만 줬던 탓에 너무 말라 있었다.

"여긴 아무것도 없잖아. 안 보여? 너는 빌어먹을, 아무것도 없는 곳으로만 가고 있잖아. 너는, 너는, 넌! 너 때문에 나는 병신이 됐는데. 이제는 돌아갈 수도 없는데. 그거 하나 못 들어주는 거야? 왜. 왜. 자존심이 상해서?" 소년의 눈에서 뚝 뚝 눈물이 떨어졌다. 울먹거렸다.

"그런 게 아냐…."

"꺼져버려, 이 쓸모없는 마녀야."

굵은 빗방울이 떨어지기 시작했다. 루시들이 하나둘 주저앉았다.

샤워 커튼을 뒤집어쓴 우리는 루시 등허리를 뒤덮은 타래처럼 얽힌 곰팡이실을 붙잡고 올라갔다. 우리는 그들의 어깨를 지나 바위처럼 단단한 숨구멍을 찾는다. 이들의 몸속으로 바람이 통하는 구멍. 우리는 루시의 숨길 아래 팬 구멍을 비집고 들어가 몇 날을 끌어안고 있었네. 그들의 입속에서는 꽃이 피었네.

입은 산소가 배출되는 숨구멍이다. 포근하고 상쾌하다. 언제나 약간 벌어진 채 움직이지 않는다. 치아, 혀, 식도 같은 구강 내 구조들이 사라졌기 때문인 것 같다. 목구멍에 난 작은 구멍들은 탄력 있는 스펀지 같은 조직으로 채워져 있고, 입천장은 벌집처럼 육각형으로 갈라져 있다. 그때 우리는, 낮에는 밀치고 밤에는 끌어안고 잠을 잤다. 루시의 살갗을 잡아 뜯으면 몸에서 진액이 새어 나온다. 굳은 진액 덩이를 뜯어먹는다. 그것은 사탕이 된다.

숨구멍에는 꽃이 있다. 남자 루시에는 홀씨주머니가 달린 수꽃이, 여자 루시에는 암꽃이 핀다. 이를 통해 그들의 성별을 짐작할 수 있다. 우리는 그들의 입속에 누워 꽃잎을 따먹으며 비를 피하고 더위를 식힌다. 아직 수분이 이루어진 경우는 보지 못했지만 아주 불가능하진 않을 것 같다. 실은 지나치게 서로 거리를 두는 본체들과 달리 이들 꽃가루의 정자는 서로를 만나기 위해 필사적으로 날아다니고 있었는데, 아직 요령이랄까, 수분을 위한 매개체를 얻지 못한 것 같다. 이들에게 입속이란 건 번식하기에는 상당히 난해한 지형 구조임이 틀림없다. 우리는 열매를 맺기 위한 수분의 매개체가 되기로 했다. 비가 잦아들면 우리는 사랑의 꿀벌이 되어 그들의 입속을 열심히 들락거렸다.

우연히 발생하는 사고를 제외하고 이들은 자력으로 서로의 몸을 얽지는 않는다. 같은 극의 자석처럼 일정한 간격을 두고 최소한의 필요에 의해서만 움직인다. 번식보다는 각자의 양분을 채집하고 저장하는 일이 이 종족에게 가장 중요한 일 같아 보였다. 거대한 표면적과는 정반대로 꽃으로 간소화된 이들의 생식기가 그 의지를 말하고 있다.

얼굴의 이목구비와 팔다리 등은 아직 최소한의 윤곽이 남아 있다. 이전 인류의 새하얀 그림자들. 이들의 놀라운 진화 속도를 보면 2, 3세대 후에는, 언젠가 번식에 성공한다면, 영장류였던 모든 흔적이 지워질 것 같다. 할 수만 있다면 야마구치 선생에게 이들 유전자 샘플을 가져다주고 싶다.

루시 몸을 타고 다니는 건 엄청난 체력을 요구한다. 나는 점점 더 기운이 빠지고 몸이 무거워졌다. 소년은 하루가 다르게 어깨가 넓어지고 키가 커졌다. 그의 힘줄 하나하나에는 조각처럼 날카로운 근육이 붙었다. 그는 금세 다리를 절지 않게 됐다. 그는 처음 만난 날의 모습과는 완전히 다른 소년이 됐다. 키가 같았던 우리는 어느새 눈높이가 달라졌다. 나는 그를 점점 더 올려다봐야 했다. 어느새 나는 둥지 속 아기 새가 돼 있었다. 루시의 입속에서 쉬고 있으면 아난이 먹을 걸 물어다 줬다. 나는 종일 조마조마한 마음으로 그 시간을 기다린다.

불과 반년 사이 우리는 완전히 변했다. 습관도, 외양도, 마음도.

비가 쏟아지면 바람구멍에서 잠이 들었다.

그들의 표피는 거슬거슬하고 딱딱했다.

그들의 몸에서는 시큼한 흙냄새가 났다.

비가 오면 둥둥둥 소리가 났다.

그들의 몸을 갉아 먹었다.

우리의 유년은 너무 빨리 지나갔다.

눈 깜짝할 사이 봄이 지나고 여름이 찾아왔다.

어느 무더운 날 루시 입속 그늘에서 나란히 대자로 뻗어 있을 때 아난이 갑자기 고개를 들고 부끄러운 듯 고백했다.

"비웃지 마. 네가 말한 신 말이야…. 나 얘네가 꼭 신처럼 느껴져. 진짜 신인 것 같아. 그렇지 않아? 넌 안 그래? 내 말이 웃겨?"

"아, 미안 미안. 우리 아가 귀엽네."

"이런, 괜히 말했네."

"미안. 신도보다 신이 많은 종교겠구나. 대신 우린 신을 독점할 수 있어. 그거 괜찮네? 아주 마음에 들어." 발그레해진 그의 볼에 뽀뽀했다.

우리는 유랑자들, 수천의 신을 거느린 두 명의 추종자.

수천의 신들에게는 수천의 얘기가 있지.

나는 매일 우리 신들의 얘기를 들려줬다.

그들의 고독과 부끄러움과 누구에게도 고백하지 못했던 소심한 마음들을.

A.L. 451 입속의 꽃

질투와 오만으로 무너진 비열한 마음들을.

사과조차 하지 못한 하찮은 마음들을.

그들은 부끄러움 많은 신, 우리는 열렬한 추종자들.

이 땅을 가득 메운 신, 방랑하는 두 명의 신도.

"카, 꼬마 마녀, 얘기를 해줘." 우리만의 신화가 가득한 땅. 우리는 서로를 독점했다.

비가 그친 날은 갓 찐 찰떡처럼 아름다운 구름이 피어오른다. 흰 가루가 날릴 듯 보송하고 매끈하다. 멀리, 빛을 받아 빛나는 빛의 종족의 이동이 보였다. 그들의 빛이 출렁인다. 고원을 거슬러 오르는 구름처럼. 그들을 움직이게 하는 원동력은 오로지 태양. 하늘이 땅의 기운을 취하고자 빛으로 빚어낸 생물 같다. 그들 이름 그대로의 존재. 우리는 신을 방목하는 게으른 목동이 되어 고원에 누워 있다.

달이랑 지구는 원래 하나의 돌덩이였대. 지구가 어떤 미지의 행성이랑 충돌하면서 튕겨 나간 먼지들이 뭉쳐서 달이 된 거래. 믿어지니? 게다가 예전에는 하늘을 나는 생물도 있었어. 새들, 긴 날개를 가진 짐승들. 그들은 두려움을 감추고 오로지 스스로 힘으로 하늘에 올랐어. 아무리 자라난다 한들 우리는 그들의 발끝에도 미치지 못할 거야. 굉장한 풍경이야.

그 광경을 보고 있어도 안 믿길 것 같아.

우리는 일식을 보고 있었다. 아난이 하늘로 손을 뻗었다. 한여름의 해는 반으로 줄어들고 3분의 1로 줄어들고 점점 작아지다 초승달 모양의 완만한 곡선을 이뤘다. 그제야 우리는 손을 내리고 맨눈으로 태양을 봤다. 그때 아난이 그 거칠어진 손바닥으로 내 이마를 부드럽게 쓸며 말했다.

해가 달 같다.

해의 이면에는 달이 있고 달의 이면에는 해가 있다는 생각, 그 두 개의 돌덩이가 지구를 상대로 공중전을 펼치는 동안 두 개의 이미지는 점점 겹치다 해 같은 달이 생겨나고 달 같은 해가 생겨나고, 하지만 서로의 그림자 때문에 서로를 볼 수는 없다는 그런 생각. 결과적으로 이 두 개의 돌덩이는 하나인 것 같다는 생각.

나는 해와 달이 동시에 떠 있는 천구의 풍경과 폭주하는 대형 인류의 그늘에 선 증발한 존재들의 모습이 다르지 않다는 걸 깨닫기 시작했다. 그 단순한 문장 속에는 마치 세계의 비밀이 담겨 있는 것만 같았다. 왜냐하면 그때 내 눈앞에는, 열쇠가 돌아가듯 찰칵 소리를 내며 세계의 문이 열리듯, 다른 빛깔의 풍경이 펼쳐지고 있었다. 세상은 스테인드글라스에 덮인 듯 반투명한 노란빛으로 일렁거렸다.

그때 나는 달그림자 아래서 피어오르는 유령들을 보았

네. 빛이 환한 허공을 통과하는 것들, 으슥한 그늘 속에 숨어 있는 것들, 좌에서 우로 우에서 좌로 갈라진 지표를 뚫고 대지를 이동하는 것들, 이들은 지상의 공백을 메우기 위해 증기처럼 허공을 채우다 꺼지기를 반복했다. 쓰러지고 문드러지고 자라고 피어오르는 이들의 모습은 숨이다. 이들은 서로의 몸을 끌어안고 붙잡고 휘감고 타고 오르며 점점이 하나로 뭉쳐진다. 안개처럼 미끄러지듯 땅 위를 스치며, 흐릿한 반투명 외피를 가진 흰 코끼리 행렬 같은 것들이, 차례로 떠오른다. 먼지처럼 빛난다.

증발하는 모든 것이 하늘로 올라가네. 그들은 부서진 대지를 유영하며 하늘 끝에서 점차로 경계가 허물리고 비눗방울과 같은 덩이가 되어, 대기를 타고 빠르게 상승한다. 방울의 표면을 따라 경계가 무뎌진 형상들이 빙글빙글 공중을 회전한다. 그것은 아주 작은 지구 같아 보인다. 숨은 해일이 되어 하늘을 채운다. 물속을 떠다니는 공기 방울처럼, 투명한 것들이 숨의 바다를 두둥실 떠다닌다. 한낮에 떠오른 달처럼 비현실적으로 보이지만 분명히 존재하는 것들. 자잘한 것들, 하늘을 헤엄치는 것들. 꿀렁꿀렁 하늘을 유영하는 상어가 지나간다. 나는 그것을 바나라 부른다.

나는 이 모든 풍경을 올려다봄과 동시에 내려다보고 있었다. 공중에 거꾸로 매달린 것처럼 속이 울렁거렸지만, 내가 느낀 감정이 단지 공포와 전율만은 아니었다. 나는 그들

각자에게 애착을 느꼈다. 이름도 얼굴도 모를 그들 하나하나가 거대한 의미를 지닌 존재들처럼 느껴졌다. 끌어안고 입을 맞추고 싶을 만큼 소중했다.

해가 질 무렵의 빛깔이 따뜻하다고 느끼는 건 빛이 떠날 것을 알기 때문이다. 빛이 없는 긴 밤의 추위와 고독을 알기 때문이다. 나는 이 세계에 사랑을 느꼈다. 증발하는 세계를 끌어안고 싶었다. 연약한 것들, 부서질 것들을. 아난의 손을 붙잡았다. 내가 공중을 한 바퀴 돌아 무사히 안착할 때까지. 하지만 이 놀라운 세상에서 가장 놀라운 일은 이거야. 세상이 모두 뒤집혔는데도 너 하나는 똑바로 보여, 이런 일은 어떻게 일어나는 걸까. 우리가 같은 하늘을 올려다볼 수 있을 때까지, 두 손을 포개놓고 있었다. 손을 꼭 잡고서 서로의 눈을 바라본다. 순간 얼굴이 붉어진 아난이 눈동자를 굴리며 그 큰 손으로 내 눈을 덮어버린다. 그의 손은 따뜻했다.

달을 벗어난 태양이 매끈한 호를 그리며 좌에서 우로 하늘을 넘어간다. 세계가 울린다.

페이지를 넘기듯.

또 한 장의 하루가 넘어가는 것처럼.

우리는 루시의 몸 줄기를 쳐내 불을 피웠다. 잘린 단면에서 노란 물이 줄줄 흘렀다. 입에 갖다 댔다. 맛은 쓰고 비리지만 너무나 달게 마신다. 빈 깡통에 한 방울도 남김없이 액을 털어 내고 쌓인 루시 몸 줄기에 불을 붙인다. 짚불 냄새가 코를 찌른다. 불을 헤집어 끄고 검게 탄 껍질을 벗기자 뽀얀 속살 위로 육즙이 흐른다. 우리는 말 한마디 없이 허겁지겁 그것을 뜯어 먹는다. 비릿하면서 쫄깃하고 고소한 불맛이 났다.

우리는 하나의 물이 되어 출렁이고, 비가 오면 함께 몸을 웅크리고, 날이 좋을 때는 서로의 손을 붙잡고서, 걸었지. 걷고 또 걸었지. 온 세상에 대기에 모든 공기에 얼굴을 파묻는 느낌이었는데. 세상 끝까지라도 갈 수 있을 것 같았는데. 두려움이라고는 없었는데. 서로를 잃는 것 말고는 잃을 게 없는 아이들이었으니. 손을 맞잡으면 단 하나의 우주를 손에 쥘 수 있었으니. 이가 녹아버릴 것만 같은 세상에서 가장 달콤한 우주를.

다섯 차례 태풍이 지나가고 날이 잠잠해졌다. 숨죽인 루시들 사이로 몸을 일으키는 루시들이 늘었다. 그들이 걸음을 옮기면 쿵쿵 땅이 들썩인다. 자기들만의 음악이 있는 것처럼 은밀한 리듬에 맞춰 몸을 흔들며 걷는다. 완전히 헐벗은 우리는 그들의 몸 줄기를 이리저리 타고 다녔다. 나는 토하는 날이 많았다. 아난은 몸이 처지는 날 업고 다녔다. 루시의 움직임에 익숙해진 아난은 날 업고도 그들과 한 몸인 것처럼 가볍게 움직였다. 아흐레가 지나자 운무가 걷혔다. 태양이 황경 135도에서 눈부시게 되살아났다. 달구어진 대기 속에 지반은 들들 볶이고 우리는 검게 익었다. 루시들이 휘영청 자라나는 소리에 해뜨기 전부터 놀라 잠에서 깼다. 그날이 입추였다.

루시들은 떠오르는 해를 왼편에 두고 지는 해를 오른편에 끼고 이동했다. 온 세상이 벌거벗은 흙빛 땅이다. 용암처럼 치솟는 붉은 물이 루시의 무릎까지 흘러넘친다. 그들은 오래전 곡창 지대였던 대평야를 넘어 산맥의 골을 짚으며 남쪽 고원으로 향한다. 물이 차오르는 남쪽 땅에 이르자 동서를 가르는 넓은 강을 세 걸음에 건넜다. 곧 해발 2,000미터 높이 편마암으로 다져진 깎아지른 돌산이 우리 앞을 가로막았다. 루시들은 물줄기가 쏟기는 깊은 골을 짚고 층층이 쌓인 편리를 쓸어내리고 찬찬히 땅의 기운을 빨아들이며 능선을 따라 나아갔다. 운해에 잠긴 봉우리들이 섬처럼 떠오르고 시린 달빛이 가까워졌다.

고원 위로 꽃이 피듯 태양이 떠오른다. 온 세상이 눈 아래 잠긴다. 구름 위를 넘나들며 크고 작은 수백 개의 고개를 넘고 모랫길에 이르자 지반이 만으로 완만하게 꺾여 들어가며 물을 맞이했다. 동쪽으로 끝없이 물이 흘렀다. 물은 지반과 하늘 경계 끝까지 가득 담겨 있었다. 엄청나게 많은 물이 하나의 운동성을 따라 이끌리고 있었다. 물이 밀려오고 되돌아갔다. 우리는 넋을 놓고 바다를 바라봤다. 그 환상 같은 춤을 향해 손을 뻗었다.

 루시들의 발이 파도에 젖었다. 루시들이 하나둘 바다를 향해 걸어 들어갔다. 인지한 순간 눈 깜짝할 사이 물이 그들 허리까지 차올랐다. 아난과 나는 동시에 서로를 바라봤다. 내릴 타이밍을 완전히 놓쳤다. 자신감이 붙은 탓에 루시들의 속도를 무시하고 있었다. 순식간에 그들 가슴팍이 물에 잠기고 우리 발밑까지 물이 솟구쳤다. 높은 파도가 루시의 턱을 때렸다. 따가운 물이 우리 얼굴을 쳤다. 아난이 날 끌어안았다. 물에 밀렸다. 몸이 뒤집혔다. 엄청난 힘에 휩쓸리며 우리는 깊은 소용돌이 속으로 빨려 들어갔다. 그때 나는, 아난의 손을 잡고 있었던가.

 당시 자주 꾸던 악몽이 있었다. 우리는 어두운 숲에 서 있다. 그 캄캄한 숲에서, 아름다운 아난의 얼굴에 그림자가 드리워진다. 숲이 흔들리는가, 싶더니 아난이 뒤돌아선다. 그는 달린다. 검은 나무둥치들 속으로 사라진다. 나는 그를 필사적으로 쫓아간다. 나보다 훌쩍 커버린 그는 너무나 빠르게 멀어지고, 그의 모습이 나무들 사이로 보이다 사라진다. 일제히, 나무들이 공중으로 훌쩍 떠오른다. 나무라고 생각한 건 걸음을 내딛는 대형 인류의 다리. 하늘이 열리고 사방에서 빛이 쏟아진다. 나는 아무도 없고 아무것도 없는 땅 위에 혼자 서 있다.

그 길에서 우리는, 붙잡을 것이 없어 서로를 안았던 걸까. 그는 붙잡을 것이 필요해 내 손을 잡았던 걸까. 언젠가 다시 만나게 된다면 물어보고 싶은데, 그는 답해줄 수 있을까. 아난의 시간을 볼 수 없다는 것은 늘 나의 불행이었다. 그의 시간이 아직도 나와 연결돼 있기 때문일까. 그가 더는 이 세상에 존재하지 않기 때문일까. 그 나직한 목소리로 그때처럼 이 마녀야, 라고 불러준다면, 이상한 주문을 만들어서 웃게 해줄 수도 있을 텐데.

살라야, 이 말도 안 되는 세상에서 질량보존의법칙을 무시하고 계속해서 커지기만 하는 것이 단 하나 있단다. 그것은 사랑이야. 사랑은 증발하지 않는다. 내가 너를 사랑한다고 말하면, 그건 오늘보다 내일 더 많이 널 생각할 거란 뜻이다. 네가 내 눈앞에서 사라진다고 해도.

내가 그 말을 했던가. 우리는 정말로 무지개를 본 적이 있다. 해가 기우는 하늘 반대편에는, 아래가 반쯤 지워진 상현의 달이 인장처럼 찍혀 있었다. 그때 완벽한 곡선을 가진 일곱 빛깔 선형의 띠가, 하늘 위로 드리워졌다. 그 놀라운 것을, 숨을 쉬면 날아가 버릴 것 같은 그 꿈같은 무늬를, 우리는 숨죽이고 바라봤다. 무지개는 쉬 날아가지 않고 한동안 우리 곁에 머물렀다. 루시들이 그 아랫길을 통과했다. 그때 정적 속에서 아난이 눈을 환하게 뜨고 갑자기 외쳤다.

"그래. 맞아. 신은 진짜 있는 거였어. 이 우주가 신이야."

"아이참, 신 되게 좋아하네. 신 마니아야? 그래. 이 우주는 신이고 우리는 버려진 이민족이지." 나는 비아냥댔다.

"아니야. 내 말을 들어봐. 항상 궁금했거든. 저들이 어디로 가고 있는지. 우리가 지금 뭘 하고 있는지. 이 길에는 분명히 이유가 있을 거라고. 고통에는 의미가 있을 거라고. 그래, 이제 알겠어. 쟤네는 신을 보러 가고 있는 거야. 돌아갈 곳이 있다는 건 정말 멋진 일이야. 우리도 가게 될까? 어떤 놀라운 걸 보게 될까…. 이 세상은 참 대단하다. 그치?"

그의 얼굴이 천진한 기쁨으로 빛나고 있었다.

나는 당분간은 비가 오지 않겠구나, 그런 심드렁한 생각을 하고 있었는데, 또 무지개는 빛의 굴절과 반사일 뿐 신과는 아무런 상관이 없다고 말하려 했는데, 입을 다물었다. 목이 막혀서.

"바보야. 또 왜 울어." 아난이 내 머리를 끌어당겨 그의 가슴에 기댔다.

아주 오랜만에 듣는 아이 같은 목소리였다. 그 막막한 유랑의 길목에서 그가 찾아 헤매던, 그토록 품고 싶어 한 수줍은 희망을 버리게 하고 싶지 않았다. 누구에게나 작은 새는 필요하니까. 나 역시 그의 말이 믿고 싶어졌다. 무지개는 그만큼 아름다웠다. 아난, 너는 지금 신을 만나러 가고 있니.

7장
개동 151~172

검은 강

우리는 검은 바다로 빨려 들어갔다. 물에 잠긴 협곡, 지구 내부로부터 가스가 분출되는 뜨거운 구멍 위로 검은 연기가 치솟는다. 활화산처럼 끓어오르고 튀어 오르고 요동친다.

매끄럽고 부드러운 연체 생물군. 빛을 내는 선형의, 수십 개의 다리를 가진, 눈이 없는, 딱딱한 껍질 속에 숨은 여린 것들. 길쭉한 관 모양의 거대 식물군과 자잘한 박테리아. 그들을 감싸고 증발한 것들이 피어올라 숨을 형성했다. 아난은 내 몸을 꼭 붙들고 있었고, 내 몸에는 살라 네가 있었다. 엄청난 압력이 숨통을 조이며 몸을 찢으려던 찰나, 나는 깨달았다. 나는 입을 벌렸다. 숨을 받아들였다. 증발한 존재들이 나의 몸을 통과해 우리의 숨길을 틔웠다.

우리의 몸은 하나가 되어 공기 방울처럼 부푼 숨 구름 속을 두둥실 떠다녔다. 숨 구름은 짐작할 수 없이 깊은 용암 터널을 지나 해가 뜨지 않는 검은 강으로 흘러 들어갔다. 돌나무가 빽빽한 새하얀 숲 사이 흐르는 골에 이르러서야 구름은 우리를 숨과 함께 뭍으로 뱉었다. 혈에서 눈먼 고기를 낚던 치들이 그물에 걸린 우리를 보고 뒤로 나자빠졌다. 납작하고 눈 사이가 벌어진 조그마한 난쟁이 같은 것들이 우릴 둘러싸고 관찰했다. 오랜 세월 어둠이 스민 그들의 눈알은 얼굴 양 옆으로 불뚝 튀어나와 있었다.

우리는 그물에 감긴 채 외발 수레에 실려 등롱이 켜진 수천 개의 어두운 혈을 지나, 사방 벽면 전체가 발광버섯의 갓으로 번쩍거리는 회당으로 옮겨졌다. 눈에서 빛이 나는 동물, 부드러운 갈색 털을 가진 낭쥐가 조심스럽게 다가와 코를 실룩거리더니 빳빳이 세운 꼬리 전체를 부르르 떨며 특유의 우아한 걸음으로 우리 주위를 한 바퀴 빙 돌았다. 또각거리는 섬세한 발소리가 매끈한 돌바닥을 두들겼다.

어디선가 낭쥐 서너 마리가 어둠을 가르며 따라 나타나 꼬리 끝을 나침반처럼 우리 쪽으로 구부린 채 똑같은 행동을 했다. 낭쥐들이 우리를 모두 살피고 나자 한 노인네가 그늘진 회랑을 지나서 우리 앞에 섰다. 눈꺼풀을 덮을 만치 주름진 피부에 먼지처럼 희뿌연 살갗을 가진 그 노인네는 머리숱도 거의 없었다. 희였다.

"요 요물들이 너희가 마음에 드나 보구나. 네 뱃속에 든

게 마음에 드는 걸지도." 회가 말했다. "세상이 뒤집힌 게야. 그렇지? 내 진작부터 너희를 기다리고 있었다." 회는 긴 담뱃대를 들어 그 끝에 호박빛 진액을 놓고 불을 붙였다. 그의 얼굴을 가린 무지개색 연기가 굴속을 빙글빙글 돌고 바람구멍을 따라 천천히 빨려 나갔다. 단내가 퍼졌다. 회는 웃음기 어린 얼굴로 우리 눈을 지긋이 들여다봤다.

"100살을 넘겼을 땐 앉아서도 세상이 보이더니 150살을 넘기고 나니 이제 그것들이 달려와 말을 걸기 시작하네. 갈 때가 된 게지. 너희가 왔으니 이제 떠날 채비를 해야겠다."

그는 까맣고 만질만질한 흑요석 칼을 움켜쥐고 벽을 뒤덮은 버섯 중 가장 통통하게 살이 오른 것을 골라 머리를 땄다. 버섯갓에 감돌던 밝은 기운이 사라졌다.

"버섯을 먹어라." 회가 버섯갓을 내밀었다.

버섯에서는 기막힌 향이 났다. 종일 굶은 우리는 그것을 통째로 씹어 삼켰다.

"달지? 버섯을 먹은 너희는 모두 개동의 자식이다. 서로의 눈을 보지 마라. 눈을 마주치는 순간부터 마라가 자라난다. 버섯을 먹어라. 일을 해라. 잠을 자라. 내가 종을 칠 때까지."

개동 151년, 아난과 내가 아이이던 마지막 해, 우리는 개동에 입성했다.

지하 깊이 스민 물은 해가 뜨지 않는 검은 강을 이룬다.

개동을 덮은 천장 지각은 숨구멍으로 덮여 있다. 용암의 분출로 만들어진 아기 크기의 배꼽 모양 구멍. 겹겹이 쌓인 무수한 숨구멍들은 미세한 통로를 이루어 빗물을 머금고, 움이 여과된 향긋한 물을 검은 강으로 흘린다. 지하 전체 온도와 습도를 유지시키는 온실의 역할도 한다.

이곳을 지배하는 건 버섯이다. 효소를 이용해 스스로 빛을 내는 발광버섯이 식물을 자라게 한다. 그 빛을 머금고 이끼도 빛을 낸다. 숨구멍을 뒤덮은 버섯 균사체는 살아 숨 쉬는 여과체다. 이들에 의해 검은 강의 모든 생물이 숨을 쉰다.

그리고 투명한 흰빛을 띠는 색이 없는 식물들, 난초들, 부생 식물들. 물속에 잠긴, 마모된 둥근 모래알에서 싹이 돋는다. 투명한 줄기가 뻗어 나와 새하얀 숲이 검은 강을 덮는다. 돌나무라 불리는 이 볏과 식물의 높이는 수십 미터에 이른다. 하루에 1미터씩 자라는데, 여린 순은 그냥 먹으면 아삭하고 물에 익히면 부드러워지면서 비릿하면서도 시원한 감칠맛이 돈다. 속을 풀기에 좋다.

빠르게 움직이는 빛들이 있다. 어둠을 가르는 낭쥐와 돌나무를 타고 천장 끝까지 날아오르는 날도아. 이들의 눈은 언제나 반짝거린다. 낭쥐는 빛을 향해 몰려드는 벌레를 잡아먹고, 날도아는 버섯을 갉아 먹고 향긋한 똥을 밀어낸다. 그것에서는 다시 향기로운 버섯이 자란다. 버섯은 동굴의 모두에게 빛을 주고 양분을 빨아들인다.

검은 강을 떠도는 것들. 물뱀은 속살이 파란색이거나 주황색이다. 가시가 많고 살결이 치밀하다. 쉬이 증발하지 않는다. 새끼손가락 길이의 하늘하늘한 흰 실 같은 것들이 못가에 떠 있다. 평균 길이는 5센티미터. 몸 전체가 하나의 세포로 이루어진 박테리아다. 공중에는 뿌리 없는 식물들이 거미줄처럼 얽혀 있다.

회는 버섯으로 분노와 불안을 잠재우고 동민은 몽롱한 의식 속에 최대한의 수면과 최소한의 의식주를 유지하며 동면하듯 살아간다. 회는 폭주하듯 거대해진 루시가 일으킬 지상의 붕괴를 예견하며 약속의 날이 가까워졌음을 공표한다. 동민은 땅이 열릴 날을 꿈꾸며 행복하게 잠든다.

혈 속에도 단 한 군데 하늘을 볼 수 있는 길이 있다. 과거 지구의 용암이 직선으로 지각을 뚫고 올라간 자리, 용혈이다. 수만 년이 지난 지금에도 용이 꿈틀거리며 솟구치는 듯한 뜨끈한 열기가 느껴진다. 해가 쏟아지면 수직 1,000킬로미터 높이 천공에 자리한 용혈을 타고 빛이 흘러 폭포를 이루고, 비가 쏟아지면 물이 용혈을 타고 흘러 용소를 이룬다. 기상을 관측할 수 있는 유일한 자리다. 천공을 타고 흐르는 빛의 울렁임과 색감을 통해 시간을 파악할 수 있다. 기상 시계를 보고 종을 치는 이를 몽꾼夢꾼이라 이른다. 동민들은 몽꾼의 종소리에 맞춰 일과를 지킨다.

빛이 차오르는 시간은 망시라고 한다. 잠에서 깨어나 의식을 치르는 시간이다.

빛이 사그라드는 시간을 삭시라 칭한다. 삭시가 되면 다시 저녁 의식을 치르고 굴로 들어간다.

망과 삭의 중간은 상시와 하시로 나뉜다. 상시에는 5시간가량 노동하고 수행과 함께 하루 한 끼의 간소한 식사를 한다. 하시에는 16시간 동안 잠을 잔다. 취침과 의식은 모두의 삶에 있어 가장 중요한 부분이다. 이 같은 수도자를 선남자, 선여인이라 이른다.

모두에게는 스스로가 판 각자의 굴이 있다. 그 안에 몸을 뉘이고 혼자 잠을 잔다. 모든 일과는 수행으로 이어진다. 잠자는 것도 먹을거리를 구하는 것도 먹는 것도 수행이다. 몸을 단정히 하는 것과 걸칠 거리를 만드는 것도, 주위를 정돈하는 것도 수행이다.

스타카토처럼 짧고 경쾌하게 종이 울리면 우리는 잠에서 깨어 일과를 시작한다. 짧은 섬광이 사라지고 땅거미 지는 굴뚝 아래 열 번의 종소리가 길게 이어 울리면, 우리는 향기로운 버섯을 삼키고 꿈도 없는 깊은 잠을 잔다.

개동에는 크게 두 갈래의 책이 전승되고 있다.

스스로의 몸을 보호하는 법을 정리한 『개동서』, 그리고 하늘과 땅, 만물의 이치를 밝힌 『읍따서』다. 이 두 권의 책을 쓴 건 나다. 오래 보존하도록 말린 돌나무 종이에 먹으로 글씨를 입힌 뒤 수지를 발라 방부 처리했다.

신령이 깃든 날로부터 시작된 회의 놀라운 여정이 기록된 『개동서』는 강 유역 작은 인류의 대이동과 개척의 나날로 시작된다. 이어지는 내용은 개동의 필수 교양, 생활과 윤리다. 체질과 증상에 따른 뜸치료법과 혈 자리, 몸을 보전하는 바른 자세와 취침 자세 등이 정리되어 있고, 아이를 나이에 맞게 다스리는 법에 대해서도 자세히 설명돼 있다. 법도와 처벌, 예절과 요리법, 올바른 술 담그기에 관한 내용도 있다.

가령 버섯을 삭혀 빚은 술은 갈증을 풀기 좋고 체증과 두통을 없애는 효능이 있어 아이부터 노인까지 두루 마시기 좋다. 버섯 균사체를 두들겨 말리면 아기 포대로도 쓸 수 있는 부드러운 가죽이 된다. 이끼는 당분도 높고 흡수력도 좋아서 밥으로도 쓰고 지혈제로도 쓴다. 증류시켜 술도 뽑는다. 검은 강 진흙을 들추면 젖은 숯을 구할 수 있다. 이것은 이탄, 탄화한 이끼류인데, 불이 붙으면 짙은 연기를 낸다. 평소에는 바람이 통하는 구멍에 놓고 쓰지만, 술을 만들 때는 향을 입히기 위해 부러 밀폐된 구멍에 놓는다. 잘 담근 술에서는 짭짤한 소금기, 시큼한 단맛, 신선한 흙의 향으로 세 가지 풍미가 난다. 이 연기를 거두어 먹을 만들면 검고 반들반들한 윤기가 돈다. 보름간 자란 여린 돌나무 껍질을 벗겨 강에 재운 뒤 돌로 치면 섬유질이 부드러워진다. 이것을 삶아서 거르고 말리면 아름다운 종이가 된다. 껍질을 벗기고 남은 억센 대는 그릇이나 도구로 만들어 쓴다. 달에 하루, 큰 달이 뜨고 건조한 빛이 드는 날에는 다 함께 개동 밖으로 나가 채집을 한다. 이를 율동제라 칭한다. 해안가 습지를 따라 걸으며 한 달 새 땅에 뿌리를 내린 해초와 고사리를 걷어 올리고 흙을 뒤집어 호박을 캐기도 한다. 해초는 쑤어 묵으로 굳혀 먹고 고사리는 빻아서 떡을 만드는데, 고사리 뿌리는 가루를 내어 약으로 쓴다. 열을 내리고 부종을 꺼트리며 호흡을 부드럽게 한다. 아이가 더위를 먹었거나 변을 못 보거나 숨이 찰 때 한 숟갈 먹이면 좋다. 호박은 침엽수의 수액이 땅속에 흘러들어 수백만 년간 굳은 것이다. 무른 것을 녹여 만든 수지는 껌이나 담배로 쓰이며, 증기탕에 녹여 몸을 정화할 때 쓴다. 잘 여물어 투명한 빛이 도는 것은 약재로 쓰거나 때론 몸에 지녀 소중히 간직한다.

    개동은 계율과 출입을 엄격히 보고 통제하지만, 이는 집단 전체를 보호하고 유지하기 위한 방책이다. 여기에 모든 계율을 초월하는 하나의 예외가 있다. 간혹 두드러지게 키가 커지는 사람들이 있다.

    이들은 키가 2미터를 넘기는 순간, 추방된다. 성장이 멈추지 않는 몸집은 붕괴를 몰고 올 부정한 것으로 보기에, 발각되는 즉시 아무것에 손도 대지 못하게 하고, 뒤돌아보지도 못하게 하고, 곧장 지상으로 내보낸 뒤 1년간 모든 입구를 막고 출입을 금한다. 회랑 아치를 2미터 높이로 만들었기 때문에 누구나 모두의 키를 알 수 있다.

***

회는 계급을 나누어 사람들을 분열시키는 방식으로 동민을 다스린다.

임신한 여자들은 최상위 계급이다. 생식 집단이다. 다 함께 아이들을 키운다. 아이들을 가르치고 올바른 동민으로 길러내는 것이 이들의 역할이다. 이들은 노역에서 제외되며 가장 많은 식량을 배급받는다. 아이가 다섯 살이 되면 다시 노역을 해야 하기 때문에 그 이전에 다시 아이를 갖기 위해 노력한다. 떠들 수 있는 건 첫 번째 계급의 특권이다. 애초에 수다 따위는 아기 울음소리에 쉽게 묻히므로. 아이를 열 이상 낳은 어미는 평생 노역에서 빠지고 '수어머니'로 불리며 높으신 분의 대우를 받지만, 대다수는 수어머니가 되기 전 아이를 낳다 죽는다. 동민 전체의 평균 수명은 마흔이지만 생식 집단은 이르면 스물이 되기도 전에 죽는다.

개동은 공동 번식을 중시하기에 짝지은 상대를 소유하는 개념이 없으며 직계 간의 근친 외에는 교접에 제한을 두지 않는다. 어미는 있되 아비는 구분 짓지 않는다. 그 때문에 선 남자는 아이들 모두를 자신의 아이로 여기고 아끼며, 아이들은 선남자 모두를 아비로 모신다.

임신 능력이 없는 동민은 두 번째 계급인 수행자 집단이다. 생식 집단을 보호하고 지원하는 일도 스스로를 돕는 일도 모두 수행이다. 열 살을 넘긴 아이들은 어미의 품을 벗어나 구도자求道者가 되어 자기만의 굴을 파야 한다. 이것이 성년식이다.

'수반니'는 개동에서 함께 지내지만 동민에 포함되지 못하는 이른바 천민이다. 이들은 멀찍이 떨어져서 의식을 참관할 순 있지만 회당 문턱을 넘어 들어올 순 없다. 지능이 떨어지고 힘세고 순한 인삐들을 골라 대대로 교배시킨 집단이다. 수반니는 개동 가장 깊은 곳에 숨어 지내며, 기름과 이탄을 채굴하고 철을 연마하고 굴을 넓히는 등 대부분의 생산과 노역을 담당한다. 할당량을 채우기 위해 깨어 있는 동안에는 쉬지 않고 굴을 파야 한다. 수반니는 새끼를 밴 것들도 똑같이 일한다. 이들은 굴 깊은 곳 가장 어둡고 좁은 곳에서 대부분의 시간을 보내기에 신체적 퇴화의 특징이 두드러진다. 나와 아난을 그물로 끌어 올린 난쟁이들이 바로 수반니라는 것을 나는 나중에 알았다. 이들의 번식은 회의 통제하에 이루어진다. 돼지치기였던 회는 수반니의 개체 수를 조절하는 법에 능통했다.

어느 날, 나는 동민 아이들이 수반니를 대놓고 가축 취급하는 걸 보고 큰 충격을 받았다. 진리에 귀의한다는 자들의 이면은 우습고 하찮았다. 완전히 속은 거다. 나는 당장 떠날 결심을 하고 회를 찾았다. 높으신 분의 위선을 면전에서 까발리기 위해. 존경받는 이들의 아버지인 회는 왜 분열을 바라는가?

"아흐가, 당신의 신은 어디로 갔습니까? 그와의 계약은요? 그가 형제를 가축으로 대하라던가요? 아니면, 한낱 돼지치기가 신이 되기라도 한 건가요?"

"그것은 버러지 같은 마라이니, 다시는 내 앞에서 신을 찾지 마라." 회는 나지막한 목소리로, 조금도 당황하지 않고 빙그레 웃으며 날 바라봤다. 그는 다정한 눈을 가졌지만, 말투는 송곳 같다.

"천민을 무시하고 있는 건 너다. 천민이 없으면 세상이 평등해진다 생각하느냐? 모두가 가난뱅이가 되면, 모두가 부자가 되면, 모두가 대우받으면, 모두가 행복해진다 생각하느냐? 너는 왜 세상이 평평하길 바라느냐? 너는 이 강의 흐름을 거슬러 물이 아래서 위로 솟게 만들 수 있느냐? 바다에서 하늘로 비가 쏟아진 적이 있더냐? 각자의 위치가 다른 건 물이 위에서 아래로 흘러내리는 것만큼 자연스러운 우주의 법칙이다. 그렇지, 이치는 우리가 바꿀 수 있는 게 아니다. 세상의 모든 일에는 스스로 생겨나는 법칙이 있어. 우리는 그 뜻을 따라야 한다. 법칙을 거스르면 독이 생겨난다. 루시를 보아라."

회가 담뱃대에 불을 붙인다. 뭉클뭉클한 연기가 회와 나 사이를 가렸다.

"천민은 이 세상에 꼭 필요한 존재다. 빛과 같지. 소금과 같지. 그들은 이 세계의 위안이다. 천민이 없다면 중산층의 비참함은 지배층을 찌르는 날카로운 바늘이 된다. 하지만 천민이 있어 삶을 위로받고 경각심을 얻어 사회에 헌신할 수 있고 중간자로서의 책무와 역할을 공고히 한다. 누군가의 위에 있음에 매일 밤 감사를 드리며 안도의 한숨 속에 잠들 수 있는 거다. 계층 간의 견제를 통해야만 다수가 만족하는 안전한 사회를 만들 수 있는 거다. 천민은 군대보다 중요한 존재다."

"그럼 천민은 뭘 얻나요? 밟히기만 해도 되는 존재란 것이 바로 높으신 분의 이치인가요?"

"양식을 얻지. 안정을 찾지. 번영을 얻지. 가장 밑에 있다는 건 가장 안정적인 상태란 뜻이다. 떨어질 곳이 없으니 불안할 것도 없다. 매일 뭘 할지 고민할 것도 생각할 것도 없다. 변화할 필요도 없고 무엇이 될 필요도 없다. 내게는 군대가 없으니, 여기 갇힌 사람은 아무도 없다. 저들의 선조는 모두 질서와 규율을 원해서 제 발로 온 자들이었다. 저들은 변화 없는 반복과 무덤 같은 평화를 원한다. 더는 진보의 사슬에 묶인 채 시간에 허덕이며 살기를 원하지 않는다. 나는 저들을 기계에서 인간으로 되돌렸다. 연료에서 인간으로 되돌렸다. 인간으로의 시간을 돌려줬어. 내 평생을 바쳤다. 이 질서를 찾는 데 100년이 걸렸지. 세계는 무질서를 향해 흘러가는 강력한 힘이 있다. 내버려두면 모든 게 뒤틀리고 부서지고 엉망이 돼. 견제라는 인위적인 장치를 통해서만 우리는 질서를 찾을 수 있다. 물이 위에서 아래로 흐르는 걸 거스를 순 없지만, 홍수가 나지 않게 수로를 만들 순 있다. 다수가 안전할 방법을 찾는 것. 그게 내가 해온 일이다. 천민은 아주 오랜 세월 충분히 날 이용해 왔다. 나는 그들이 더럽다고 생각하지 않는다. 그들은 귀하다. 그들은 예쁘다. 너는 그들이 보기 싫은 것이다. 네 눈에 띄지 않길 바라는 것이다. 아름답지 않다고 생각하니까. 추하다고 생각하니까. 빈민을 무시하는 사람은 너다. 모두가 특별한 존재가 되길 바라니? 그것이 너의 평등이냐? 세상에는 꿈꾸지 않는 자도 필요한 법이다. 기꺼이 바퀴가 되어줄 수 있는 사람, 모두가 밟을 수 있는, 흔들리지 않는 땅이 필요하다. 모두가 특별한 존재가 되길 바란다면 모두가 저 잘났다는 듯이 고개 쳐들고 둥둥 허공을 떠다녀야 할 거다. 루시들처럼. 너는 그들의 종말을 직접 보지 않았느냐?"

"그들은 종말을 맞지 않았어요." 나는 눈을 내리깔았다. 회는 뚫어지게 나를 응시했다.

"그래, 그들은 저 위에 있지. 아직도 우리는 그들 발밑에 있고. 이것도 조만간 끝장날 거다. 너는 참 재미있는 아이구

나. 루시를 타고 다녔다지? 그때의 너는 언제까지 루시를 타고 두둥실 떠다닐 수 있을 거라 생각했느냐? 네가 이곳에 남은 이유가 뭐지? 뭘 얻고 싶은 거냐." 회가 날 내려다보며 말했다.

"네 아이가 어떻게 살아가길 바라느냐. 너처럼 언제까지나 두둥실 꿈처럼 떠다니며 환상을 먹고 살길 바라느냐? 나비처럼, 벌처럼, 모든 틀을 벗어던지고?" 회가 미치광이처럼 자지러지게 웃어댔다. 웃다가 사레들렸다.

"너는 네 아이의 생명보다 네 자유를 중요시한다. 나는 네게 묻는다. 너는 여기까지 오는 동안 뭘 했느냐. 그저 사람들을 피해서, 너 혼자만의 자유를 위해 살지 않았니? 누구를 도우려 해본 적이 있니?" 얼굴이 달아올랐다. 내가 도망쳐 온 무수한 얼굴들을 떠올렸다.

"이곳에 흐르고 있는 이 검은 강의 이름은 다나다. 다나의 뜻을 아느냐?"

"보시, 보시의 속말은 희생이겠지요." 나는 입술을 깨물었다.

"그래. 똑똑한 아이야. 기특하구나. 그 말대로다. 인류의 발아래는 언제나 희생의 강이 흐른다. 우리는 희생을 통해 영원히 살아간다. 버림으로써 또 다른 생이 이어진다. 세상은 두둥실 외따로 떨어진 게 아니다. 모든 존재가 연결돼 있다. 이제 나는 너를 알겠다. 너는 네 어미보다 루시를 더 좋아했구나. 네 어미들을 잡아먹은 루시에게 더 큰 동질감을 느꼈어. 그들에게 이쁨을 받는 자신을 우월하다 느끼며 살아왔어. 그런 거였어. 너는 진짜 르로 살아본 적도 없지. 애교나 부리고 단물이나 받아먹는 길동이었겠지. 기생 생물로 살아온 지난 습성을 버리기가 아픈 거지."

그가 손가락을 번쩍 처들고 천장을 가리켰다. "네 머릿속이 복잡한 것 같으니 분명히 다시 말하마. 아니, 저들은 이미 멸종했다. 저 위에 있는 건 그들의 그림자일 뿐이야. 곧 그마저도 사라질게다. 너는 그들을 애도하기 이전에 사람을 보는 법부터 배워야 할 거다. 네 뱃속에 든 건 분명 조그만 인간일 테니. 생각해 보거라."

회는 음파로 지형을 탐지하는 짐승처럼 사람의 마음을 두들기고 그 울림을 통해 상대를 파악한다. 나는 완전히 발가벗겨졌다. 속이 메슥거렸다.

* * *

우리의 삶은 삼등분으로 나뉜다. 의식을 치르고 노동을 하고 잠이 든다. 회는 내가 머무는 동안 아이들에게 글을 가르치길 바랐다. 몸이 무거워진 나는 그의 뜻을 받아들여 보육실에서 다른 어미들과 함께 아이들을 돌봤다. 아난은 선남자, 선여인과 함께 노동과 수행을 배웠다. 우리는 개동의 규율에 맞춰 움직였다. 가끔은 식사를 나누는 공양실에서, 의식을 치르는 회당에서, 아난과 마주쳤다. 나는 아난을 보고, 아난은 날 바라본다. 가끔 우리의 눈이 마주친다.

그때쯤 나는 배가 많이 불렀다. 아난은 그새 키가 많이 자랐다. 두 뼘은 더 커 보였다. 나는 다른 여인들에게 둘러싸인 아난을 본다. 아난은 아이들과 있는 날 본다. 가끔 우리의 눈길이 엇갈린다. 아난은 점점 더 키가 커졌다. 내가 까치발을 들고 올려다봐야 할 때까지.

수만 개의 좁은 혈로 굽이굽이 이어지는 개동은 어둡고 천장이 낮은 곳들이 많다. 머리를 보호하기 위해 동민들은 모자를 자주 쓰고 다닌다. 곁에 있는 여자가 말한다. 저이 얼굴은 참 보기 좋다. 모자를 떠주어야겠다. 다른 여자가 말한다. 저이 목소린 참 듣기 좋다. 모자를 떠주어야겠다. 여인들은 돌나무실을 엮어 각기 다른 빛깔의 모자를 뜬다.

수어머니께서 알려주신 개동의 예도. 마음에 둔 선남자에게 손수 뜬 모자를 주고, 여인의 마음에 응하고 싶은 선남자는 호박을 캐다 바치는 것으로 화답한다. 교접실을 관리하는 접지기가 문을 열어주면 교접이 이루어진다. 개동에서 유일하게 선남선녀가 함께할 수 있는 공간이다. 교접실 외의 공간에서 대놓고 눈과 말을 섞는 건 추방으로 가는 금기라고 수어머니는 여러 차례 당부했다. 아난에게는 아직 모자가 없었다. 나는 수어머니께 뜨개질을 배워 그를 위한 모자를 뜨기 시작했다. 나는 계속 실이 엉켜서 풀고 다시 뜨기를 반복해야 했다.

어느 날, 공양실에 들어갔을 때 선여인들이 아난 주위를 빙 둘러싼 채 고개를 푹 숙이고 있었다. 나는 한 여인이 아난에게 모자를 내주는 것을 본다. 다른 여인도 다가가 아난에게 모자를 건넨다. 여러 개의 모자를 받은 아난은 목부터 귀까지 얼굴이 새빨갛게 달아올라 있었다.

나는 속이 뒤틀려 죽 한술도 뜨지 못한 채 공양실을 나왔다. 의식이 시작되기 전, 회랑 뒤편에 서서 아난을 기다렸다. 선남들 사이 훤칠한 아난이 보이자마자 달려가 그의 손을 덥석 잡았다.

"나가자. 여기서."

아난이 곧바로 내 손을 쳐냈다. 모두가 놀라 우리를 쳐다봤다. 아난이 내게서 서너 발짝 물러섰다. 모르는 사람처럼.

"꿈에서 깨. 그 겨울을 다시 겪고 싶지는 않아. 우리는 아이를 위한 최선을 택할 거야. 너는 그럴 거야." 아난이 말했다. 아난은 말하는 동안 고개를 푹 숙이고 자신의 발만 내려다봤다. 그의 목소리는 싸늘했다. 너무 추워서 눈물이 났다.

내 어린 날의 인내심은 꽃잎보다 얇아 하나의 빗방울에도 부서진다. 그날 내 가슴에 핀 모든 꽃이 송이째 떨어져 나갔다. 의식이 시작된 회당 밖의 개동은 고요했다. 용혈이 번쩍거렸다. 검은 물빛이 망의 하늘을 가렸다. 톡톡 물방울이 떨어졌다. 나는 검은 강을 건너고 수백 개의 혈을 지나 지상으로 이어지는 터널길을 따라, 홀린 듯이 걸었다.

천장 아래 해안가와 맞닿은 굴 출입구 길목에서 나는 잠시 걸터앉았다. 해만을 감싼 검은 암반 위로 우윳빛 수포가 끓어올랐다. 드넓게 펼쳐진 단단한 모래사장 위로 비가 사정없이 내리꽂혔다. 세계를 수평으로 잇는 단 하나의 선이 보였다. 수평선 위로 피어오르는 연보랏빛 섬광이 하늘을 지탱하는 기둥처럼 중력을 거슬러 흘러갔다. 하늘 속에는 또 하나의 바다가 감춰져 있다. 그 바다는 숨이 찬 하늘이 일렁거린다. 숨이 물결처럼 흐른다.

내 곁에는 비상하지 못하는 하루살이 떼가 있었다. 하루살이는 빙글빙글 굴속을 맴돌며 힘없는 날갯짓을 하다 툭툭 발밑으로 떨어졌다. 이러한 부지런한 것들은 생의 모든 에너지를 태어난 하루에 쏟아 번식하고는 굶주리고 쇠약해진 몸으로 날아오를 힘도 없이 흩어진다. 태어나 아무것도 먹지 못했으니, 비와 함께 사라지기를 바랄 뿐이다. 나는 몸을 일으키고 동굴 밖으로 걸어 나갔다. 발아래 물이 넘쳐흘렀다.

나는 멈추지 않고 걸었다. 거슬거슬한 모래 알갱이가 나막신과 발가락 사이를 후벼팠다. 그새 물집 잡힌 피부가 부풀었다. 차가운 공기가 불었다. 빗물이 순식간에 진눈깨비로 변했다. 비가 파도 속으로 사라졌다. 눈물이 눈 속으로 흩어졌다. 서걱거리는 새하얀 얼음 알갱이들이 불룩한 배를 타고 흘러내렸다. 머리카락이 젖었다. 발이 젖었다. 눈썹이 젖었다. 나는 배를 감싸며 숨을 헐떡였다. 나는 아래로 가라앉고 있었다. 하늘을 바라봤다. 발밑에 있던 잡초들이 사라지며, 숨이 피어올랐다. 몸이 얼었다. 그때 등 뒤로 거친 입김이 다가와 내 팔을 붙잡았다. 그는 완전히 젖어 있었다.

다시는 그의 얼굴을 쳐다보지 않겠다고 다짐했건만, 흠뻑 젖은 아난의 얼굴을 본 순간 나는 완전히 무너졌다. 그렇게 슬픈 얼굴을 한 짐승은 한 번도 본 적이 없다. 그는 울고 있었다. 나는 까치발을 들고 팔을 뻗어 그의 얼굴을 닦아주었다. 그는 내 손을 잡고 모포를 덧씌워 가까운 동굴 밑으로 데려갔다.

아난의 넓은 손이 내 얼굴을 감쌌다. 젖은 몸을 닦아주고 어루만져 줬다. 아난은 함께 가자 말했고 나는 고개를 끄덕였다. 떠나자. 예전처럼, 둘이서 루시를 타고 다니자. 루시를 타고 다니면서 세상을 구경하자. 비가 오면 그들의 입속에 숨어 꽃잎을 따 먹자. 날이 좋은 때에는 함께 손잡고 걸어 다니자. 아난은 내 손바닥을 곱게 펼쳐 입술에 대고 약속했다. 그때 네가 살포시 노크했다. 내 배를 두들겼다. 아주 부드럽고 다정하게. 엄마, 나 여기 있어요. 나를 잊지 말아 주세요. 작은 거품 같았던 너의 움직임은 옅은 진동에서 시작해 점점 강해졌다. 그날부터 나는 너를 잊은 적이 없다. 나는 아난의 손을 잡아 둥근 배 위로 끌어당겼다. 아난은 밤새 너를 쓰다

듣어 줬다. 나는 증발하는 대신 너를 얻었다. 너는 내가 증발해선 안 될 이유를 만들어 줬다. 나는 네게 집이란 뜻의 이름을 붙였다. 살라, 너는 나의 지붕이다. 너는 나의 지붕이 되어 줬고 나는 집을 떠나지 않았다. 너는 그렇게 태어났다.

우리는 너의 목숨을 거는 짓은 하지 않기로 했다. 우리는 약속했다. 네가 크면 셋이 함께 떠나기로. 개동으로 돌아간 우리는 아무 일도 없던 것처럼 지냈다. 여인들은 그를 보고 설레했다. 누가 그의 아이를 갖게 될지 내기가 벌어지기도 했다.

나는 아이들을 가르쳤다. 아이들이 글을 읽는 소리가 울려 퍼지기 시작하자 동민들은 내게 가장 좋은 음식을 바치고 아이들을 부탁했다. 가끔은 아난의 따뜻한 시선이 햇살처럼 나를 향했다. 그가 웃고 있다. 확인하지 않아도 느껴진다. 고개를 들면 그가 보인다.

율동제가 열리는 밤이면 우리는 다 함께 검은 해변에 서서 만월을 바라본다. 아난과 나는 남몰래 서로의 손끝을 잡는다. 움이 내리는 하늘의 달은 용혈의 망처럼 흐릿하고 차갑고 아름답다. 나날이 진화 전쟁이 벌어지고 있는 이 숲에서 인간은 가장 무능한 생물이다. 인간에게는 물을 튕겨 내는 막이 없다. 탈수 내성 능력도 없다. 씨앗을 소화해 수분을 만드는 능력도, 소변을 압축시켜 물을 재흡수하는 능력도, 수분을 보존하는 능력도 없다. 그저 자연을 이용해 살아남는 법을 익힌다.

움이 내린 뒤에는 더 빠르게 폭발적으로 번식이 일어난다. 암벽 사이, 바위 밑, 동굴 속, 바람구멍 곳곳에 보물처럼 숨겨진 자잘한 알 속 생명은 천애고아로 태어나 또다시 자신의 보물을 만들어 숨기기를 반복한다. 주어진 시간이 얼마 없다는 걸 이들은 너무나 잘 알고 있다. 유전자는 시계를 더 빨리 감는다. 생명의 시간은 점점 더 짧아진다. 단지 우리에게 필요한 건 손을 맞잡을 수 있는 시간, 서로의 눈을 바라볼 수 있는 시간뿐인데, 시간은 손가락 사이 빠져나가고 무한과 같은 우주의 시간이 멈추지 않는 파도가 되어 또다시 우리를 짓누른다.

이 광폭한 세계에서 연약한 싹을 품고 있는 나는 두렵다. 다리에 힘이 풀린다. 현기증이 난다. 수행도 의식 따위도 모든 짓거리가 공허하게 느껴졌다. 아이들에게 글을 가르치는 일도 심드렁해졌다. 증발하는 세계에서 글 따위가 무슨 소용이 있을까. 교육이 무슨 의미가 있을까. 이들은 왜 아이들에게 글을 가르치고 싶어 할까. 곤충들은 왜 저렇게 모두 하루살이가 되어 번식을 위해 죽고 태어날까.

"영원히 사는 길이기 때문이지. 모두가 그 길을 찾고 있어." 회가 말했다.

회는 언제나처럼 웃음을 머금은 얼굴로 내 얼굴을 들여

다본다. 그는 팔을 뻗어 동그랗게 몸을 말고 곁에 누운 낭쥐의 따뜻한 등허리를 살포시 손에 감쌌다 놓았다.

"똘똘한 아이야. 내 너에게만 진실을 들려주마." 회가 비밀을 말하듯 속삭였다.

"영원히 살고 싶은, 세상에서 가장 작은 신이 태어났다. 그는 먼지보다 작은 신이었고 찰나와 같은 짧은 순간밖에는 살 수 없었다. 캄캄한 어둠 속에 잠긴 이 슬픈 신은 영원을 얻기 위해 자신의 몸을 더욱 잘게 쪼개어 온 세상에 뿌렸다. '날 살게 하라. 어떠한 형태라도 좋다.' 하나의 명령을 흩어지는 몸 각각에 새겼다. 이 먼지보다 작은 삼천대천세계의 몸 조각들은 명령을 완수하기 위해 각자 다른 모습을 만들어 갔다. 주어진 조각들을 가지고 열심히 조합해 본다. 어떤 모습으로 어떤 방식으로 존재해야 가장 오래 신을 보존할 수 있을까? 조각들은 어떤 형태로 존재해야 영원히 살 수 있을지를 시험해 본다. 하나의 재료에서부터 제각기 분화해 온 온 우주 생명이, 신의 이쁨을 받기 위해 노력하고 때로 서로를 시기한다. 이것은 끝없이 바통을 넘기는 계주다. 신의 관심은 너에게 있지 않다. 단지 네가 가진 유전자에 있다. '날 보존하라.' 그것이 우리 몸에 새겨진 신의 명령이다. 우리는 5만 5,152일, 매일 실패하며 살아왔다. 나는 우리 자손들이 더는 시행착오를 겪지 않도록 개동의 지혜를 기록해 두고 싶다. 신의 뜻을 지키고 싶다면 책을 쓰고 글을 가르쳐야 한다.

글은 우리를 영원히 살게 한다."

회는 오래전부터 그들의 역사를 기록하고 싶었다. 기억이 더 흐려지기 전에 흔적을 남기고 싶어 했다. 내가 오기 전까지 개동에는 까막눈들뿐이었으니. 회는 내게 글쓰기를 부탁했다. 낭쥐 털을 뽑아 만든 섬세한 붓을 쥐여주고, 돌나무를 두들기고 삶고 몇 날을 거르고 말려 수지를 칠한 질 좋은 종이를, 윤기 나는 짙은 먹을, 푹신한 자리가 깔린 가장 좋은 방을 내게 내줬다. 수반니들의 뭉개진 손에서 태어난 것들이었다. 종이를 손바닥으로 쓸어내리자 사각거리는 소리가 났다. 나는 그 아름다운 물건들을 놓치고 싶지 않았다. 손을 맞잡는다는 건 이념이 아닌 이해利害에서 온다는 걸 알게 됐다.

그날로 회는 『개동서』의 첫 구절을 읊기 시작했다. 처음에는 그의 말을 받아썼는데 장이 넘어갈수록 그의 말이 닿기도 전에 글이 절로 종이를 적셨다. 어느새 훌쩍 앞서간 글을 읽어주면 눈을 감고 있던 회가 고개를 끄덕이며 회한에 젖은 미소를 지었다.

***

회는 동굴이 처음 열린 해를 개동 원년으로 삼아 연호를 고쳐 쓰게 했다. 개동 27년 초봄 우수, 지진으로 바닷물이 흘러넘쳐 돼지들이 떠내려가고 사람들이 반수는 증발했다. 회는 지하로 통하는 물길을 키우고 방죽을 쌓아 12개의 소와 12개의 탕과 12개의 못을 만들도록 했다. 처음 해수가 흘러드는 상류 소에서는 볼일을 보고, 그 아래 탕에서는 몸을 씻고, 지하수와 섞이는 맨 밑바닥 깊은 못은 민물고기와 풀을 기르는 동시에 식수로도 썼으니 제각기 쓰임을 과학적으로 나눠 만백성이 회수回水되지(물로 돌아가지) 않도록 했다. 정수의 원리를 널리 가르쳐 독은 독으로 빼고 물은 물로써 다스리니 그 뜻이 신묘해 모두 깊이 고개 숙였다. 그해 여름 대서, 살아남은 돼지들이 박쥐로 변했다.

개동 101년 3월 경칩, 지하 천변으로 밀려온 바닷고기들이 뱀으로 변하고 몰려든 새들이 닭으로 변했다. 개동 149년 흰 동짓날, 굴속으로 뛰어 들어온 고양이들이 모두 쥐로 변했다. 회는 이를 땅이 뒤집히려는 상서롭지 못한 징조로 보았다. 회는 지상과 통하는 출입구에 담을 쌓게 하고 제를 올린 뒤, 방비의 뜻으로 시구 한 줄을 지어 담벽에 새겼다.

왕이 머물고 왕이 떠난 자리에
작은 것들이 일어서니 유리광琉璃光
청금빛으로 세상은 바로 서리라.

땅으로 들어간 이들은 대를 이을수록 몸이 줄었다. 몸집이 줄고 눈이 퇴보하니 절로 머리 조아리며 눈물짓는다. 오랜 세월 빛이 없는 세계 속에 살아온 탓에 그들의 움직임은 둔하고 무르다. 이 땅에서의 생이 너무나 여린 것을 알기에 그들은 슬프고, 또한 기쁘다. 아기들은 앳된 어미의 품에 안겨 마른 젖을 물고 잠들어 있었다.

내 여린 싹들이 파초름 부어 있구나…. 회는 어미들을 끌어당겨 새처럼 둥글게 모은다. 천장에 알알이 맺힌 영근 동굴 산호 한 쪽을 뜯어 화로에 달군 뒤 아기들의 인당 자리에 뜸을 놓는다. 이마에 닿는 열기에 놀란 어린것들이 울음을 터뜨린다. 그제야 비강이 트여 얼굴이 화사해진다. 나이 먹은 이들의 입가에 흐뭇한 미소가 핀다. 넓게 벌어진 미간 양쪽으로 불뚝 튀어나온 탁한 눈들이 회를 향한다. 회는 가장 높은 곳에 오른다.

회는 닭이 된 새를 봉황이라 칭하며 으뜸으로 귀히 여겼다. 쥐가 된 고양이들은 낭쥐라 불렀는데 두 번째로 귀하게 여겨졌고 유달리 회의 극진한 사랑을 받았다. 뛰어난 후각을 가진 낭쥐는 훌륭한 굴 파기 도구가 됐다. 아직 털과 똥이 생기지 않은 투명한 분홍빛 새끼는 날로 먹는데, 귀한 별미라 연에 한 번 개동절 경축일에 회에게 바쳐졌다. 집을 때 '냥', 소금에 찍을 때 '냥', 씹을 때 '냥', 세 번 운다 하여 '삼백고'라 불렀다. 성체는 거죽을 벗기고 다 함께 구워 먹기도 했다. 가죽으로 만든 모포와 갓신은 최상품이다.

회는 박쥐로 변한 돼지를 '날도아'라 부르며 아꼈다. 이들이 밀어내는 똥은 빼어난 연료가 되고 그 똥에서 향기로운 버섯이 자라나 개동이 번성하니 세 번째로 귀한 것이었다.

뱀으로 변한 물고기는 '어룡'이라 불렀다. 숭덩숭덩 토막 낸 살점은 해안가 돌무더기에서 긁어모은 소금에 절여 해초 잎을 감싸 암반 구멍 안에 층층이 눌러놓고 식해食醢로 담가 먹었다. 이것은 더운 날 저장해 뒀다 서리 끼는 한겨울 몸이 허할 때 꺼내 먹는 보양식이다.

식사는 하루 한 번으로, 빵은 이끼나 버섯, 해초, 고사리 범벅 한 홉이나 토란 한 덩이가 적당하다. 삶은 토란을 두 손가락으로 손톱만큼 얇게 꼬집어 혀끝에 눌러 놓는다. 한 꼬집이 다 녹을 때까지 혀 위에서 스무 차례 이상을 씹고 굴린 뒤 그 즙까지 달게 빨아들인다. 이런 식으로 2시간을 꼬박 채워야 속과 호흡이 편안해진다. 식사는 하나의 우주를 받아들이는 수양의 과정이다. 말과 잡념을 끊고 오로지 먹는 행위와 몸에 집중한다. 수행이 쌓여 공력이 늘면 손톱만 한 것에도 태산만큼의 만족을 얻으며 먹는 주기는 점차 길어지니, 급기야 10년을 하루처럼 느끼는 경지에 이른다. 그런 자들을 '깨다따'라 부른다. 『개동서』에는 그간 깨다따에 이른 1,432인의 이름이 빼곡히 기록되어 있다. 입적 후 그 사체를 갈랐을 때 속이 텅 비어 있을 때야 비로소 깨다따로 인정된다. 이는 자신의 내장 기관까지도 양분으로 삼았음에 만족한 해탈의 경지를 의미한다. 깨다따의 껍질은 수지를 발라 박제하고, 속이 그득하니 욕심이 찬 사체는 불경한 것으로 보고 끝없이 깊은 바퀴벌레 굴에 던진다. 행여 수반니 중 깨다따가 나온다면 그 공덕을 기려 그의 자손은 대대로 동민이 되게 한다. 1,432인 중 1,000이 수반니이니, 가히 이들의 덕업이 개동을 떠받든다 할 수 있다. 회당의 드높은 천장, 안으로 벽을 파서 자리를 닦아 만든 존엄한 감실이 동민을 지켜본다. 그곳에는 깨다따 1,432인의 성체가 안치돼 있다. 박제된 이들은 눈을 감은 채 정좌하고 있다. 갈라진 뱃가죽은 속이 깨끗이 비어 있다. 화석과 같다.

***

하루 두 번, 망과 삭의 종이 울리면 의식이 시작된다. 나는 회의 곁에 앉아 짙은 먹으로 기록을 빠르게 흘려 쓰고 의식이 끝난 뒤에는 생생한 부분을 정리해 『읍따서』의 마지막 장에 이어 붙인다.

회가 층층계 위에 올라서면 의식이 시작된다. 모두가 몸을 굽힌다. 의식은 대부분 문답으로 이루어진다.

한 겁 없는 제자가 회에게 묻는다.

"높으신 분께서는 8,000 깨다따가 쌓이면 우리의 세상이 도래한다 하셨습니다. 이를 어떻게 증명할 수 있습니까. 왜 희생해야 합니까? 누군지 모를 후손을 위함입니까? 그런 서글픈 법이 무엇입니까."

"좋다. 너는 앞으로 한 발 걸어보거라. 다시 뒤로 세 발 물러나 보거라."

제자가 회의 뜻대로 한다.

"좋다. 너의 머리는 위에 있느냐 아래에 있느냐."

"가장 위에 있습니다."

"아기야. 너는 무엇을 믿고 앞으로 걷고 뒤로 물러났느냐. 너는 무엇을 믿고 네 머리가 가장 위에 있다 말했느냐. 내 보기에 너는 뒤로 물러나고 앞으로 걸었다. 내 보기에 네 머리는 몸 중 가장 바닥에 있다. 진리와 법칙과 기준은 같은 것이니, 진리가 없는 자는 앞으로 가려 해도 실상 뒷걸음질만 친다. 네놈이 숨을 참을 수 없는 것과 마찬가지로 다음 세상은 오는 것이니, 이는 똥이 나오고 새순이 돋는 것만큼 당연한 순리다. 너는 지금 숨 쉬는 걸 희생으로 여긴다. 진리가 뵈지 않는 까막눈인 것이다. 너는 어디로 가겠느냐? 어디로 갈 것이냐? 깨다따에 이르면 풀 한 포기에도 배가 차고 이지러지는 달을 갖고 놀듯 시간을 펼쳤다 줄이며 손에 쥐어볼 수 있으니, 이것은 오로지 자기 경지를 위한 법도다. 내 말을 반듯이 알아라."

한 불만에 찬 제자가 나서서 회에게 묻는다.

"높으신 분께서는 우리에게 심판의 계약이 있었다 하셨습니다. 저는 태어나면서부터 일찍이 지은 죄가 없는데 왜 다 같이 고통을 받아야 합니까."

"아기야. 너는 날 때부터 지금까지 무척이나 시끄럽게 울었느니라. 너의 태어남은 나의 죄도 누구의 죄도 아닌데 너는 지금껏 달라진 게 없으니, 내가 언제까지 이 고통을 받아야 하느냐."

이들의 문답을 듣고 있던 한 생각 많은 제자가 묻는다.

"신은 무엇입니까. 차갑습니까, 따뜻합니까, 무겁습니까, 가볍습니까, 색이 있거나 소리가 납니까. 그것은 선입니까, 악입니까. 그것은 여기 있습니까? 이미 증발해 버렸습니까?"

"가엾구나. 아기야, 내가 신을 부르짖던 시절에 신이 내 곁에 마주 앉아 친히 들려준 이야기가 하나 있으니, 너는 곧게 듣거라.

아주 과거에 일체중생의 고통을 끼니 삼는 마라가 있었다. 먹을 것을 먹을 만치 다 처먹고도 또다시 배가 고파진 마라는 폐허가 된 세계에서 질질 침을 흘리며 중생을 찾아다녔다. 급한 김에 그것은 무너진 강둑 아래에서 흙을 파먹고 사는 어느 늙은 어미 앞에 홀연히 나타났다. 그 어미는 다 큰 자식을 먼 대륙으로 떠나보내고 말라붙은 대지에서 오랜 세월 홀로 살아왔다. 마라는 그 풍채를 태산만치 부풀리며 당당히 명했다.

네 자식을 이 뱃속에 잡아 뒀으니, 이것을 토해 내길 원한다면 그 대가로 너의 피와 살과 뼈를 한 점씩 뜯어 내놓으라.

마라는 자기 입을 쩍 벌려 일렁이는 혓구덩이 너머 꿈틀대는 형상을 보여줬고 그 자식새끼가 찢어지게 울부짖는 소리를 들려줬다. 그때, 눈을 부릅뜬 어미가 단호히 외쳤다.

아니다. 그건 내 새끼의 소리가 아니다. 그건 내 새끼가 아니다.

어미의 외침에 마라는 허망하게 사라졌다.

허상虛像에 있는 마라는 모든 것을 꾸며 현혹할 순 있으나 실상實像에 관여할 순 없다. 어미의 소리란 그런 것이다. 얼마나 오래 떨어져 있든 먼 곳에 있든 어미는 제 새끼의 소리를 알아차린다. 너희가 어떤 앓는 소리를 내어 복 빌고 죄 털려 해도 신의 귀는 꾸민 소리에 기울지 않는다. 죄 털고 복 받았다 믿는 건 마라의 미혹일 뿐, 실은 배때기가 썩어가는 줄은 모름이니, 너는 살찌운 마라의 먹이가 된다.

이 말을 그치고 신은 나를 그윽한 눈빛으로 바라봤다.

일체중생의 고통으로 너는 살이 쪘구나. 좋다. 보기 좋다. 아기야 돼지야. 내 너를 먹겠다. 신은 나를 잡아먹었다.

신을 찾는 순간 너희 모두는 마라의 먹이가 될지니, 다시는 신을 입에 담지 말라.”

그때, 맨 뒤편에 서 있던 아난이 외쳤다.

"우리를 끌어당기는 이 힘의 정체는 무엇입니까?

우리를 울게 하는, 웃게 하는,

끝없이 갈망하게 만드는,

이 지독한 힘은 무엇입니까?

우리는 어떻게 해야 이 힘에서 벗어날 수 있습니까?"

"자유. 자유다." 회가 외쳤다. "자유는, 더는 그것을 원치 않는 자에게만 찾아온다. 자유의 공포를 아는 자만이 자유로울 수 있으니 원치 않음이 곧 자유다. 이 믿음은 우리를 자유롭게 하리니, 이 말을 따른다면 너희는 곧 고통에서 벗어나리라. 신을 찾지 마라. 귀를 틀어막고 입을 틀어막고 똥구멍을 틀어막고 네 몸속에서 울리는 소리를 들어라. 네 안에 틀어 앉은 것의 실체를 느껴라. 너희가 찾아 헤매던 신의 울림이 바로 그것이니, 그 소리가 계속되는 한 신은 살아 있다. 이를 깨닫는 순간부터 어디에도 연결되지 않고 스스로 존재하는 너희 모두는 이미 신이다."

모두는 자유의 경을 외기 시작했다. 그것은 무경無竟의 경經, 끝도 다함도 없는 경, 침묵이다. 회가 아난의 앞에 섰다. 손가락을 뻗어 그의 머리를 지그시 짚었다. 만 가지 생각이 모이는 자리, 정수리에 고인 백회혈을 검지로 눌렀다. 아난은 회 발밑에 엎드려 묵은 눈물을 토했다. 그는 의식이 끝나고 모두가 자리를 뜰 때까지도 눈물을 거두지 못했다.

다음 날도 그는 제자리에 앉아 있었다.

눈물이 침묵이 될 때까지.

아난은 개동의 삶에 완전히 스며들었다. 그는 회의 가장 충실한 제자가 됐다. 그의 몸과 마음이 단단해질수록, 그의 마음을 헤아릴 수 없는 나는 때로 가슴이 서늘해졌다. 내 배는 점점 더 부풀어 올라 온몸을 팽팽하게 당겼다. 살결이 옴폭옴폭 팬 것처럼 갈라졌다. 배꼽 정중앙을 가르는 까만 세로선이 배 둔덕 위로 선명하게 돋았다.

내 몸이 소녀에서 어미의 모습으로 변할수록, 살라 너의 진동이 커질수록, 먹고 입고 자는 우리 둘을 둘러싼 모든 환경적 변화에 나는 민감해졌다. 동민 중 적의를 가진 짐승이 도드라져 보였고, 검은 강의 냄새를 맡으면 가뭄의 때와 홍수의 때를 알 수 있었다. 물이 들끓을 때와 얼어붙을 때를 알 수 있었다. 그물을 쳐야 할 때와 걷어야 할 때를 알게 됐고 물에 움이 퍼지는 날과 물뱀이 독을 품는 때를 알게 됐다. 회는 이 모든 일을 수반니와 동민에게 일러 신중히 대비토록 했다.

거동이 느려지자 글을 짓는 속도는 더뎌졌다. 회는 내 출산과 집필이 순조롭도록 선여인과 야물고 참한 동자를 보좌역으로 예닐곱 명 붙여줬다. 나는 내가 특별한 대우를 받고 있다고 생각하지 않았으나, 몇몇은 뒤에서 내 음식에 침을 뱉기도 했다. 악의가 느껴지는 음식은 곧바로 물렸다. 그러자 여인들의 행실이 조심스러워졌다.

때때로 나는 시간을 보던 능력이 옅어짐을 느꼈다. 내 얼마 없는 능력은 점점 희미해지고 있었고, 보이는 시간마저 과거의 몇 가지 점으로 축소해 섬처럼 떠다녔다. 나는 조바심이 났다. 시야가 닫히기 전에 역사를 완성해야 했다. 삭시에서 망시가 될 때까지도 자리를 벗어나지 않고 기록을 남기는 일에 매달렸다. 내 손에 물집이 잡힐까 걱정한 동자들이 푹신한 천을 감아줬다.

글을 지을 때는 나비들이 날아다녔다. 애벌레가 실을 뽑아내어 자기 몸을 묶어두듯, 먹이 붓에서 종이로 흘러들어 문자를 고정했다. 문자로 남겨진 것들은 꿈틀거리며 되살아나 저들 스스로 깃과 다리를 세우고 구겨진 날개를 부풀린 뒤, 젖은 날개를 말리고 몸을 털며 종이 위로 날아올랐다. 나는 어느 날 문득 내게로 날아든 나비들을 하나하나 시간 속으로 풀어주고 있었다. 문자는 시간을 되살리는 주문이었다. 눈을 감고 있는 시간이 길어진 회는 내가 지은 글을 들려주다 멈춰도 반응이 없었고, 건너뛰고 끝을 맺어도 눈치채지 못했다.

용혈 사이로 눈이 흩날렸다. 용소에 조그만 흰 연못이 생겼다. 털이 새하얀 낭쥐가 흰 털 휘휘 휘날리며 굴속을 파고

들었다. 겨울이 왔다.

묵묵히 연장을 들고 밖으로 나간 아난이 언 땅을 불 질러 녹이고 흙을 파헤쳐 토란을 구해 왔다. 동자들과 나는 화톳불로 몸을 지지며 새까만 그것을 구워 먹었다. 그해의 마지막 눈이 왔다. 겨울이 지나가는 어느 날 우리는 열여섯이 된다.

검은 강 위로 옅게 끼어 있던 살얼음이 무너지면서 강바닥에서 잠을 자던 물뱀을 깨웠다. 긴 잠에서 깨어난 물뱀들이 분주히 혈을 타고 올랐다. 물뱀이 새끼를 쳤다. 둥근 배 위에 수시로 너의 손자국이 찍혔다. 팽팽해진 살갗을 사이에 두고 우리는 두 손을 마주했다.

얼음처럼 서걱이던 공기가 부드러워졌다. 글이 많이 쌓인 어느 날, 내 방에서 화톳불을 쬐고 있던 회는 만족스럽고 편안한 자세로 오래 눈을 감고 있었다. 그의 손에는 빈 담뱃대가 들려 있었다. 내가 글을 쓰는 걸 방해하지 않으려 조용히 회당으로 돌아간 그는, 삭시가 될 때까지 높은 자리에 앉아 천장을 바라봤다. 종소리가 울리고 모든 동민이 회당 아래 빼곡히 들어찼다. 맨 앞자리의 아난도 허리를 펴고 바르게 앉았다. 회가 시선을 돌렸다. 그날의 마지막 의식이 시작됐다.

고깃덩이로 살아간다는 건, 매일 분노를 삼키는 일이다.
분노가 눈처럼 쌓이면 사라질까, 눈처럼?

아니야. 눈은 어디로도 사라지지 않아.

우리가 마시는 공기 속으로 스며들어.

매일 누군가의 분노를 마시며 살아가야 해.

고깃덩이로 살아가는 건 그래서 슬프지.

너를 고기로 만들지 마라. 나아갈 바는 그것뿐이다.

사피엔스의 역사는 고기의 역사다.

서로가 서로를 고기로 만들었다.

예쁜 고기.

힘센 고기.

맛있는 고기.

우리는 서로가 가진 불꽃을 보지 못했다.

이 역사를 끝내야 한다.

내게는 끝어낼 힘이 부족했다.

이 죄 많은 껍질은 이제 마지막을 보러 가야겠다.

"아가, 내게 버섯을 다오. 가장 이쁜 것으로 골라주겠니."

회를 섬기는 동자들이 버섯을 골라 바쳤다.

그가 버섯을 게걸스럽게 우적우적 씹는 소리가 울려 퍼졌다. 그의 입안 가득한 검붉은 버섯이 흘러넘치는 즙과 함께 새어 나왔다. 그의 입속에서 바람이 빠지는 것 같은 긴 한숨 소리가 났다.

"때가 됐다. 카, 이리 오거라. 내 배를 갈라라." 나를 불러 올린 회가 내 손바닥을 끌어당겨 칼을 그 위에 놓았다.

"이 칼은 권력이다. 나는 네게 힘을 넘겨줬다. 내 배를 갈라라."

회당은 고요했다. 거대한 침묵의 새가 내려앉은 것 같았다.

"반듯이 세 가지를 지켜라. 키 2미터를 넘기는 불길한 것은 추방해라. 글을 읽고 가르치고 모든 걸 기록해라. 개동의 법도를 이어라. 이 세 가지만 따르면 무난할 것이다."

모두가 꼼짝하지 않고 회를 주시했다.

"마흔은 좌로, 마흔은 우로, 그렇게 빙빙 돌았네. 세상을 좇으며, 때로는 사람을 따라서. 해가 도는 속도를 맞추기란 그렇게나 어렵더라. 여든을 넘기니 제자리로 돌아왔네. 그때부터는 세상이 내게로 와, 나는 움직일 필요가 없지. 하늘로 올라가고 있는 거야. 100년이든 200년이든지는 상관이 없지, 나는 올라가고 있으니까. 가져가렴, 내 껍질을. 이 추한 것이 행여나 쓸모가 있다면, 구멍이 많아 자루로는 못 쓰겠고, 똥 닦는 것으로나 쓰려무나."

그가 검은 칼을 재차 쥐여줬다. 모두가 우릴 보고 있었다.

그 칼은 내게 쓰이기를 바라고 있었다. 나는 아주 오래전부터 이 장면을 보고 있었던 것처럼 칼을 힘껏 쥐었다. 문득 머릿속 안개가 걷히며 기억이 선명해졌다. 마지막 꿈을 꾼 뒤에야 그것이 아주 오래 꿔온 꿈이었다는 걸 뒤늦게 깨닫게 되는 것처럼, 나는 기억의 그 장면을 줄곧 기다려 왔다는 걸 알 수 있었다. 내 손에 딱 맞는 작고 단단한 칼의 기억이었다. 그 칼이 갈라온 수많은 생명의 시간이 보였고 세대를 끊어온 단호한 칼의 기쁨이 느껴졌다. 나는 망설이지 않고 오랜 약속을 지키는 것처럼 칼을 꽂았다. 회의 심장 깊숙이 날을 박아 넣었다.

회의 동공이 커졌다. 나는 번뜩이는 흑요석을 깊이, 한 번 더 깊이 박아 넣고 그의 배를 갈랐다. 회의 몸이 발작하듯 진동했다. 그가 괴성을 내질렀다.

"오, 이제 보인다. 이제야 알겠다. 나는. 나는!"

회는 물고기처럼 입을 쩍 벌린 뒤 그 자세 그대로 움직임을 멈췄다. 그의 몸은 텅 비어 있다. 오래전부터 그는 자신의 내장을 분해해 살아왔다.

깨끗이 닦고 손질해 수지를 칠한 회의 껍질은 높은 자리와 수직으로 이어진 맨 위층 중앙 감실에 놓였다. 회는 마지막 깨다따가 됐다.

나는 높은 곳에 오른다. 의식이 시작된다. 모두가 몸을 엎드린다. 단 한 사람. 아난의 서늘한 눈길만이 허공을 향한다. 그의 눈에서 마지막 희망의 빛이 꺼지고, 그는 내게서 몸을 돌리고 밖으로 걸어 나가는데….

살라야, 인생이 변하는 데 생각보다 많은 시간이 필요하지 않는단다. 변하는 건 힘의 방향이지, 사람이 아니라서. 그것은 시시때때로 휘몰리는 바람과 같이 우리를 쥐고 흔들고 때로는 내동댕이친다. 바람 속에 있을 때는 그 힘이 바람의 것인 줄 모르고 내 것인 줄 착각한다. 떨어져 나온 뒤에야, 우리는 그것의 정체를 볼 수 있다.

모든 일이 정해져 있던 것처럼 흘러갔지만 어느 것 하나 정한 대로 흘러가진 않았다. 그는 여전히 세상에 없는 아버지를 찾아 헤매는 아이였고 나는 손에 쥔 사탕 한 줌을 놓기 싫은 아이였으니, 나는 그에게서 자라고 있는 것이 무엇인지 보지 못했다. 아무도 볼 수 없고 닿을 수 없는 구멍을. 그는 그토록 자신을 이 땅에 붙들어 줄 믿음을 찾아 헤맸는데….

아난은 그날부터 회당에 들어오지 않았다. 그는 수반니와 어울리며 종일 밖에서 일하고 삭시가 다 되어서야 굴로 들어왔다. 좀처럼 얼굴을 마주할 수 없었던 나는 그리움에 등롱을 들고 혈 깊은 곳에 숨은 그의 굴을 더듬어 찾았다.

뜨거운 볕 속에서 종일 뿌리를 캐다 온 아난은 깊이 잠들어 있었다. 등롱을 잠시 그의 발밑에 놓았다. 까맣게 흙물이 든 상처투성이 발이 보였다. 아난의 긴 다리는 모포 밖으로 튀어나와 있었다.

그와 처음 만났던 날이 떠올랐다. 내가 우는 동안 점점 진흙 웅덩이에 파묻히고 있던 그 앙증맞고 귀여운 열 개의 발가락. 함께 손을 잡고 달린 순간, 처음 땅을 디딘 것 같은 따뜻함을 느꼈지…. 나는 잠시 곁에 앉아 그의 지친 얼굴을 바라보다, 낡은 모포를 걷어 내고 챙겨 온 크고 깨끗한 모포를 끌어 덮어줬다. 나는 늘 여린 것들을 미워하고 사랑하며 살았는데 그중 으뜸은 아난이어라.

여전히 소년 같은 여린 얼굴은 어두운 굴속 반그림자로 뒤덮여 있었다. 그의 그늘을 걷어주고 싶었다. 그의 고독을 어루만져 주고 싶었다…. 내일은 그를 불러서 귀한 약을 발라줘야지, 그리고 그를 달래서 늘 곁에 두리라, 언제나 내 곁에, 주머니 속에 넣어둬야지. 여린 낭쥐처럼.

나는 꼬리에 꼬리를 물고 이어지는 벅찬 기대에 잠겨 한참 그의 얼굴을 바라봤지. 아무리 봐도 질리지 않는 얼굴. 우아한 속눈썹이 그의 긴 눈매를 덮고 있었는데, 도마뱀들이 꼬리를 말며 벽 위로 기어 올라갔다.

잠든 그를 바라볼수록 뭔지 모를 이상야릇하고 기이한 기분에 사로잡혔다. 속이 울렁거렸다. 불쾌감, 어쩌면 혐오. 아난에게 이런 감정을 느끼는 나 자신이 당혹스러웠다. 그건 우리가 다투고 서로를 밀치고 할퀼 때조차 느껴본 적 없는 감정이었다. 귓바퀴 속에서 경고음이 울리기 시작했다.

'조심해, 질 나쁜 것들이야.' 그날의 주의 음성이 들리는 것 같았다. '불쾌한 골짜기란 말이 있지. 그 말은 실제 위협을 말하는 게 아니야. 위협의 가능성을 이르는 말이지.'

충실하고 묵묵하게 그들을 보좌하던 프롬프트에게서 주

가 느꼈던 불쾌감을 이해한다. 그것은 그들과 유사하지만 이질적인 출신에서 온 것들이 보수적인 순혈 사회를 파괴할 수 있다는 가능성에서 온 감정이다. 충직하게 나를 따르던 그림자가 내 자리를 대체할지 모른다는 두려움. 그래, 가능성. 내가 본 것 역시 가능성이었다. 내 종족을 위협할 가능성. 번식에 해가 될 수 있는 것. 우리는 이상자를 본능적으로 식별하고 배제한다. 나는 이미 내 종족의 어머니가 돼버렸으니.

처음에는 깨닫지 못했다. 한참 뒤에야 알았다. 없어야 할 것이 있다는 걸. 아난의 왼쪽 발끝에, 발가락들이 자라나 있었다. 아름다운 곡선을 그리는 다섯 개의 발가락, 곧고 긴 발가락들이 꼬리가 자라나듯이 새순이 돋아나듯이 그렇게.

나는 왔던 혈을 거슬러 나왔다. 처음에는 조심스럽게 더듬으며, 나중에는 도망치듯 그곳을 벗어났다.

*　*　*

개동이 진동했다. 바다 너머로 떠났던 그들이 되돌아왔다. 지구를 한 바퀴 돈 루쿨렌투스가 지상을 뒤덮었다. 그들의 몸은 더 비대해졌고, 투명하게 빛나던 그들의 피부는 흘러내리는 흙처럼 질퍽하고 짙어졌다. 넓적다리에서 사방형으로 뻗어 얽히고설킨 줄기들이 상체를 가렸다. 그들의 움직임에 따라 대롱거리는 하늘하늘한 돌기가 우리의 하늘을 덮었다. 얼굴은 그것에 완전히 가려졌다. 보이는 부분은 오로지 흙기둥처럼 단단해진 다리. 여전히 지상을 내딛는 다리. 음습하고 지독한 나무 냄새를 풍긴다. 그 발아래는 그늘진 숲속과 같을 것이다. 그들이 개동 위를 느리게 걷는다. 땅이 짓눌린다. 천장에 금이 간다.

아난의 키가 자란다. 내 손이 닿을 수 없는 높은 곳까지.

삭시의 종이 울렸다. 수반니들로 하여금 아난을 부르게 했다. 아난이 회당 바깥쪽에 섰다. 그는 고개를 숙이고 있었다. 모든 동민이 아난을 바라보며 침묵을 지켰다. 나는 아난에게 말했다.

개동에서 나가라.

나는 추방을 명령했다. 아난이 고개를 들었다.

우리의 눈이 마주쳤다.

비가 내린다. 멈추지 않는 빗소리가 야속해 가슴이 무너진다. 떠나던 날, 그는 내 방에 쌓인 종이 뭉치 위에 황갈색 윤이 나는 아주 투명한 호박 한 알을 두고 갔다. 대신에 아난은 내가 몇 번이나 뜨고 풀고 뜨고 풀기만 해서 결국 완성하지 못한 반쪽짜리 모자를 집어 갔다. 늘 침대 머리맡에 두던 것이 사라진 걸 보고 출구로 뛰쳐나갔다.

배웅하려는 사람들이 몰려 있었다. 모자를 쓴 동민들은 모두 바깥 빛에 눈이 부셔 눈을 꼭 감고 있었지만, 내게는 빗속에 서 있는 그의 모습이 아주 잘 보였다. 그는 아주 이상한 반쪽짜리 모자를 아기 턱받이처럼 걸치고 있었다.

그가 모퉁이를 돌아 지하를 영원히 벗어날 때까지. 나는 그대로 서 있었다.

그가 떠나는 모습이 보였네. 그가 멀어지네. 멀뚱히 솟은 그의 머리가 사라지는 모습을 보았네. 나는 억하고 무너져 아무런 말도 하지 못했는데 그가 곁에 다가와 내 머리에 손 놓아주길 바랐는데 그저 산뜻한 걸음으로 멀어지더라. 그 걸음이 미워서 아무 말도 하지 못했는데 그가 곁에 다가와 손 잡아 주길 바랐는데 그저 고개 돌려 날 찾고는 씩 웃더라. 그 얼굴이 미워서 아무런 말도 못 했는데 이상한 모자를 걸치고서 먼지를 털듯 훌훌 얼굴을 털어 내고 밖으로 밖으로 그렇게. 눈보라가 터널 밖으로 밀려 나가듯 휘몰아친 태풍이 순식간에 빠져나가 버린 듯이 온 세상이 고요해졌다. 개동의 문이 닫히고, 동민은 익숙한 어둠 속으로 스며들었다.

단숨에 그를 적으로 규정하고 내몰아 버린 죄책감에 나는 검은 강에 주저앉아 울어버렸네. 이제는 지켜봐 줄 이도 없는데. 밤새 우는 내가 불안했던지 안아주고 싶었던 건지 너는 배를 심하게 두들겼다.

아난이 떠난 뒤, 이곳은 캄캄해졌다. 그제야 알았다. 이 지구는 지루한 운동을 반복하는 지독하게 작고 외로운 돌덩이일 뿐이라는 걸. 세상에 옳고 그름은 없으며 오직 사랑했던 순간의 온기만이 우리를 살아가게 할 뿐이란 걸. 나는 내게 남겨진 너를 힘껏 사랑했다.

내가 그 모자를 얼마나 많이 뜯고 풀었는지 아난이 모르듯, 이 조그만 황갈색 보석을 얻기 위해 아난이 얼마나 긴 시간 언 땅을 파헤쳤는지 영영 나는 모를 테지만, 그의 시간을 볼 수 없음을 이제는 기쁘게 생각한다. 우리를 둘러싼 숲을 멀리서 볼 수 없음에 빗대어 아직은 우리가 같은 숲길을 걷고 있는 것이리라. 볼 수 없기에 연결돼 있을 거라 믿는다. 나는 그의 눈빛, 그의 손이 머리에 닿던 순간의 숨 멎는 듯했던 떨림과 따스함을 간직한 채 살아갔다.

살라야. 먼 과거에는 코끼리란 아름다운 생물이 있었단다. 그들은 살아남는 것보다 사랑하는 게 중요하다는 걸 잘 아는 종이었지. 그들이 세상을 지배했다면 이 땅은 훨씬 더 눈부신 땅이 됐겠지만, 그 아름다운 생물은 살아남는 것보다 사랑하는 걸 택했기에 서로의 긴 코를 어루만지며 함께 사라져 갔지.

우리는 때로 지켜야 할 것이 많아 살아남는 것보다 사랑하는 게 중요하다는 걸 잊어버리고 마는데, 결국 그 사실을 알면서도 같은 길을 가고 마니…. 살라야, 바보 같지. 그의 손을 나도 모르게 놓아버렸을 때 내가 놓아버린 것이 무엇인지 알지도 못한 채 우리는 다른 시간대로 흩어져 버리고 그의 손을 놓은 게 내가 아니란 걸 확인받기 위해 그 순간으로 끊임없이 되돌아가는데 그때 내 눈 속엔 과거를 파먹는 충이 배어버렸어. 내 여름의 장미꽃잎은 이미 다 시들어 버렸으니.

살라야, 나는 지금 향수를 뿌리고 있어. 내 체취를 가리기 위해. 네가 눈치채지 않길 바라. 내게도 감춰둔 비밀 얘기가 있지. 차마 네게는 말할 수 없었던 일들, 치졸한 것들. 가끔은 그런 생각이 들어. 너의 안위, 붕괴에 대한 가능성, 개동의 법도, 그래, 생각이 많았던 건 사실이지. 하지만 부정할 수 없는 한 가지는, 켜켜이 쌓이는 생각들 사이, 중심에서 칼날처럼 선명하게 빛나고 있었던 것의 존재. 그것은 걱정이 아닌 분노였다. 나는 오랫동안 분노를 감추고 살아왔거든.

회가 칼을 넘겨준 건 내게서 분노의 자질을 봤기 때문이겠지. 나의 주가 소멸했을 때도 나는 내 안위는 걱정했건만, 그를 위해선 한 방울의 눈물도 흘리지 않았어. 그가 내뱉은 한마디 말 때문에, 나는 늘 특별해지기를 꿈꿨으니까.

나는 아난의 얼굴에서 희망의 빛이 꺼지고 서서히 번지던 당혹감, 충격과 공포, 실망과 냉소를 봤다. 이윽고 돌아선 그의 뒷모습에서 모멸감을 느꼈다. 그의 뒷모습에서 느껴지던 냉소. 그는 날 모욕했다.

날 그렇게 예뻐했으면서 특별해지기를 바라지 않는 자들에 대한 분노. 아난에게서 또다시 그 표정을 보고 말았는데.

이제 나는 분노를 감출 필요가 없으니.

그때부터 그를 소유하길 간절히 바랐는데….

가능성? 종족 번식? 안위를 위한 배제? 냉철한 어머니? 모두 핑계가 아니었을까, 그를 벌주기 위한. 나는 마지막까지 그가 제 발로 내 앞으로 와 매달리길 간절히 바랐는데, 그 조그만 새는 결코 내게 무릎을 꿇지 않았네. 그는 결코 그렇게 하지 않았다네.

나는 일찍이 『개동서』를 완성했지만, 기록은 개동의 역사에서 과거로, 더 먼 과거로 깊어졌다. 내 몸에 깃든 벌레 때문이었을까, 종이는 늘 부족했다. 수반니들에게 종일 기름을 채집하고 종이를 만들게 했다. 할당량을 채우지 못하면 이를 뽑고 뽑을 이가 없으면 손발톱을 뽑고 뽑을 손발톱이 없으면 피부를 벗겼다. 게으른 한량들은 가장 적은 양식을 주고 모든 생식 활동을 금지했다. 나는 수반니 자손 중 야무진 아이 100명을 동자로 승격시키고, 그들의 아비들로 하여금 개동을 지키게 했다. 그사이 방황하는 인류의 역사를 담은 새로운 기록, 『사가르서』가 완성됐다.

지각에 균열이 생기며 회랑을 지탱하던 벽 일부가 무너졌다. 루시의 늘어진 돌기가 스멀스멀 땅속을 파고들어 때로는 개동 천장에 구멍이 생겼고 꿈틀거리며 지나가는 돌기가 보일 때도 있었다. 지구 내부로부터 솟구치는 가스로 인해 검은 강이 들끓었다. 미생물이 그득한 수십 개의 증기탕이 생겨났다. 나는 수시로 탕에 몸을 담가 몸을 정화토록 했다. 당시에 지하에서는 아이들 사이에서 이런 노래가 떠돌았다.

> 소녀는 늙으면 자라 해를 낳고
> 해를 먹은 아이는 불꽃이 되고
> 달과 지구 하나가 되니
> 그때 웃는 자가 신이야.
> 신은 나의 할머니. 표독스러운 할머니.

나를 조롱하는 것이 너무도 분명한 이 노래를 대놓고 따라 부른 여인들 중 셋을 골라 어미를 모독한 죄로 형에 처했다. 이들의 머리를 바퀴 굴에 매달아 개동의 본으로 삼았다. 아난에게 모자를 준 여인들이었다. 그 광경을 본 아이들은 스스로 입을 다물었다. 개동에서는 다시는 노랫소리가 울리지 않았다. 살아야, 그것은 잠자리의 날개를 뜯는 일. 한번 뜯고 나면 아무것도 아닌 일이 되지.

***

글을 모두 풀어 낸 날 밤, 양수가 터졌다. 너는 참으로 순한 아이였다. 내가 일 마치길 기다렸다는 듯이 책의 끝을 짓자마자 진통이 찾아왔다. 너는 여느 아이보다 뱃속에 오래 있었으니, 너를 느끼고도 열 달이 더 지나서야 출산이 시작됐다.

호박을 띄운 증기탕에 들어가 몸을 펼쳤다. 물은 미끈했고 달콤했고 아난의 손처럼 따뜻했다. 수어머니들이 내 팔과 다리를 붙잡았다. 부풀어 오른 내 몸은 고래 등짝처럼 물 위로 떠올랐다.

몸속 깊이 스민 진동은 아주 천천히, 내장을 갈기갈기 찢어놨다. 온몸의 뼈마디가 끊어지기 직전까지 벌어졌다. 나는 비명을 내질렀다. 굴속 모든 생물을 놀래키도록, 터널을 지나 지상까지 소리가 울리도록, 그의 귀에 닿을 수 있게, 비명을 내질렀다. 망시를 알리는 종이 울렸다. 수어머니들이 물에서 내 몸을 건졌다.

고통이 온몸을 꿰뚫고 지나간 순간, 갑자기 세상이 깨끗해졌다. 피로 물든 허벅지 사이로 미끄덩한 태에 감싸인 네가 나왔다. 너를 만난 순간, 나와 배꼽이 이어진 너를 본 순간, 흰 눈이 개동을 덮은 것처럼 모든 소리가 사라졌다.

아주 점잖게 눈을 감고 있는 너의 몸은 움에 물든 것처럼 반투명했다. 증기로 빚은 꿈속의 아기 같았다.

"천인이시다." "천인이 내려오셨다." 모두가 경탄하며 무릎을 꿇었다. 나는 그날 신을 만났다. 살라, 너는 나의 신이다. 세상에서 가장 깨끗한 나의 신. 너는 그렇게 태어났다.

바다에 빠졌을 때 숨을 너무 많이 들이마신 탓이었을까,

너는 연약하게 태어났다. 희미한 너의 몸은 당장에라도 날아가 버릴 듯 가볍고 부드러웠다. 나는 안개 같은 너를 품에 안았다.

나는 네가 날아가 버릴까 두려워 가장 어두운 굴속에 너를 숨겨놓고 길렀다. 네 몸에 젖이 돌자 조금씩 발그레한 색이 나는 것 같기도 했다. 동민들이 너를 알현할 수 있도록 청하기 시작하자, 나는 종일 높은 자리에 앉아 아기띠 속에 너를 품고 젖을 물렸다. 너는 구름처럼 가벼워서 아무리 품어도 허리가 아프지 않았으니 너는 언제나 내 품에 안겨 있었다.

누가 뭐랄 것도 없이 동민들은 네 앞에 무릎을 꿇었다. 조용히 의식을 올리는 동안 아무도 함부로 네 얼굴을 쳐다보지도 감히 만지지도 못했다. 너는 조용한 아기였다. 울지도 옹알거리지도 않았지만, 먹고 싸는 일만은 평범해서 동자들이 돌아가며 네 천 기저귀를 빨아다 주었다.

너는 아주 천천히, 느리지만 분명히 자랐다. 돌이 지나자 눈을 떴고, 열 살이 지나자 몸을 뒤집고 눈으로 말하는 법을 익혔다. 더는 젖이 나오지 않자 미음을 지어 먹였다. 그때부터 너는 이야기를 보채기 시작했다. 이야기를 먹고 자라나는 아이처럼 너는 종일 누워 내 이야기를 들었다. 그러면 이야기 속 존재들은 살아나 네 주위를 맴돌았다. 너는 구름처럼 피어나는 나비 떼에 잠겨 하루를 보냈다. 너는 세상 모든 것에 이름을 달아주는 걸 좋아해, 자꾸만 네 주위로 몰려드는 도마뱀과 낭쥐와 날도아와 버섯 한 송이까지 이름을 붙이며 시간 가는 줄 모르고 놀았다.

　어느 순간부터 나는 그들을 볼 수 없게 됐지만, 너의 깨끗한 눈동자는 때로 그것에 가 있다. 개동으로 흘러든 길 잃은 숨들, 어둠 속에서 피어올라 우리 주위를 맴도는 것들, 환한 곳에서 먼지처럼 빛나는 것들. 너는 그 하찮은 것 하나하나에 이름을 붙인다. 그러면 그것은 그때부터 너만의 보석이 된다. 밥 먹는 것도 잊은 채 조금만 더, 조금만 더. 네게 세계의 시간은 너무나 빠르다. 이 세계 속에는 너만의 보석이 너무 많아서 네 작은 눈동자에 비치는 세상은, 너무나 반짝인다.

　너를 낳은 이후 나는 한 번도 지하를 벗어나지 못했지만, 비가 떨어지는 날이면 잠시 너를 재우고 용혈로 나아가 빗소리를 듣는다. 하늘 높이 치솟은 1,000킬로미터 깊이의 용혈, 아래로 괴는 물은 조그만 용소를 이룬다. 침전된 흙 위로 자라난, 해사하게 잎이 벌어진 고사리들이 수심水心에 잠긴 해초처럼 흔들린다. 영리하고 순한 동자는 내가 그 자리를 좋아하는 걸 알고 돌나무를 엮어 부드러운 의자를 만들어 두었다. 동민들은 그 의자를 용자리라 부르며 함부로 침범하지 않았다. 나는 동자를 볼 때마다 그리도 어여삐 자라날 살라, 너를 그렸다.

　네가 스물이 되던 겨울날, 살라 너는 드디어 벽을 잡고 일어섰다. 첫걸음을 본 나는 너무 기뻐 너를 둘러업고 개동 곳곳을 쏘다니며 자랑했다. 너와 마주치는 동민 모두가 머리를 바닥에 대고 기도를 올렸다. 우리는 물 위로 단을 쌓아 올려 만든 새하얀 돌나무 숲길을 오가며 걸음마를 익혔다. 검은 강에 웃음내가 진동했다.

네 조그만 발끝을 내 발등에 올리고 우리는 춤을 췄다. 어린 날 들었던 음악을, 아직도 가슴에 맴도는 그 아름다운 진동을 느끼며 나는 좌우로 몸을 흔들었다. 그러면 너의 몸이 부드럽게 흔들렸다. 네가 내 다리 사이로 얼굴을 파묻고 행복이 구르는 것 같은 눈으로 까르르 웃었다.

네가 고개를 젖히며 말했다. 천장 끝까지 치솟은 돌나무들을 보면서, 트리를 만들고 싶다고 했다. 그래, 언젠가 트리를 만드는 소녀들의 얘기를 해준 적이 있지. 하지만 이것은 키만 멀뚱히 큰 볏과 식물이지 트리로 쓸 만한 것은 아니란다. 너는 순식간에 눈물이 그렁그렁한 얼굴로 트리를 갖고 싶다고 울먹이기 시작했다.

증발하는 세계에 트리를 만드는 전통 따위가 남아 있을 리 없다. 그건 아주 오래된, 과거의 전통이다. 나도 그런 걸 만들어 본 적은 없다. 어린 날 한 번 본 기억만 남아 있다. 아난이 곁에 있었을 때. 루시들은 하늘을 찌를 듯이 웅장한 삼나무 트리 아래서 웃고 포옹하고 춤을 추고 있었지. 아난의 눈에 트리가 비치던 그때에, 그가 내게서 몸을 돌리고 카나리아처럼 빠르게 날아가 버리던 그때.

나는 당황스러웠지만 네 응석을 받아주고 싶었다. 그래, 그래. 트리를 세울 만한 적당한 것을 찾아보자. 나는 무엇이든 해서 너를 웃게 해주고 싶었다. 네게 사랑받고 싶었다. 계속해서 행복이 구르는 얼굴로 나를 바라봐 주길 바랐다. 용혈 자리 아래는 빗물이 괴는 용소가 있다. 건조한 절기에는 침전한 흙 위로 가시나무가 돋기도 한다.

우리는 함께 용혈 자리로 갔다. 차가운 볕이 내리쬐는 말라붙은 용소 아래, 네 키보다 작은 앙증맞은 가시나무 한 그루가 서 있었다. 너는 세상의 빛을 처음 보고 넋이 나가 구멍을 올려다봤다. 동그란 네 입술 사이로 입김이 새어 나왔다.

저것이 우리의 하늘이다. 저 동그란 빛은 우리의 두 번째 달이다. 빛이 차는 시간을 망이라 하고, 어스름 뜨는 시각을 삭이라 한다. 지금은 망에서 삭을 잇는 상시다.

우리는 축축한 이끼를 한 아름 끌어안고 가져와 가시나무를 덮었다. 빨강 버섯을 맨 위에 달고 돌나무 대로 울타리를 쳤다.

어떠냐. 이쁘냐.

내가 고개를 들었을 때, 너의 입이 환하게 벌어지고 있었다. 너는 서늘한 빛을 향해 팔을 뻗었다. 반짝이는 눈송이가 부드러운 손가락에 닿았다. 아주 차가운 얼음 조각이 너의 손에 박혔다. 순식간에 눈물이 되어 녹아내렸다. 네가 날 바라보며 아주 해맑게 웃었다. 이슬이 구르는 것 같은 웃음소리가 눈동자 속에 담겨 있다.

엄마, 아주 차가워요.

너의 말을 밖으로 뱉지 못한 너의 눈동자는 그대로 얼어붙기 시작했다. 나는 황급히 네 손을 털어 냈다. 너를 끌어안고 달렸다. 방금까지 너는 그 조그만 손으로 내 다리에 매달려 웃고 있었는데. 네 몸이 지워진다. 발끝부터 천천히.

나는 네 몸을 들쳐 안고 어두운 굴을 향해 뛰었다. 태어나 처음으로 나의 신에게 간절히, 아주 간절하게 기도했다. 신은 스스로 있는 자를 말한다. 네가 바로 그것이다. 너는 살아 있고, 견뎌야 했다. 이 세상은 너의 것이야. 이 세상은 너를 위해 존재해.

발끝부터 서서히 너의 몸은 사라진다. 내 손아귀를 벗어나 땅속을 휘감는 바람을 따라 소용돌이치며 서서히 바람구멍을 타고 혈 속으로 퍼져나갔다.

살라야, 어떻게 해야 네 몸을 다시 생생하게 만들 수 있을지 모르겠다. 이제는 네게 줄 젖도 없는데. 뱃속에 다시 넣고 기를 수도 없는데. 너의 몸은 자라나던 때와 같이 아주 느리게 증발한다. 매일 흩어지는 너의 몸을 본다. 이제는 희미한 미소만이 기억 속에 남아 있다.

내가 사는 걸 얼마나 지겨워했는지 차마 네게는 말하지 못했다. 너를 얼마나 원망했는지 말하지 못했다. 너로 인해 살 수밖에 없었기에, 너를 얼마나 미워했는지. 네가 내 마음을 볼 수 없는 걸 얼마나 다행으로 여겼는지 모른다. 한때는 너와 나의 소멸을 꿈꾼 적도 있었기에.

증발하는 세계에서 신비로운 아이들이 태어나는 것은 왜일까? 사랑하는 이의 키가 자라나는 것은 왜일까? 생명은 순환하고 사랑은 이어지고 우주는 연결되기 때문에, 길 잃은 사랑도, 사랑했던 순간도, 모두 여기 남아 있기 때문에. 헤어지면 다시 만나야 하니까. 이 많은 보석을 두고 너는 어떻게 갔을까. 이 반짝이는 세상을 놓고 너는 어떻게 갔을까. 소녀야. 거기 있어라. 엄마가 만나러 갈게.

8장

새벽의 춤

우리 모두가 각자 인생의 주인공인 것처럼, 모든 이야기에는 그에 걸맞은 화자가 있다. 소녀의 마지막을 보여줄 수 있는 건 카가 아니다. 숨, 우리다.

삶을 죽음처럼 산 소녀가 있다. 그 소녀는 거품 같은 아이를 토해 내고 3,654일 아이에게 젖을 먹였다. 1년이 지나자 아이가 눈을 떴다. 10년이 지나자 팔을 뻗으며 놀고 소녀의 머리칼을 손가락으로 움켜잡으며 눈을 마주쳤다. 몸을 뒤집거나 걷지는 못했다. 소녀는 아이와 종일 재잘거리며 담소를 나누었다. 소녀의 아이는 신성한 것으로 받들어졌다. 16년이 지나자, 아이의 몸은 세 살짜리 구인류만큼 자랐다. 소녀는 구름처럼 옅은 아이를 위해 굴속에서만 지냈다. 어둠 속에선 아이의 몸이 좀 더 선명해 보였다. 아이와 같은 해에 태어난

다른 여자애들은 다시 아이를 낳고 죽기도 했으며, 아이보다 늦게 태어난 어린 동자들도 그 아이를 함께 돌보며 소녀의 곁을 지켰다. 소녀의 아이는 스물이 되던 해, 증발했다. 20년 동안 구름 같은 아이를 가슴에 품고 산 소녀의 이름은 카, 영혼이란 뜻이다.

자유는 빠져나갈 길이 없는 우물 속과 같구나. 살라야, 나는 자유를 원치 않는다. 나를 붙잡아 다오. 손가락 사이로 시간이 빠져나간다. 머리가 하얗게 세어버린다. 낯쥐들이 푸르스름한 짙은 동공을 빛내며 카를 바라봤다. 그때의 동민들은 개동이 무너지고 있다는 착각에 머리를 끌어안고 몸을 웅크렸다. 그때 카는 실제로 다가올 그것을 보고 있었다. 카는 남겨진 이들에게 계시를 전한다. "십수 년간 멈추지 않는 비가 올 것이다. 그 비가 멈추는 날, 빛의 대폭발 속에 새로운 땅이 열릴 것이다. 그때까진 한 줄기 빛도 이곳을 빠져나가지 못하리." 개동의 모든 구멍은 벽으로 막힌다. 굴은 완전한 암흑에 갇힌다. 생명이 태어나고 사라지는 순간에는 침묵보다 큰 폭발이 있다. 카의 가슴속에는 아주 작은 영혼의 발자국이 찍혔다. 카는 그날로 시력을 잃는다. 이후로는 기억의 반복이다. 방향을 상실해 버린 사랑이 흘러넘쳐 자리를 맴돈다. 카는 매일 부서진다. 솜털이 난 살라의 이마를 문지르며, 매일 아이의 귓가에 얘기를 속삭인다. 아이의 냄새가 밴 잠자리에 이마를 대고 잠이 든다. 때로는 그를 지키는 동자가 아이를 대신해 카를 안아준다. 그럴 때의 카는 정말로 살라를 안은 것처럼 행복한 표정을 짓는다.

멈추지 않는 비가 내린다. 숨의 골짜기로 흘러드는 비는 해가 들지 않는 검은 강으로 모인다. 시간을 재기 위해 강을 열 바퀴 돌 때마다 몽꾼이 돌아가며 종을 친다. 날이 바뀔 때는 돌벽에 빗금을 새긴다. 꿈도 없는 깊은 잠을 위해 버섯이 나누어진다. 버섯 열 통을 씹으면 종이 다 울린 후에 깨어 있는 사람이 없다. 거대 생물의 이동 주기가 반복되면서, 매년 두세 배씩 불어나는 그들의 무게가 개동을 짓눌렀다. 벽이 무너지고 천장에 금이 갔다. 혈 곳곳이 무너지며 개동의 면적은 조금씩 줄었다. 땅이 쪼그라들었다. 빛이 들지 않는 굴에서 20년을 보낸 이들의 몸은 더욱 납작해졌다.

개동 172년, 낭쥐가 모습을 감췄다.

개동 177년, 수반니들이 땅굴을 파 내려가 구역을 넓혔다. 검은 강이 불어나 굴마다 토사가 넘쳤다. 날도아와 물뱀이 땅속을 파고 들어갔다.

개동 183년, 혈이 무너져 반수가 죽었다.

개동 188년, 광버섯이 하나둘 빛을 잃고 포자 씨의 형태로 흩어졌다. 거품 같은 포자를 토해 내며 딱딱하게 쪼그라든다. 마지막 남은 버섯의 불이 꺼졌다.

개동 189년, 반발하는 젊은 층에서는 새로운 지도자가 추대

되고, 수반니가 정권을 잡았다. 이들은 대이동을 계획한다. 카의 계시로 단단히 막아놨던 벽을 깨뜨린다. 출구가 뚫리자 바닷물이 들이쳐서 선봉에 선 이들이 모두 쓸려 갔다. 개동의 반이 물에 잠긴다.

    수반니들은 5만 개의 계단을 박아 해발 1,000킬로미터 고지대로 통하는 새로운 수직 통로를 뚫었다. 과거 용혈로 이어지던 길이다. 굴속으로 다시 실 같은 빛이 들어왔다. 그들의 일부가 개동을 탈출해 지하를 빠져나가기 시작했다. 점점 커지는 진동 속에 땅속은 적막에 잠겼다. 대다수의 동민은 생활 반경을 좁히고 식사와 움직임을 최소화하며 벌레처럼 흙 속에 파묻혀 살아가길 원했다. 동면 같은 삶에 익숙한 이들은 새로운 변화가 두렵다. 밖으로 나가기보단 내장을 불태우며 죽어가길 바랐다. 칼을 들고 나간 수반니들이 루시의 몸을 뜯어 와 천공에서 굴 밑으로 내던진다. 동민들이 달려들어 허겁지겁 나눠 먹는다. 카는 차마 그것을 볼 수가 없다. 그 소리를 듣고 토한다. 지각이 뒤틀린다. 대이동을 준비하고자 수반니들은 카에게 계시를 요구한다. 묵장, 넙파, 구령, 해강. 모두 카가 가르친 아이들이다. 미래는 언제나 뜻밖의 속도로 찾아온다. 카는 생의 무력함을 느낀다.

    그들의 수장 묵장이 말한다. "비가 멈출 것이라 말하라."

    "비는 멈추지 않는다."

"그럼 살라를 씹어 먹어야겠다."

카는 묵장을 바라본다. 카의 표정이 끔찍하게 일그러진다. 스스로에 대한 혐오로 일그러진다.

"마지막 계시를 하라."

카는 높은 곳에 오른다. 의식이 시작된다. 모두가 몸을 엎드린다. 카는 묵장에게 흑요석을 넘긴다. 그길로 자신의 굴로 들어가 식음을 끊는다. 카의 곁에는 어릴 적부터 손수 가르친 어여쁜 동자, 주이 하나가 남았다.

어느 날 주이가 카의 곁으로 와 울며 속삭였다. "굴이 무너지고 있어요. 동민들이 빠져나가고 있어요."

"너도 가라. 어서 가라. 너의 소년이 기다리고 있다. 저 길 끝에서 서성이고 있다. 그가 사라지기 전에 그의 손을 잡아라."

주이는 울음을 터뜨린다. 고개를 저으며 카의 몸을 붙든다. 천장이 갈라진다. 주이가 다칠 것이 두려워진 카는 주이의 머리를 끌어안으며 몸을 일으킨다. 굴을 빠져나오는 순간, 천장이 무너진다. 카가 새긴 수십 권의 책들은 땅속에 파묻힌다. 카는 그것이 조금도 아쉽지가 않다.

대이동이 시작된다. 모두는 비를 피하려 머리끝부터 발끝까지 포대를 둘렀고 돌나무 껍질로 지은 원뿔 모양의 챙이 넓은 모자를 썼다. 묵장이 고안한 것들이다. 눈을 보호하기 위해 베일로 얼굴을 가린 동민들이 보따리를 이고 짐을 짊어진 채 5만 개의 계단을 밟으며 개미처럼 한 명 한 명 줄지어 나왔다. 마지막으로, 카를 부축하며 천공 밖으로 기어 나온 주이가 흘러내리는 모자를 고쳐 쓰며 쏟아지는 빛 속에 눈을 움츠렸다. 지상을 처음 보는 주이는 낯선 풍광에 소름이 돋아 멈칫멈칫 주위를 살폈다. 빗방울이 드물게 날렸다. 한층 진화한 태양이 뜨겁게 내리쬐고 있는 이곳은 여름의 한가운데에 있다. 정신이 아찔해진 주이는 문득 터질 듯이 뛰고 있는 스스로의 심장에 놀랐다. 머리를 흔들며 정신을 차리려 노력하지만, 몇 발짝 걷자마자 다시 소스라치게 비명을 내질렀다.

무슨 일이니, 놀란 카가 주이의 어깨를 감싸며 물었다. 주이는 송구스러워하며, 새까만 진흙밭 웅덩이 위로 흙 한 점 묻지 않은 아기 머리통만 한 꽃들이 기묘하게 고개 내밀고 있다 전했다. 넓게 펼쳐진 짙은 초록 잎들이 꽃을 감싸고 있었다. "이런 건 처음 봐요." 주이는 떨리는 목소리로 꽃의 생김새를 전했다. 카는 주이의 목소리에서 어린 날의 설렘을 느꼈다.

연꽃의 생명은 사흘이다. 첫날은 절반만 피고 오전 중에 오므라든다. 이틀째에 활짝 피어나는데, 그 순간 가장 화려한 향기와 자태를 남긴다. 사흘째에는 꽃잎이 피었다 아침나절 안에 연밥과 꽃술만 남기고 꽃잎을 하나씩 떨어뜨린다.

꽃이 피어나는 순간 씨방도 함께 여문다.

카는 처음 소년과 만났던 날, 그날의 연꽃을 떠올렸다.

"2,000년이 지나도 싹을 틔울 수 있는 게 연꽃씨다. 석련자라 하지. 물도 공기도 침투할 수 없고 어느 야문 짐승이 집어삼켜도 부서지지 않는, 돌처럼 단단한 껍질로 온몸을 보호한다. 칠흑 같은 진흙밭 속에 몸을 숨기고 수천 년을 견딜 수 있어. 그러다 어느 적당한 날 그 싹이 자라나. 걷잡을 수 없도록 황홀한 꽃들이 피어나지. 그 꽃은 미치도록 달콤한 단내가 난단다. 내 마음에도 그 꽃이 있어."

카는 자신의 품속을 더듬어, 가슴에 늘 닿아 있던 호박 목걸이를 빼내 주이의 손에 꼭 쥐여주며 아프게 밀어냈다. 카의 손이 떨렸다.

"내 예쁜 동자야. 나의 아이야. 어서 가거라. 빈곤한 삶은 있어도 빈곤한 세계란 것은 없다. 어느 가난뱅이라도 자기 세계 하나쯤은 가지고 태어나는 법이거든. 너는 이제부터 네 배고픈 신을 위해 살아라. 가능한 한 밥을 많이 먹고 네 눈에 예쁜 이를 보면서 많이 웃어라. 자유를 바라지 말고 그저 사랑을 해라. 우리에게 구원이 있다면 단지 그것뿐이다."

카는 매달려 우는 주이를 밀어냈다. "이제 됐다. 어서 가라. 저들과 함께 가라." 주이를 밀치며 거칠게 손을 내저었다. 카는 땅을 더듬으며 최선을 다해 혼자 걸음을 옮겼다.

나는 가야 할 곳이 있어. 그곳은 나 혼자만 갈 수 있어. 카는 무리를 빠져나와 어딘가로 향한다. 힘이 빠질 때까지 걷는다.

우리 인연이 아닌 채 늙어가네. 어둠 속으로 흩어지네.

카는 아주 오랜만에 노래를 읊조린다. 낮게 중얼거리듯 한숨 같은 노래를.
비가 날린다. 빗방울은 점점 또렷해진다.

오랜만에 걸으니 노래가 절로 나오네. 증발하는 건 상관없어. 그래도 보고 싶은 사람 모두 보고 갔으면 좋겠네.

인생에서 이처럼 홀가분한 순간은 없었다고, 누구에게든 자랑하고 싶은데 그럴 수 없는 것이 조금 아쉬울 뿐이었다. 카는 소금 냄새가 날리는 쪽을 향해 축축한 진흙밭을 더듬으며 걸었다. 진창에 빠져 엎어지고 일어서고 엎어지고 다시 걸었다. 온몸에 흙물이 들었다. 땅을 두드리는 거대한 진동이 밀려오자 카는 풀썩 자리에 주저앉았다. 가슴이 두근거렸다. 그의 눈앞에 칼날 같은 빛이 퍼졌다. 카는 무릎을 꿇었다. 빛과 파도, 그날의 바다가 보였다.
카는 몸을 일으키고 아장아장 걷기 시작했다. 폴짝폴짝 뛰었다. 그는 어린 날로 돌아가고 있었다. 걸음을 옮길 때마다, 그날의 바다가 다가오고 있었다. 온몸으로 모래를 만지고 아난과 손잡고 거닐어 본 처음이자 마지막 날이었다. 바다는 여전히 여기 있었다. 아직도 여기 있어. 살라야. 참 대단하다, 그치. 달빛 아래 아난의 몸이 빛나고 있었다.

여리디 여린 그날, 소년은 소녀의 배 위에 손을 얹고 말했다. 여기서, 우리는 다시 만나게 될 거야. 다시 만나게 될 거다, 아가. 너는 달라질 거야. 엄마도 달라지겠지. 나도 변하게 될 거야. 무섭겠지만, 곧 무섭다는 느낌도 사라질 거야. 그때가 되면 우리는 여기서 다시 만나 이 춤을 다시 시작해. 둥근 배 위에 살라의 손자국이 선명하게 찍혔다. 아난과 카는 손을 맞잡고 빙글빙글 돌았다. 카의 불룩한 배가 아난의 배에 통통 부딪혔다. 세 사람은 웃었다. 아난이 양손으로 소녀의 작은 발과 종아리를 비벼대자, 모래가 흩어졌었는데….

카는 모자 포대를 벗어 던졌다. 엄마, 많이 놀았어? 나 이제 가도 되지?

갓 돋아난 잡초 한 가닥이 맨흙에 뿌리를 박고 고개를 억세게 비틀었다. 모래를 더듬자 카의 손과 다리가 파도에 흠뻑 젖었다. 그 고요한 울림이 카의 귓가를 간지럽혔다. 잦아드는 빗방울에 등이 젖었다.

이렇게 혼자인 건 태어나 처음인 것 같네. 눈부신 물빛에 눈이 시려 카는 자꾸만 눈가를 문질렀다. 파도의 감촉을 느끼며 나아가던 카는 해안가 암석 지대에 옹송그리고 있는 물

새벽의 춤

웅덩이 틈을 더듬다 난데없이 부드러운 벽기둥에 머리를 박았다. 카는 팔을 뻗어 그 기둥을 힘껏 밀었다. 벽은 꿈쩍도 하지 않았다. 발가락이 새빨갛게 까졌다. 카는 벽을 더듬으며 일어섰다.

갈라지는 구름 사이 서늘한 시선이 허공을 가르며 카의 머리 위로 드리워졌다. 카는 고개를 뒤로 활짝 젖혔다. 그 얼굴은 천천히 구름 사이를 빠져나와 점점 어깨를 굽히며 아래로 내려왔는데, 그 커다란 얼굴이 소녀를 물끄러미 바라봤다. 늪처럼 흘러내리는 눈동자 밑바닥에서 빛이 감돌았다. 그 눈동자가 카의 코끝까지 다가왔다.

소녀가 폴짝 뛰며 오르며 하늘로 팔을 휘저었다. 그의 얼굴에 손끝이 찰싹거렸다. 축축한 얼굴 흘러내리는 얼굴 늪 같은 얼굴. 그가 아주 느리고 조심스럽게, 최대한으로 조그맣게 몸을 웅크렸다. 그의 단단한 턱 끝에 소녀의 작은 손가락이 닿았다. 소녀는 그의 볼을 더듬었다. 그가 순하고 겁많은 낭쥐처럼 목을 움츠렸다. 몸이 떨리고 있었다. 소녀는 두 팔을 뻗어 그의 얼굴을 감싸 안았다. 손가락이 젖었다.

"기다렸니. 내가 오길."

그의 코를 타고 흐르는 흙물이 얼굴을 타고 아래로 흘렀다. 짙은 물방울들이 암석에 떨어지고 파도에 휩쓸렸다. 너무 많은 눈물을 흘려 그의 몸이 줄어들 것 같았다. 번쩍거리는 원형의 빛이 가득 차며, 하늘이 초록빛으로 타올랐다.

"그런 거야. 너무 늦은 거야."

소녀의 머리카락 사이로 빗방울이 흩어졌다. 그의 손이 다가와 우산처럼 소녀의 몸을 둥글게 덮었다. 잠시 빛이 가려지며 주위가 먹먹해졌다. 그의 몸속에서 울리는 진동이 카의 심장에 닿았다. 그 편안한 굴속에서, 그의 몸에 고여 있던 갈 곳 잃은 감정이 카 안으로 밀려 들어왔다. 카는 그제야 볼 수 있었다. 파헤쳐진 구멍, 듬성듬성 구멍이 난 마음들을, 그가 한 번도 입 밖에 내지 못한, 외로움과 고립된 감정이 느껴졌다. 그가 꺼내지 못한 두려움들이 해일처럼 소녀를 덮었다. 소녀는 드디어 울음을 터뜨렸다.

"늦어서 미안해."

처음 만난 날처럼 돌 위에 주저앉아 어깨를 들썩거리며. 그가 이제 괜찮다는 듯이 고개를 떨군 채 손을 기울이고 소녀를 지켜봤다. 소녀를 따라온 모랫길에 발자국이 차례로 지워졌다. 파도가 거품을 남기고 먼바다로 쓸려 나갔다. 그들의 뒤로 동쪽 하늘 경계에 한 줄기 섬광이 고이며 또렷한 빛의 지문이 찍혔다.

그때 그 순간이 찾아왔다. 소녀가 그토록 오래 꿈꿔온, 평안의 순간.

소녀는 지워진다. 발끝부터 서서히. 형태가 흐려지며 물빛으로, 꽃내를 띄우며 무색으로, 결국에는 무로. 작은 이슬방울을 떨구고.

하늘가에 고인 섬광이 터지며 수백 광년 떨어진 곳에 있던 초신성이 폭발했다. 수백 년을 내달린 그들의 빛이 마침내 태양과 지구를 덮었다. 거대 항성의 부고를 알리기 위해 쉬지 않고 달려온 빛이 마침내 쏟아졌다. 그의 죽음을 그리워하는 수억의 빛이 목도 축이지 않고, 이 작은 행성을 두드리며 지나갔다. 이미 죽어버린 과거의 발자국이 광폭한 위엄을 휘두르며 우리가 너무도 사랑하는, 이 땅의 조그만 별을 짓눌렀다. 청백색 섬광이 빛의 고리를 펼치자 태양이 고개를 수그리며 한낮의 달처럼 희미하게 지워졌다. 소녀가 있던 검은 암석 자리에 움푹한 자국이 팼다. 그는 소녀가 남긴 웅덩이를 꾹 찍어 눌렀다. 카, 영혼의 발자국을.

불어나는 그의 돌기들이 가쁘게 몸을 비틀며 기쁘게 지상의 단물을 빨아들였다. 그의 몸이 쭉 늘어났다. 그는 몸을 일으키며 주체할 수 없이 커지는 몸을 뒤틀었다. 그는 훌쩍 커진 몸을 좌우로 젖히며 흔들리며 기울이며 춤을 추듯 쓰러질 듯 걸음을 내딛는데, 터벅터벅 걸음을 옮기는데, 오래 성장해 온 루쿨렌투스의 커다란 다리가 그를 추월하며 사방에서 밀려들고 찰나에 소년을 밀치고 앞으로 나아갔다. 그들은 과거의 빛을 붙들기 위해 팔을 쳐들었다. 그 에너지를 담뿍 머금고 하늘로 몸을 부풀렸다.

태양계 방향으로 완전히 기울어진 폭발 중심축에서 방출된 감마선이 지구를 단번에 꿰뚫었다. 번쩍, 사방이 투명해졌다. 눈을 감은 누구라도 땅속의 누구라도 볼 수 있는 투명한 세계의 풍경.

다 보였다. 한눈에 모든 게 한순간에.

하늘에는 숨
땅에는 그리움이

휘청이는 인류는 단숨에 몸을 불리며 구름을 뚫고 대기를 뚫고 자라났다. 한층 비대해진 몸의 무게를 감당하지 못하고 그들은 휘청거렸다. 그들의 어깨가 대기 위로 올라섰다. 그들은 처음 느끼는 광대한 압력에 몸부림쳤다. 지난 인류의 반그림자가 도미노처럼 서쪽으로 길게 이어지며 지상을 덮었다.

마지막으로, 지구 대기권으로 움이 한꺼번에 쏟아져 들어왔다. 길을 찾지 못하고 외기권을 방황하던 움이 이상 신호를 받고 바쁘게 달려와 우주 가장자리에 난 조그맣고 작은 구멍을 메우기 위해 바쁘게 움직였다. 다시 숨통을 틔우기 위해. 우주는 조그만 구멍에도 신음했으니, 그들은 생명을 숨으로 되돌린다. 증발하는 작은 것들은 얽히고설키고 넝쿨지며 하나의 숨으로 모인다.

들끓는 열기에 대기로 붕 떠오른 바닷물이 하늘로 떨어지며 톡톡 숨구름을 두들겼다. 지난 인류는 큰 바닷물을 떠

받들듯이 두 팔을 치켜들고 그들에게는 웅덩이만큼 얕아진 동쪽 바닷길을 건넜다. 이리저리 차이며 앞선 인류의 그림자를 따라가는 소년은, 그들의 다리 속에 가려지고 있는 그는 예전의 작은 아이 같아 보였다. 숨이 되어가는 소녀는 빙글빙글 올라가며 그것을 바라봤다. 몇 걸음에 훌쩍 멀어지는 그를, 순식간에 하나의 점으로 사라지는 소년을. 보랏빛 광채로 하늘이 물들었다. 소녀는 서서히 증발한다. 하늘은 다채로운 빛으로 물들고, 세계가 옅어진다.

그리고 선명해진다.

500년간 잠들어 있던 상어 바나가 빗소리에 눈을 떴다. 암흑에 닿아 있던 그의 눈에 빛이 들어온다. 세계의 온도가 점차 변하고 있음을 느낀다. 그의 머리 위로 바닷물이 창백하게 빛난다. 기억 속에 남아 있던 풍경과는 완전히 다른 세계의 풍경을 본다. 바다에서 하늘로 비가 쏟아져 내렸다. 그의 사랑스러운 충은 그의 안구를 벗어나 밀려드는 숨의 물결을 타고 하늘을 유영하고 있다. 바나는 충의 뒤를 따라간다.

소녀는 증발한 존재가 되어 떠오른다. 하나의 점으로 응축된다. 숨들은 대기를 타고 하늘을 감싸고 있는 원시 바다로 밀려 올라갔다. 순간 민들레 포자가 터지듯, 지구 대기 밖으로 숨들이 퍼져나갔다. 소녀는 그들과 함께 우주로 뻗어

나가며 점점 멀어지는 지구를 바라봤다.

허공에 뜬 조그맣고 푸른 웅덩이를 바라봤다.

지구 자전 방향으로 이동하던 대형 인류는 몸이 일제히 활처럼 휘며, 쪼그라든 대지를 뒤덮었다.

오므라드는 꽃잎처럼.

지구를 감싸며 노쇠한 행성에 새로운 지각을 형성했다.

소녀는 증발한 존재들을 지나, 유령들 속의 유령이 되어 숨구름을 뚫고 외기권으로 나아갔다. 소행성대를 지나고 다이아몬드 비가 내리는 해왕성을 지나 오르트 구름대를 통과했다. 은하수의 중심부를 뚫고 은하를 벗어나 진동하는 빛의 물결을 따라 헤일로에 이끌리며 우주 필라멘트 속을 헤엄쳤다. 필라멘트가 형성한 그물망, 생명의 통로, 우주의 혈관을 타고 빠르게 이동했다. 속도가 높아졌다.

소녀는 골디락스 영역을 통과하며 생명의 소리를 빨아들였다. 그 길에서 숨들은 인력과 척력 사이를 방황하며 모순된 패턴을 만들었다. 소녀는 우주의 풍경과 같이, 모든 유기물과 무기물의 총합을 이루는 생명의 모순된 감정이 세계의 무늬를 이룬다는 것을 알았다. 집착과 의지, 욕망과 인연이 빚어내는 일그러진 모양이 우주의 무늬라는 것을 깨달았다. 스타디움을 울리는 음악 소리처럼, 생명의 진동이 느껴졌다. 이 세상의 무늬는 모음곡이 된다.

소녀는 우주 끝에 있는 누군가에게 깜빡이는 신호를 보낸다.

슬퍼하지 마. 우리는 아름다운 패턴이야. 우주의 음악이야. 소녀의 몸은 우주의 맥박으로 채워졌다. 두근거렸다. 소녀가 쥐고 있던 기억들도 파동을 타고 흩어졌다. 우주 가장자리 파장이 일렁이는 진동의 바다 수평선 너머로 날아갔다.

…여긴 온통 빛 속이야. 나는 떠밀리고 있어. 알 수 없는 힘에 이리저리 흔들리고 있어. 하지만 알고 있어. 네게로 가는 중이야. 우리는 헐벗은 종족인 듯 살아왔지만, 이 미지의 세계가 아직도 날 두근거리게 해. 깜박이는 빛을 보면 예쁘게 웃어줘. 네가 웃던 모습이 그리워.

소녀가 품어온 마지막 설렘도 진동을 타고 그들의 밤을 향해 날아갔다. 그들이 함께했던 따뜻한 밤 속으로, 부드럽게 심장을 두들기는 그날의 선율, 그들의 떨림 속으로.

기억을 다 털어 낸 소녀는 세상에서 가장 가벼운 존재가 되어 빛보다 빠르게 날아갔다. 심우주를 통과했다. 최초의 별이 우리의 하늘을 밝히기 전, 태초의 밤이 있던 우리의 고향으로.

태초에 어둠이 있었다. 어둠은 빛을 만들었고, 빛은 온도를 만들었고, 온도는 시간을 만들었다. 시간은 사랑을 만들었고, 사랑은 우리 모두를 만들었다. 우리는 기쁨과 동경, 증오와 고통과 절망에 새긴 모든 감정을 만들어 냈다. 돌멩이 하나도 사랑의 존재인 것을, 우리는 서로를 못 견디게 지켜 워했고 다시 돌아보지 않을 것처럼 함부로 대했다.

우주로 퍼져나간 숨들은 자기 자리를 찾아갔다. 성운을 감싸며 아기별의 출산을 돕거나, 그 별의 일부가 됐다. 어떤 숨들은 항성계로 흘러들어 어느 행성의 생명이 되기를 택했다. 그곳에서는 낯선 형태의 생명이 출현했다. 그곳에 고여 있던 다른 숨들과 결합해 독특한 종으로의 진화를 이끌었다. 유전자의 다양한 결합으로 종이 유지되듯, 다양한 숨들의 결합으로 우주의 진동은 다채로운 운율을 유지했다.

우리는 웅덩이를 맴도는 유랑자들. 긴 밤과 낮 사이를 유영할 수 있고, 어디에도 얽매일 필요가 없지. 그것이 수천 년이든 억만 년이든지 아무 상관이 없지, 우리는 올라가고 있으니까.

그럼에도, 자리를 찾아간다. 집으로 돌아가는 유령들처럼, 엄마 품에 안기려고 달려가는 아이들처럼.

자, 이제 아기 별빛이 태동을 시작했다. 우리의 빛은 부드럽게 밤하늘을 날아갔다. 어둠은 이 수줍은 빛을 위해 길을 터줬고, 우리와 연결되길 바라는 수억의 빛이 우리를 향해 손을 뻗었다. 우리의 손은 닿을 듯 말 듯 스치며 어둠 속을 회전했다. 이 아름다운 춤을 언제까지라도 지켜보고 싶은 우주는 숨을 한껏 불어 어둠을 팽창시켰다. 서로에게 닿기를 간절히 원하던 우리의 손은 단숨에 멀어졌다. 멈추지 않는다. 우리는 끝나지 않을 춤을 시작했다.

긴 시간이, 어쩌면 짧은 순간 동안, 우주의 혈을 타고 다닌 소녀는 우리를 통과하고 수조억 개의 헤일로를 지나 은하로, 태양계로, 익숙한 자리로 되돌아갔다. 태양은 급격한 진화를 거치며 몸을 크게 부풀렸다. 궤도를 잃고 튕겨 나가던 지구는 정면으로 달과 충돌했다. 산산이 부서지는 달의 파편은 휘청이는 지구를 휘감으며 붙들었다. 고동치는 달과 지구의 잔해들은 인력에 묶여 불똥과 돌덩이로 곤죽이 된 눈부신 원반 고리를 형성했고, 수 시간 만에 새로운 달이 만들어졌다. 제자리에서 한발 물러선 지구는 생명이 탄생할 수 있는 적당한 궤도에 다시 안착했다. 하나가 된 달과 지구는 뜨거운 회전을 시작했다.

새롭게 떠오른 달 자기력이 들끓는 아기 지구를 보드랍게 감싸주고 있었다. 그때 소녀는 뻑뻑 소리가 나는 꼬까신을 신고 엄마를 향해 아장아장 다가가는 풍경을 떠올리고 있었다. 밤사이 끙끙 앓다 눈을 떴을 때 지그시 자신을 내려다보고 있는 엄마의 눈동자, 세상의 모든 시간이 응결된 그런 눈동자를 떠올렸다. 소녀는 달로 이끌렸다. 아기가 엄마를 향해 팔을 뻗듯 양치식물이 땅을 뚫고 올라오듯 눈부신 파편들 속으로 빨려 들어갔다.

아 그래 알겠어, 이제야 알겠다고, 나는, 나는! 웅덩이를 울리는 아이들의 웃음소리.

아가 우리는 만나게 될 거야 반드시 약속해. 뜨거운 열기가 느껴졌다. 가슴을 저리게 만드는 먹먹한 울림. 시리고 아픈 것들. 바다야. 어느 소녀의 서늘한 목소리. 그럼에도 포기하지 않겠다는 절망과 열망의 기도. 소녀는 선택했다.

그 눈물과 웃음이 구르는 웅덩이를.

뒤죽박죽인 세계를.

절대 놓지 않겠다고. 꼭 붙잡겠다고. 약속된 일들처럼.

번개가 치고 짧고 긴 시간 비가 내렸다. 지구는 파란빛을 되찾는다. 파도가 친다. 새하얀 물거품이 고인 해안가 작은 웅덩이들 속에서 생명이, 아주 작은 생명이 지구에 첫 번째 숨을 불어넣는다. 어느 날 한차례 달 폭풍으로 일었던 먼지 하나가 지구로 날아 들어왔다. 그 먼지는 나풀나풀 허공을 유영하다 포슬포슬한 흙바닥 위에 내려앉았다. 누구도 밟은 적 없는 깨끗한 지표 위로, 노란 꽃이 피어났다. 지구에 하나의 색감이 더해졌다. 꽃은 따뜻한 비를 맞으며 몸을 부풀린다. 땅속을 파고드는 뿌리가 풋풋한 흙내음 속에 몸을 담근다. 그 익숙한 만남을 기다려 온 땅이 속삭인다. 다음 해에도 피어줄래. 이렇게. 이쁘게.

새벽의 춤

작가의 말

우리는 이야기를 캐는 고고학자

 쉬운 이야기를 쓰고 싶다. 지친 하루의 끝에 뻑뻑한 눈을 비비면서도 전혀 힘들이지 않고 읽을 수 있는 얘기. 너무 재밌어서 해가 뜰 때까지 놓을 수 없는 얘기. 지하철과 버스에서 사람들에게 치이면서도 볼 수 있는 얘기. 가슴 두근거리면서 밤하늘을 나는 기분으로 밤새워 볼 수 있는 얘기. 그런 점에서 스티븐 킹, 코맥 매카시, 무라카미 하루키, 레이먼드 카버, 에밀 아자르, 박완서와 김연수 작가 선생님들의 글은 내게 교과서가 된다. 그들이 나의 선조들이다. 그들의 뒤를 따라가고 싶다.

 코맥 매카시는 작가가 자기 글에 대해 떠드는 건 실수라고 했지만, 돌아가며 꽹과리를 쳐준 특별 출연진에 대한 언급은 해야 할 것 같다.

주 선생이 고막에서 피가 나게 떠들 때 태양절 축제에서 피아노를 친 연주자는 키스 자렛이 바탕이다. 나는 꿈에서 잔디밭에 드러누워 그의 공연을 즐긴 적이 있다.

카와 아난이 처음 함께 들은 음악 〈미드나잇 인 할렘〉 테데스키 트럭스 밴드Tedeschi Trucks Band의 곡이다.

카와 아난이 춤추고 놀 때 뒤에서 묵묵히 꽹과리를 쳐주신 양반들은 지구 최강 무당벌레, 비틀스이며 이때 흘러나오는 짧은 가사는 〈I've Got a Feeling〉의 일부다. 이 기차를 놓치긴 정말 싫어~.

그리고 레드 핫 칠리 페퍼스. 그들을 그리는 건 무척 즐거웠다. 허락도 받지 않고 내 마음대로 '꼴라보'한 점을 사과한다. 다음 생에는 그들의 음악으로 태어나고 싶은 원대한 꿈이 있어 끌어들였으니 용서해 주시길. 마지막, 루쿨렌투스가 몸을 떠는 건 톰 요크 때문이다. 그는 댄스 가수가 맞는 것 같다.

망가질 것을 두려워하지 말고 더 유치하게 쓰라고 질책해 주신 고마운 선생님이 있다. 그분의 말이 아니었다면 이런 글을 시작할 엄두도 못 냈을 거다. 은인이시다. 존경하고 감사드린다. 글을 끝냈을 때 가장 먼저 그분께 보여드리면서 여쭤보고 싶었다. 충분히 유치해졌나요?

이 이야기는 연결되는 우주의 얘기이며

음악에 대한 찬가이며

세상 모든 작은 것들에 대한 사랑의 노래다.

별빛은 이야기를 보낸다. 이야기는 뚝뚝 끊긴다. 밤하늘 속에는 많은 이야기가 떠다닌다. 아직 해독되지 못한 많은 얘기가 있다. 나는 별빛에게 기도한다. 너의 이야기를 들려달라고. 네가 하고 싶은 말을 전달해 주겠다고. 네가 사랑하고 있는 이 세계의 누군가에게.

시계를 두들기며 내 글을 기다리는 사람이 있다는 건 비현실적으로 신나는 일이었다. 괴랄한 작가의 제목 취향에 반기를 들고 웅장한 제목을 뽑아주신, 또한 글에 날개를 달아주신 허블 편집팀께 경의를 표한다. (수상 당시 글의 원제는 『먼 섬과 가까운 웅덩이들』이었다. 나는 제목을 바꾸려 한다는 말을 듣고, 이참에 『작은 별을 두드리는 행복한 돌기들』로 제목을 갈아버리자고 돌기들과 열심히 작당 중이었는데, 잠시나마 그들은 행복해했다. 그들은 탈락 소식을 전해 듣고 이내 시무룩한 표정으로 스멀스멀 뒤돌아 걸어 나가는데….)

특히, 박소연 편집자께 깊은 감사를 전한다. 편집자님의 힘으로 이 글은 호모종 걸작이 될 수 있었다. 덕분에 편집자의 위대함을 알게 됐고, 책이 작가 혼자만의 글이 아님을 통감했다. 놀라운 경험이었다. 개고와 교정을 하는 동안 나는 내 아이 같은 글이 다른 좋은 이들을 사귀면서 자기만의 길을 가는 여정을 지켜봤다. 이 아이가 자라나서 내 곁을 떠나가는 모습을 보면서 많이 울었다.

먼 섬에 있든 가까운 곳에 있든 늘 마음에 두고 있는 나의 가족들, 영원한 절세미녀 두 언니와 조약돌처럼 어여쁜 조카들에게도 사랑을 전한다. 이 글을 완성할 수 있도록 좋은 책상을 빌려주신 연두 님께도 특별한 감사를 전한다.

환기미술관 맨 위층에 앉아 그림을 보고 있었다. 계단을 올라오는 사람들의 눈에 그림이 닿을 때면 아, 깊은 감탄에서 나오는 자연스러운 탄식이 들렸다. 그들은 약속한 것처럼 하나같이 마지막 맨 위 계단을 밟을 때 탄성을 내뱉었다. 허영도 가식도 없는 순수한 감동의 표정이었다. 그들의 눈에 푸른빛이 차오르는 게 느껴졌다. 나는 그들의 얼굴을 관찰했다.

너무 아름다운 것에는 공평의 꼬리표가 달려 있다. 그런 글을 쓰고 싶다.
이야기를 캐는 고고학자처럼, 매일 한 점 한 점 감춰진 이야기를 발굴한다.

땅을 파서 돌을 건져 올리고 흙과 먼지를 털어 내고
아래 감춰진 거대한, 공룡의 뼈대 같은 것을,
새하얀 뼈를 만져본다.
새하얀 것이 있다.
이제 아주 조금 드러났다.

그 뼈대가 모두 드러나는 날을 기다린다.
누구나 알아볼 수 있을 만큼 아름다운 이야기를.

2025년 11월

공희경

2025 제8회 한국과학문학상 장편상 심사평

김성중 김희선 강지희 인아영

김성중

소설가. 2008년 중앙신인문학상을 통해 작품 활동을 시작했다. 소설집 『개그맨』 『국경시장』 『에디 혹은 애슐리』 『왼손잡이는 꿈을 잘 기억한다』 중편소설 『이슬라』 『두더지 인간』, 장편소설 『화성의 아이』 등을 출간했다.

문턱의 시간, 문턱의 상상력

리미널리티liminality는 인류학 용어지만 요즘에는 학계를 넘어 여기저기서 들려온다. 어떤 존재나 집단이 하나의 정체성을 벗고 새로운 정체성으로 넘어가기 전의 모호하고 불완전한 상태를 일컫는 이 말은 기후 변화와 인공지능, 즉 인간을 둘러싼 환경 자체가 바뀌어 가는 이 시기를 압축하기에 알맞은 말이다. 예전의 질서는 무너졌으나 새로운 세계는 아직 오지 않은 '문턱의 시간' 속에 인간은 공포와 욕망, 도전과 상상력으로 반응하고 있다. 이런 '반응'을 가장 첨예하게 보여주는 분야는 이야기, 그중에서도 사이언스 픽션이라고 생각한다.

올해는 전년도와 달라진 기준에 따라 복수의 작품을 낸 참가자들을 만나게 되었다. 그래서인지 하나의 아이디어에

만 기대지 않고 개성과 필력이 고르게 좋은 작품들을 만날 수 있었다. 한두 명의 작가를 더 포함시킬 수 없는 것이 아쉬울 뿐, 올해도 좋은 글로 투고해 주신 창작자들에게 감사한 마음을 전한다.

장편 심사는 단차가 월등한 작품이 있을 경우 순식간에 종료되는데 올해가 그런 경우다. 전원일치에 가까운 심사 결과가 나왔기 때문에 수상작의 특징에 대해 좀 더 길게 이야기를 나누는 시간을 가졌다.

『몸으로 덮인 세계를 본 적 있는가』는 필력과 상상력 면에서 다른 응모작에 비해 압도적이었다. 긴 분량을 지닌 장편이라 해도 거대한 설정에 비해 인상적인 장면은 얼마 되지 않는 응모작들도 많았는데 이 작품에는 경이감을 불러일으키는 장면이 상당수 포진해 있었다. 주요 설정인 '증발비'의 위력을 보여주기 위한 공간으로 록 밴드 공연장을 택한 것이 그 예라 하겠다. 아레나에서 수만 명의 관중이 공연을 보는 도중 비를 맞고 일시에 사라지는 장면은 스펙터클한 볼거리처럼 느껴지며, 이 작품이 독자에게 선보이는 공연적인 성격이 두드러진다.

기후 변화 시대에 재앙으로 다가오는 '증발비'라는 설정이 눈길을 끄는 것은 그로 인해 인간사회의 진화를 어떻게 바꾸는지 확장해 나가면서다. 인류의 숫자는 절반으로 줄어들고, 남은 이들은 '루시'와 '사가르'로 나뉜다. 사가르는 조르주 아감벤의 '호모 사케르'에서 인용된 개념으로 '벌거벗은 생명', 즉 루시의 보호를 위해 사용되는 인간들이다. 루시는 사가르의 생체 에너지로 만들어진 물질을 통해 증발비에도 죽지 않으며 생을 다할 때까지 키가 크는 신체적 특성을 가지고 있다. 루시 아난과 사가르 카의 사랑이 골자를 이루며 소설은 가파르게 상승해 나갔다.

이야기를 통과하면서 오토파지(자가포식)의 개념이 자꾸 떠올랐다. 엔트로피는 끝없이 증가할 수 없으므로 생명은 불완전한 상태에서 세포를 스스로 파괴함으로써 생존한다. 루시가 같은 인간인 사가르의 생체 에너지를 취하는 것, 개동의 첫 리더였던 회의 몸이 내장 기관을 갉아 먹어 죽을 때 텅 비어 있던 것 등등의 장면을 통해 우리는 엄정한 법칙 하나를 깨닫게 된다. 만드는 것 이상으로 파괴되는 것이 있어야 유지되는 생명의 엔트로피를 상기해 볼 때, 이 소설의 결말은 새로운 지구를 위한 창조적 파괴일 것이다. 계급과 불평등, 권력의 문제를 다루면서 종말-창세 신화를 새로 짠 이 작가는 주제와 소재의 무게를 너끈히 감당해 장편 작가로서의 가능성을 보여준다. 앞으로 쓰게 될 책들에 대해서도 건투를 빈다.

김희선

소설가. 2011년 『작가세계』를 통해 작품 활동을 시작했다. 소설집 『라면의 황제』 『골든 에이지』 『빛과 영원의 시계방』, 장편소설 『무한의 책』 『죽음이 너희를 갈라놓을 때까지』 『무언가 위험한 것이 온다』 『247의 모든 것』, 에세이 『밤의 약국』 『너는 미스터리가 읽고 싶다』 등을 출간했다.

SF, 인간 밖에서 인간 바라보기

올해 응모작들은 그 어느 때보다 다양한 주제와 소재를 다루고 있었습니다. 비인간, 환경, 인공지능, 가상현실, 생명공학, 다중우주 등등, 그야말로 과학의 모든 조류가 작품 속에 담겨 있었지요.

전년보다 응모작이 늘어난 가운데, 심사위원들의 꼼꼼한 읽기를 거쳐 본심에 오른 작품은 『안개 너머로』『추방』『오프리얼』『못난 사람들의 세상』『모나귀를 부탁해』『몸으로 덮인 세계를 본 적 있는가』 이렇게 총 여섯 편입니다.

명무인과 녹소인의 대립 속에서 삶의 의미와 진실한 사랑을 찾아가는 주인공의 여정이 무척 흥미롭게 그려진 『안개 너머로』, 태양계 외곽 행성 에스텔의 돔에 거주하는 안드로이드 드벤이 금기를 뚫고 경계 밖으로 나가며 시작되는 이야기를 통해 실존의 근원까지 다가가는 『추방』, 가상현실과 현실 사이의 경계를 탐구하며, 뜻밖의 결말로 독자를 인도하는 『오프리얼』, 다중우주라는 설정을 빌려 현실의 문제를 풍자한 『못난 사람들의 세상』, 미래 우주에서 멸종된 것으로 알려진 모나귀가 발견되면서 벌어지는 일을 통해 과학기술과 윤리의 문제를 되돌아보게 하는 『모나귀를 부탁해』, 비를 맞은 생물이 증발해 버리는 지구에서 펼쳐지는 기나긴 연대기 『몸으로 덮인 세계를 본 적 있는가』, 이 여섯 편의 소설을 다시 찬찬히 정독한 끝에, 『못난 사람들의 세상』『모나귀를 부탁해』『몸으로 덮인 세계를 본 적 있는가』를 최종심에 올리게 되었습니다.

『못난 사람들의 세상』은 다중우주에서 일어나는 일련의 사건을 통해 '지금 이곳'을 살아가는 청년들의 삶을 거울처럼 비춰줍니다. 무심한 듯 유쾌하게 전개되는 이 소설을 흥미롭게 따라 읽다 보면, 결국 중요한 질문에 봉착하게 되지요. 자기 때문에 죽은 누군가를 구하기 위해 다중우주 간 네트워크를 뛰어넘은 사람으로부터 시작되는 이 이야기를 통해 인간성, 공감, 자유의지, 선택, 책임과 같은 존재론적 문제를 되새길 수 있으니까요. 다만, 이 작품은 삶과 우주, 즉 세계에 대한 다층적인 이해가 부족하다는 비판을 받았습니다. 어둠이 있어야만 밝음이 존재할진대, 우리가 당면한 문제를 해결하기 위해서는 좀 더 깊이 있는 접근이 필요하지 않을까요?

『모나귀를 부탁해』는 따뜻한 소설이었습니다. 인류가 우주 곳곳을 개척해 지구와 비슷한 행성을 수없이 많이 만든 먼 미래가 배경인데요. 무차별적으로 이루어진 개발 덕분에 생태계가 파괴되고 원래의 행성에 살던 동물 대부분이 사라진 가운데, 95번 지구에 살던 고등학생 요나가 멸종된 것으로 알려진 모나귀를 발견합니다. 요나는 거대 기업 에밀레메디컬이 종간감응동물 개발을 위해 모나귀를 이용하려 한다는 것을 알게 되고, 이야기는 모나귀를 구하고 음모를 밝히려는 요나와 그 반대편에 선 자들 사이의 대립으로 전개됩니다. 잘 짜인 구성에 가독성도 높은 이 소설은, 전하고자 하는 주제도 매우 선명했습니다. 비인간과 인간 사이의 관계를 탐구하면서 기술 발전과 윤리를 어떻게 조화시킬 것인가, 묻고 있었으니까요. 그러나 이렇게 극명한 주제는 때로 작품을 단선적으로 보이게 만듭니다. 이 작품이 청소년 소설처럼 보이는 것도 그 때문이 아닐까, 조심스럽게 생각해 본 이유이기도 하지요.

『몸으로 덮인 세계를 본 적 있는가』는 최종심에서 만장일치로 대상에 선정되었습니다. 그만큼 압도적으로 뛰어났기 때문인데요. 어느 먼 열대의 섬이 폭우와 함께 흔적도 없이 증발하는 사건으로 시작되는 이 소설은, 그야말로 끝없는 상상력의 극치를 보여줍니다. 비가 내리고, 그 비를 맞으며 증발해 사라지는 사람들과 온갖 생명체들, 거기에 대항하기 위해 첫 번째 섬에서 유일하게 살아남은 생존자를 이용해 개발되는 유전자 시술, 그 부작용으로 멈추지 않고 키가 자라는 신인류의 탄생, 문명의 흥망과 성쇠, 기나긴 연대기 끝에서 새로 태어나는 생명에 이르기까지, 작가는 종횡무진으로 이야기를 끌고 가며 독자를 낯설고 놀라운 미래의 지구로 데려갑니다. 풍부하고 다양한 함의를 담은 이 소설은 주제 또한 하나로 응축하기 힘들 정도로 다면적입니다. 작가가 그만큼 주제에 도전하는 힘과 필력을 지니고 있다는 방증이겠지요. 긴 분량에도 인상적인 장면들은 살아 숨 쉬며 생동하고, 전 지구적 관점에서 넓은 시야로 바라보는 세계엔 빛과 어둠이 함께 존재합니다. 인간종種 밖에서 인간종을 응시하며, 우리가 당면한 모든 문제를 조명하는 솜씨는 발군이었습니다. 최종심에서 심사위원 전원이 망설임 없이 『몸으로 덮인 세계를 본 적 있는가』를 대상작으로 선정한 이유입니다.

당선을 진심으로 축하드리며, 앞으로도 계속해서 멋진 소설 쓰시길 기원합니다.

끝으로, 언제나 하는 말이지만, '장편 소설 쓰기'라는 길고도 어려운 여정에 함께한 다른 많은 응모자들에게 감사와 응원의 인사를 드립니다. 언젠가는 다시 만날 것을 기대하며, 심사평을 마칩니다.

강지희

문학평론가. 2008년 조선일보 신춘문예로 비평 활동을 시작했다. 평론집 『파토스의 그림자』를 출간했다.

지구 아카이브 소설의 탄생

 장편 『몸으로 덮인 세계를 본 적 있는가』를 당선작으로 선택하는 데 망설이지 않은 이유는 단연 돋보이는 문장력과 광활한 상상력에 있었다. 기후 재난으로 인해 인류 문명이 급변하는 미래를 배경으로 하는 이 소설은 500살을 맞이한 상어 '바나'의 시점에서 시작한다. 지구 곳곳을 유영하는 상어 바나는 세계가 뒤집히는 감각을 느끼지만, 그가 토머스 모어의 『유토피아』가 출간된 해에 태어났다는 사실은 이내 도래할 묵시록적 세계와 그 결말을 예감하게 한다.
 소설은 크게 두 부분으로 나뉜다. 3장까지 이어지는 전반부는 태평양 전쟁이 시작될 무렵 한 섬에서 벌어진 인체 실험의 잔혹한 역사에서 출발해, 무엇이든 증발시키는 비 '움'으로 인해 발생하는 재난들을 다룬다. 전쟁의 희생자가 곧

기후 불평등의 문제에 있어서도 최전선에 놓인 약자로 재현되는 가운데, 태평양 전쟁 인체 실험의 기적 같은 부작용으로 인해 움에 대한 유전적 저항성을 지닌 존재로 태어난 '말라키'는 난민이자 빈곤층으로 평생을 살아간다. 하지만 결국 말라키의 돌연변이 유전자를 이용한 시술을 개발해 영구 성장하는 인간 '루시'로 진화하는 것은 부유층이다. 지극히 현실적인 역사적, 지역적, 경제적 맥락을 깔고 진행되던 소설은 4장부터 묵시록적인 세계의 환상적이고 알레고리적인 풍경이 두드러진다. 극단에 이른 계급 갈등이 어떻게 하위 계층에서 억압적인 신흥 종교를 탄생시키는지, 상위 계층에서는 시술의 부작용으로 인한 붕괴가 어떻게 무정부 상태를 발현하는지 보여주는 것이다. 비극적이고 폭력적인 세계를 추상화한 듯 보이는 소설의 후반부를 지탱하는 두 축은 크게 두 가지다. 하나는 거대해진 루시들 사이에 숨어 살아가는 인물들이 만들어 내는 화려하고 생생한 역동적인 이미지고, 다른 하나는 서로 다른 계급으로 만난 소녀와 소년의 사랑이 불러일으키는 정동이다. 지하 세계에 구축된 종교 공동체의 모습과 그 속에서 지도자로 변모하는 소녀의 면면은 경직되고 수축된 면을 지니기도 하지만, 작가가 의도하는 건 이 모든 폭력과 죽음과 이별을 순간적인 과정으로 전환시키는 지구 행성적 차원의 순환을 보여주는 데 있다.

    그러니 이 장편을 두고 폭력적이고도 허약한 족적을 그

려온 인류의 주권을 내려놓는 지구 아카이브 소설이라 해도 지나친 말은 아닐 것이다. 소설은 종교라는 형식을 빌려 오지만 신비와 경이에 도취되거나 섣불리 계몽을 시도하는 일 없이, 종교적 과잉과 광기를 끊임없이 노출하면서 증발한 영혼들이 남긴 숨의 흔적을 끈질기게 쫓을 뿐이다. 그리하여 마지막 한 송이의 노란 꽃은 묵시록의 클리셰처럼 등장하는 살아남은 어린이의 모습과는 결을 달리한다. 계급을 초월해 거의 모든 인간의 신체와 영혼이 부서지고 난 후, 가볍게 내려앉는 작은 생명력은 무서울 정도로 인간과 무관하게 자율적으로 작동하는 지구 행성의 리듬으로 보이기 때문이다. 비인간의 시점에서 출발해 수백 년에 걸친 시공간의 호흡을 거침없이 건너뛰는 이 소설이 지향하는 바는 궁극에 "슬퍼하지 마. 우리는 아름다운 패턴이야. 우주의 음악이야"라는 대사로 응축된다. 그 우주의 음악 속 작은 패턴인 인류가 감내해야 할 운명을 가만히 응시하게 해주는 경험 하나만으로도 이 소설을 읽을 가치는 충분하다.

인아영

문학평론가. 2018년 경향신문 신춘문예로 비평 활동을 시작했다. 평론집 『진창과 별』을 출간했다.

파국 이후에 남는 것들

『몸으로 덮인 세계를 본 적 있는가』를 장편 수상작으로 꼽는 데는 오래 걸리지 않았다. 심사위원 모두 이 소설의 방대한 스케일, 광활한 상상력, 깔끔한 문장, 아름다운 표현력이 수준급이라는 데 넉넉히 동의했다.

기후 위기와 계급 갈등이라는 두 기둥이 든든하게 떠받치고 있는 이 소설을 생태주의 SF라고 부를 수 있을 것이다. 그러나 이 소설이 정말 묻고 있는 것은 우리 삶에 대한 질문이다. 과학기술의 발달, 생존을 위한 경쟁, 계급에 따른 차별로 무참히 붕괴된 세계에서 우리는 어떻게 살아가야 할까? 쏟아져 내리는 비 '움AUM'이 모든 생명을 증발시키지만 그럼에도 우리에게 사라지지 않는 것이 있다면 무엇일까? 서로에게 분리주의의 칼날을 겨누어도 새롭게 피어날 수 있는 가치가 있다면 무엇일까? 이 질문들을 지적인 구도로 성실하게 제기할 뿐만 아니라, 그것을 시적인 이미지로 아름답게 구현하는 데 이른다. 이 소설에서 웅덩이는 증발된 존재들이 남긴 흔적일 뿐만 아니라 새로운 생명이 태어나는 기원이다. 이 순환 속에서 독자는 다시 묻게 된다. 파국 이후에 인간은 어떤 희망을 남길 수 있는가.

나는 개인적으로 상어가 느릿한 움직임으로 바다를 유영하는 첫 장면에서 이미 이 소설에 매혹된 것 같다. 거대하고 어지러운 세계의 한가운데에서 위험한 운명을 본능적으로 감지하면서도 자유로운 생명의 리듬을 잃지 않는 존재. 이 이미지가 파괴와 재생 사이에서 흔들리면서도 생명의 아름다움을 놓지 않는 소설의 정서를 관통하고 있었다. 이 모든 이유로 우리는 이 작품을 기쁜 마음으로 독자들에게 소개한다. 수상을 진심으로 축하드린다.

몸으로 덮인 세계를 본 적 있는가

ⓒ 공희경, 2025. Printed in Seoul, Korea

초판 1쇄 찍은날	2025년 12월 05일
초판 1쇄 펴낸날	2025년 12월 12일
지은이	공희경
펴낸이	한성봉
편집	김학제·안태운·박소연
콘텐츠제작	안상준
디자인	최세정
마케팅	오주형·박민지·이예지·정효인
경영지원	국지연·송인경
펴낸곳	허블
등록	2017년 4월 24일 제2017-000050호
주소	서울시 중구 필동로8길 73 [예장동 1-42] 동아시아빌딩
페이스북	facebook.com/dongasiabooks
인스타그램	instargram.com/dongasiabook
트위터	twitter.com/in_hubble
블로그	blog.naver.com/dongasiabook
홈페이지	hubble.page
전자우편	dongasiabook@naver.com
전화	02) 757-9724, 5
팩스	02) 757-9726
ISBN	979-11-93078-76-1 03810

※ 허블은 동아시아 출판사의 문학 브랜드입니다.
※ 제8회 한국과학문학상은 비상교육의 후원을 받았습니다.
※ 잘못된 책은 구입하신 서점에서 바꿔드립니다.

만든 사람들

책임편집	박소연
크로스교열	안상준
표지디자인	소요 이경란
본문디자인	최세정